Vancouver Dreams

Corinna Bach

SIEBEN VERLAG

FSC
www.fsc.org
MIX
Papier aus verantwortungsvollen Quellen
Paper from responsible sources
FSC® C105338

Corinna Bach
Vancouver Dreams

Lektorat Christine Hochberger www.buchreif.de

ISBN Taschenbuch: 9783864434853
ISBN eBook-PDF: 9783864434860
ISBN eBook-epub: 9783864434877

www.sieben-verlag.de

Kapitel 1

„Hier, Pacific Central! Und geh zur Polizei“, keuchte der Mann und hielt ihn mit hartem Griff fest.

Zac starrte ihn nur verständnislos an. Der Typ hatte ihm einen Schlüssel vor die Nase gehalten und ihm dann einfach in die Jeanstasche gesteckt. Als wäre es das Normalste der Welt, einen Wildfremden anzurempeln und ihm etwas unterzuschieben.

Er starrte auf das Handgelenk des Mannes. Das Tattoo der *Red Scorpions*, das dort prangte und in seiner Schlichtheit wie eine lächerliche Untertreibung wirkte, verhieß nichts Gutes. Verdammt! Er versuchte, sich von ihm zu lösen, ihn wegzudrücken, doch der Kerl lehnte sich so fest an ihn, dass er die Bewegungen seiner Brust spüren konnte. Entferntes Hupen und Motorenlärm drangen an seine Ohren. Mitten in der Stadt hatte er sich überrumpeln lassen. Der Mann roch nach Angst. Er war vor jemandem davongelaufen, hatte ihn gesehen und geschnappt. Einfach so. Vor wem hatte der Typ solchen Schiss? Er sah mit seinen stattlichen Muskeln nicht aus wie jemand, der sich nicht wehren konnte. „Ja, ja, Pacific Central“, wiederholte Zac, immer noch perplex über den seltsamen Angriff.

„Und zur Polizei!“, mahnte der Mann und löste seinen Griff ein wenig, als er sich hastig umsah.

„Jetzt reicht's aber!“ Zac stieß ihn zurück, sein Gegner geriet ins Stolpern. Er rückte sein Shirt zurecht und sah zu, wie der Mann sich aufrappelte und davonrannte.

Zur Polizei. Der spinnt doch! Zacs Herz begann wieder zu pumpen, er atmete auf. Nur ein *Red Scorpion* von hinten war ein guter *Red Scorpion*. Als er erneut rasche Schritte hörte, wurde er sich seiner Situation bewusst. Was, wenn die Verfolger diese Aktion beobachtet hatten? Ob er nun auch in Gefahr war? Er stand hier wie auf dem Präsentierteller.

Drei Männer in dunklen Klamotten näherten sich. Schnell drückte er sich in den Schatten der Bretterwand, die zwei Müllcontainer verbergen sollte in dieser schmalen Gasse, die er eigentlich nur zur Abkürzung genommen hatte. Jetzt bloß nicht den Helden spielen. Er presste sich an das Holz. Stocksteif, unfähig, sich zu rühren. Es war heller Tag, sie würden ihn entdecken. Sie würden ihn töten. Diese Bande war fix mit dem Messer. Oder waren das die Killer einer rivalisierenden Gang?

Die Schritte wurden lauter, er hörte gepresst klingende Worte, so nah, dass er vor Schreck die Augen weit aufriss.

Da kamen sie schon, athletische, kräftige Gestalten, die er im Profil vor sich hatte. Zwei Weiße, ein Latino mit einem Tattoo am Hals. Sie rannten an ihm vorbei und folgten ihrem Opfer.

Zac wagte nicht, sich jetzt noch zu ducken – die Bewegung würde nur ihre Aufmerksamkeit erregen. *Nicht umdrehen, Jungs, nicht umdrehen!*

Doch die Schritte verhallten allmählich und er spürte, wie seine Muskeln langsam wieder beweglicher wurden. Er verließ auf Zehenspitzen seinen Beobachtungsposten, huschte an einem Obdachlosen vorbei, der an der anderen Seite der Müllcontainer saß und ihn erstaunt anstarrte, und gab Fersengeld. Bald hatte er die nächste Straße erreicht und verlangsamte seinen Schritt.

Der Verkehr in Downtown Vancouver gab ihm Sicherheit. Die Anspannung wich, er wischte sich den Schweiß von der Stirn. Mann, war er früher auch so ein Weichei gewesen? Er sollte diesen blöden Zwischenfall vergessen. Doch da durchströmte eine heiße Welle sein Inneres. Der Obdachlose. Was, wenn die Typen zurückkamen und den Alten nach Zeugen fragten? Ach was. Er sah schon Gespenster. War doch nur eine kleine Auseinandersetzung, ein Geplänkel unter Dealern oder so. Es bestand auch keine Notwendigkeit, die Polizei zu rufen. Der Mann konnte sich bestimmt selbst helfen. Vielleicht war er ja bereits entwischt und alles war in bester Ordnung. Ob er seinen Schlüssel wiederhaben wollte? Wie denn? Schließlich hatten sie keine Visitenkarten ausgetauscht. Er tastete seine Hose ab und spürte das kleine, harte Ding. Pacific Central. Wahrscheinlich war das der Schlüssel zu einem Schließfach in der Gepäckaufbewahrung. Ob er dort mal nachsehen sollte? Er zog den Schlüssel heraus. Eine Zahl war eingraviert: *324*. Er straffte seine Schultern und sah auf.

Es war ein schöner Tag, der die North Shore Mountains zum Leuchten brachte. Er hatte Besseres zu tun, als sich über Gangs und geheimnisvolle Schlüssel Gedanken zu machen. Scheiß auf den Schlüssel. Er steckte ihn wieder ein. Die Luft war warm und roch nach

Meer und Abgasen. Ein toller Duft, besser als der ewige Kiefernadelduft aus der Dose im Knast. Er ging weiter durch die Häuserschluchten. Doch die Unruhe ließ ihn nicht los. Er griff erneut an seine Hosentasche. Die Neugier wuchs, doch andererseits ... Eine kribbelnde Angst durchzog seinen Körper. Die *Red Scorpions* waren in diesen Vorfall verwickelt, und mit denen war nicht zu spaßen. Er hatte sich früher immer erfolgreich von ihnen fernhalten können. Jetzt würde er nur zwischen zwei Gangs geraten oder in einen internen Streit. Nein, er wollte sich aus allem heraushalten. Schließlich war er gerade erst aus dem Gefängnis entlassen worden.

Wie zur Bestätigung seiner Gedanken fuhr ein Streifenwagen vorbei. Die Julisonne blinkte auf dem Dach des weißen Ford, die blauen Streifen glänzten. Nein, er würde ihn nicht anhalten und den Beamten von dem verfolgten Mann berichten. Wie hasste er diese Streifenwagen, die immer zum falschen Zeitpunkt am richtigen Ort auftauchten. Unwillkürlich presste er die Sporttasche an sich, in der er seine wenigen Habseligkeiten verstaut hatte. Die Bullen sollten ihn in Ruhe lassen. Er war entlassen, ein freier Mann, der die Strafe für seine Taten abgesessen hatte. Er brauchte sie nicht mehr zu fürchten. Dieser Gedanke war nicht übel und entlockte ihm ein Lächeln. Dieses Gefühl war sogar klasse. Unbescholten. Frei. Ein neues Leben konnte beginnen. Kein Rasen harken und gezüchtete Fische füttern in diesem blöden *Correctional Center* mitten in der Wildnis. Endlich wieder Stadtluft schnuppern, auf die Piste gehen. Na ja, mit nur einer Handvoll Dollar, einem Ersatzshirt, einer zweiten Jeans und etwas Unterwäsche. Aber das war egal. Er konnte tun und lassen, was er wollte. Mann, Vancouver lag ihm zu Füßen! Mum würde sich freuen.

Sie hatte ihn seit einem Jahr nicht mehr besuchen können, das Rheuma war zu schlimm geworden. Die Fahrt zum Gefängnis nach Maple Ridge zu anstrengend. Ihr breites Lächeln stand ihm vor Augen, eine Welle der Geborgenheit kam über ihn, fast so, als läge er an ihrer ausladenden, weichen Brust und ihre Arme wärmten seinen Körper. Ihre raue Stimme, der Duft ihrer Lieblingsseife, die Hits aus den 80ern, die sie immer hörte. Zac gab sich einen Ruck. *Jetzt komm zu dir, du bist ja gleich bei ihr.*

Ohne es zu merken, war er in Chinatown angekommen. Tief sog er den Duft scharfer Gewürze ein, als er an den kleinen Lebensmittelläden vorüberging. Seine Figur wanderte in den Schaufenstern mit und ihm gefiel, was er sah: einen coolen Typen in durchlöcherter Jeans und einem Sport-Shirt mit der Nummer eins. *Numero Uno!* Die Gestalt im Schaufenster war mittelgroß, durchtrainiert, hatte dunkle, leider lockige Haare. Aber das Goldkettchen stand ihm gut. Er fühlte sich klasse. Dieser Tag war wirklich ein Fest für die Sinne und die Erinnerung an den Übergriff schwand allmählich. Ein Glücksgefühl flutete ihn und er gab sich diesem Gefühl voller Lust hin. Fast war er versucht, ein Liedchen zu pfeifen, doch das stand einem Bad Boy nicht. Wie an jedem Vormittag waren auch an diesem Samstag viele Menschen unterwegs, um einzukaufen und ihren Geschäften nachzugehen. Diese Geschäfte waren nicht immer astrein, das wusste er. Schon gar nicht im Rotlicht-Viertel, das nicht weit entfernt lag. Unwillkürlich befingerte er wieder den Schlüssel. Er war immer noch da, hatte sich leider nicht in Luft aufgelöst. *Später, Zac, jetzt erst nach Hause.* Was man so Zuhause nennen konnte.

Seine Mum wohnte seit zwei Jahren am Rand von China Town in der Hastings Street. Diese Wahl fand Zac nicht besonders gelungen. Es gab Junkies und Penner, die nachts herumpöbelten. Und die Gangs wurden immer aufdringlicher. Doch Mum hatte ihren Willen durchgesetzt und war mit ihrer Freundin zusammengezogen. Beim Gedanken an Vanessa zog Zac seine Augenbrauen zusammen und er beachtete nicht mehr die chinesischen Schriftzeichen auf den Werbeschildern.

*

„Zachary", sagte Mum mit rauer Stimme. Sie duftete nach ihrer Lieblingsseife, im Hintergrund erklang West End *Girls* von den Pet Shop Boys aus dem Radio in der Küche.

Genau wie er es sich vorgestellt hatte. „Mum", murmelte Zac und schluckte den Kloß im Hals weg. Er machte sich aus ihrer Umarmung los und blickte auf ihre kurz geschnittenen, braunen Haare, bevor er ihre Gestalt betrachtete. „Mum, du sparst nicht am Essen, oder?", raunte er und lächelte.

Sie haute ihm auf die Finger, als er neckend in ihr Hüftgold kniff. „Finger weg! Die Medikamente schwemmen mich auf, Zac. Aber du bist so dünn geworden. Du bist doch nicht etwa krank?"

„Quatsch, nein. Ich bin so."

Sie hielt immer noch seine Hand fest. Ihre Haut war noch nicht faltig, aber trocken und mit einigen dunklen Flecken versehen. Für ihre 55 Jahre hielt sie sich ganz gut.

„Schön, dass du da bist. Ich habe schon gewartet. Hast du Hunger?"

Zac nickte und sah sich um. Sie standen im geräumigen Wohnzimmer, das von einer Küchenzeile begrenzt wurde. Auf der Theke warteten bereits zwei Teller darauf, gefüllt zu werden. Das Sofa war mit bunten Kissen bestückt und ihre Lieblingsbücher zierten die Holzregale. Auf der anderen Seite des Zimmers stand ihr Computer, an dem aber meistens ihre Freundin Vanessa saß. So hatte Mum es erzählt. An einem Fenster klebte ein Fensterbild, offenbar von einem Kind angefertigt. Seine Mutter war Lehrerin gewesen, bis das Rheuma sie zum Aufgeben zwang. „Wo ist Vanessa?"

„Arbeiten."

„Hat sie wieder etwas gefunden?"

„Ja, sie serviert in einem Diner in der Main Street."

Die wilde Vanessa mit braver Schürze und Puschen an den Füßen, die Kaffeekanne in der Hand. Zac grinste in sich hinein. Er setzte sich auf den Barhocker, während seine Mutter hinter den Tresen ging und ein Steak aus einer Pfanne fischte. Das Öl knisterte, im Raum lag der Duft von frischem Toast. Zac lief das Wasser im Mund zusammen. Er widmete sich unverzüglich seinem Essen. Seine Mutter hievte sich stöhnend auf den zweiten Barhocker.

„Wir können auch am Tisch sitzen, Mum.“

„Nein, ich muss mich bewegen. Damit ich nicht einroste.“

„Wie geht es dir? Brauchst du viel Schmerzmittel?“

In den dunklen Augen seiner Mutter lag eine Art Schmerz oder Wehmut, er konnte es nicht genau deuten.

„Es geht schon.“

Ihr Blick nahm ihm den Mut, weiter nachzufragen. Er sparte sich auch die Frage, wie sie mit Vanessa zurechtkam. Das würde nichts bringen. Eines Tages würde sie vielleicht selbst darauf kommen, dass Vanessa sie nur ausnutzte. Mum erhielt regelmäßig ihre Pension. Zum Leben zu wenig, zum Sterben zu viel. Er war überzeugt, dass Vanessa nichts zu den Mietkosten beitrug und auf Mums Kosten lebte. Selbst der Diner-Job war Augenwischerei. Wahrscheinlich wollte Vanessa dort bloß Männer aufreißen. Er wusste, dass sie hin und wieder mal für mehrere Tage verschwand. Dann tauchte sie wieder auf, mit Ringen unter den Augen und so schlecht gelaunt wie Ma Dalton aus den *Lucky-Luke*-Filmen. Nein, Vanessa war nicht gut für Mum.

„Geht es dir wirklich gut hier? Hast du nie bereut, hierher gezogen zu sein. Und wie läuft es mit Vanessa?“

Nun hatte er es doch getan – er hatte sie gefragt. Doch er mochte es nicht. Wenn er sich um andere kümmern musste, wurde er immer ganz kribbelig und nervös. Er mochte keine Probleme und schon gar nicht dieses Verantwortungs-Ding.

„Es ist bequem, Zac. Die Läden sind nicht weit weg. Und der Arzt auch nicht. Ich bin jetzt bei Dr. Wang. Er macht auch Akupunktur."

Noch so ein Geier. Jetzt fiel sie schon auf Quacksalber rein. „Ach, Mum." Er seufzte und schob den leeren Teller von sich.

„Möchtest du noch?"

Er klopfte leicht auf seinen Bauch, der deutlich gefüllt aussah. „Bin voll. Muss auf meine Figur achten."

Ihr Lachen tat ihm gut. Sie lachte immer so rollend und guttural.

„Du bist immer noch eine Augenweide, mein Kleiner. Die Jungs werden dir nachrennen."

Da hatte sie recht. Er strich sich über den Dreitagebart, den er sich hatte stehen lassen. So etwas kam im Gay-Club seines Vertrauens immer gut an. Doch er hatte etwas von einem neuen Club gehört. Dort würde er mal auf die Pirsch gehen.

„Was hast du nun vor, Zac?"

„Weiß noch nicht. Übermorgen muss ich zum Bewährungshelfer. Kann ich hier pennen?"

„Du kannst in meinem Zimmer schlafen. Ich bleibe immer so lang wach und seh fern."

Er legte die Hand auf ihren Unterarm. „Ich bleibe nur kurz. Bestimmt finde ich bald etwas Eigenes."

„Das wünsche ich dir, Zachary." Seine Mutter blickte zu Boden, doch sie konnte ihre Rührung nicht vor ihm verbergen. „Jetzt bist du wieder da", murmelte sie, „und du wirst ein ordentlicher Junge werden, nicht wahr?“

„Sicher, Mum.“ Das war er doch, oder?

„Ich will keine Angst mehr um dich haben.“

Zac biss sich auf die Unterlippe, als er ihre gequälte Stimme hörte. Sie meinte es nur gut. Sie verstand das Leben dort draußen nicht, hatte es nie kennengelernt. Seitdem Dad abgehauen war, hatte sie immer nur Angst vor den bösen Jungs gehabt und davor, dass er sich einer Gang anschloss und Drogen nahm. Der Schlüssel in seiner Hosentasche fiel ihm wieder ein. Er sollte ihn wegwerfen. „Ich bin nicht auf Drogen, Mum. Ich bin in keiner Gang und mache keine Brüche mehr. Ich bin wieder frei. Das ist keine schlechte Bilanz, oder? Und ich habe noch Freunde hier.“

„Hoffentlich die Richtigen.“

„Hm, Bobby und so.“

Sie verdrehte die Augen und seufzte.

Na ja, sie kannte Bobby nicht so gut wie er.

„Du wirst es ja wissen, Zac. Ich kann dir nicht helfen.“

Mitleid stieg in ihm auf. Er umarmte sie, drückte sie fest an sich. Sie war sein Ruhepol, sein Fels in der Brandung – und doch war der Fels von äußeren Einflüssen bedroht, der Pol verrutschte auf der Landkarte seines Lebens. „Du brauchst mir nicht helfen“, sagte er leise und tätschelte ihren Rücken. Er spürte die Last, die wie eine bedrohliche Wolke um ihn herumwaberte. In Zukunft würde er ihr helfen müssen. Er war ihr einziges Kind. Niemand würde ihn dabei unterstützen.

*

Der neue Gay-Club in West End überraschte ihn. Dem Laden haftete nichts Schmuddeliges, nichts Anrüchiges an. Der Eingangsbereich war mit dezenter Beleuchtung und Spiegelleisten versehen, das Logo *Gold Rush* prangte in fast unauffälligen dunklen Schriftzügen über der Glastür. Im Foyer versank man in einem dicken Teppich, sodass Liam fast versucht war, sich die Schuhe auszuziehen, um ihn nicht zu beschmutzen. Die Wände waren mit schwarzgoldenen Tapeten geschmückt. Ein Freund hatte ihm diesen Tipp gegeben. Auch wenn er sich nicht als einen Typ für Gay-Clubs hielt, hatte er doch seiner Neugier nachgegeben. Das Innere glich dem Interieur eines Clubs der feineren Sorte. Gediegene Ausstattung in Gold und Schwarz. An den Wänden schwarz-weiße Bilder vom Goldrausch am Yukon. Knorrige Typen mit Maulesel und Schaufel, der Chilkoot-Pass, Schlittenhunde. Sanfte Musik aus den gut getarnten Boxen. Urig und elegant zugleich, der Innenausstatter verstand sein Handwerk.

Der Club füllte sich schnell. Liam hatte sich alles angesehen und hielt sich an seinem Glas alkoholfreien Bieres fest, da er mit dem Wagen hier war. Bei jedem eintretenden Gast tat er so, als schaue er rein zufällig zu ihm hin. Vielleicht gefiel ihm ja jemand, auch wenn er eigentlich gar nicht vorhatte, einen Sex-Partner aufzureißen. Viele der Gäste trugen teure Markenkleidung. Die Preise für die Getränke waren dermaßen gepfeffert, dass sich die Klientel von ganz allein ausdünnte. Doch das war die Strategie des Clubs. Die schwule High Society Vancouvers sollte unter sich bleiben. Wieder war Bewegung an der Tür. Ein arrogant aussehender Kerl mit einer Rolex am Handgelenk. *Nein, danke.*

Wenn mal ein heißes Exemplar eintrat, hatten sie meist keinen Blick für ihn. Dabei sah er doch ganz manierlich aus. Ob es an seiner blassen Ausstrahlung lag? Er war kein Poser, kein Aufreißer. Er ließ es langsam angehen.

„'N Abend", sagte der Mann.

Die Uhr funkelte vor Liams Augen, als er seinen Whisky vom Barkeeper entgegennahm.

„Zum ersten Mal hier?"

„Ja, wollte mal sehen", sagte Liam und musterte sein Gegenüber. Eigentlich gar nicht so übel gebaut. Er wollte ihn schließlich nicht heiraten.

„Der Laden hat einen guten Ruf."

„Das ist gut."

„Gibt ja auch reichlich Auswahl hier." Der Mann grinste breit.

Die Gegend um die Davie Street war das Mekka der Schwulen. Nirgendwo im ganzen Land gab es eine solche Schwulen-Dichte wie im West End Vancouvers. Als Liam den Wunsch geäußert hatte, hier ein Appartement zu nehmen, hatte sein Vater ihn misstrauisch angesehen. Schnell hatte er umgeschwenkt und seine Aufmerksamkeit auf eine andere Gegend gelenkt. Dass er sich noch nicht geoutet hatte, war fast schon peinlich. Doch ein Hindernis in seiner Seele, das er nicht packen oder beschreiben konnte, hatte ihn bisher davon abgehalten. War ja eigentlich auch nicht so wichtig. Das konnte warten. Die Schwulenwitze im Büro machten ihm eigentlich nichts aus. Eigentlich.

„Was möchtest du trinken?"

„Etwas ohne Alkohol."

Der Mann sah ihn überrascht an.

Sah er etwa aus wie ein Weichei? Nervös strich er sich eine imaginäre Strähne aus der Stirn.

„Wie heißt du?", fragte sein neuer Bekannter, bevor er noch ein Bier bestellte.

Sein Name ging niemanden etwas an. „Jack. Und du?" Es war recht voll geworden. In seinem Rücken drängelte jemand an die Bar.

Der Mann lächelte maliziös. „Joe."

Liam nahm das Bier entgegen. Jemand rempelte ihn von hinten an. Er ignorierte es. „Auf dich, Joe."

„Auf dein Wohl, Jack."

Plötzlich unterbrach ein kicherndes Lachen in seinem Rücken ihr Gespräch. „Haha, Jack und Joe! Mein Gott, seid ihr beiden süß!"

Joes Augenbrauen verzogen sich drohend. „Zieh Leine, Kleiner."

„Also, ich heiße Zac. Nicht Jack und nicht Joe und auch nicht Jim oder Mike. Ich bin Zachary."

Liam drehte sich um und bekam gerade noch mit, wie sich ein junger Mann stolz auf die Brust tippte. Auf ein Muskel-Shirt mit der Nummer eins.

„Und wenn du der Dalai Lama bist – zieh Leine!", wiederholte Joe, während Liams Blick an den Lippen des dunkel gelockten Mannes hängen blieb. Schöne Lippen, nicht zu voll, ein breiter Mund mit weißen

Zähnen. Dazu ein Dreitagebart, der ihn ziemlich sexy aussehen ließ. Gegen seinen Willen meldete sich sein bester Freund zum Dienst und zuckte in seiner Hose. Liam leckte sich über die Lippen und ließ Zac nicht aus den Augen, der einen guten halben Kopf kleiner war als er, aber das Ego eines ausgewachsenen Bullen zu haben schien.

„Jetzt reg dich nicht auf, Joe“, sagte der Fremde. „Wie wär's mit einem schicken Dreier?“

Wenn es nach Liam gegangen wäre, könnte Joe in diesem Dreier ruhig fehlen. Zac war irgendwie anders. Wie einer seiner Klienten sah er aus, wie jemand aus einer Gang. Er suchte die nackten Arme nach Tätowierungen ab, konnte aber nichts entdecken.

„Was glotzt du so, Jack?“

Er fühlte sich ertappt und räusperte sich. „Darf man hier nicht mal gucken?“ Da sah er, wie Zac sein Gesicht betrachtete, nein, er bohrte seinen Blick in Liams Augen und verharrte dort. Lange, sehr lange.

Zacs Ausdruck wurde weich, er lächelte sanft, was Liam irritierte. Sein Herz klopfte stärker, als er es gewohnt war. Sollte er wirklich mit einem Gangster in den Darkroom gehen? Nein, niemals. Und doch – Zacs Körper war drahtig und auf den Punkt richtig proportioniert. Schmale Hüften, die die Jeans jeden Moment zu verlieren drohten, akzeptable Schultern und muskulöse Arme mit feinen, dunklen Härchen.

Zac öffnete leicht seinen hübschen Mund, blieb aber stumm.

Liam glaubte, dass der Schweiß auf seiner Stirn jeden Moment zu fließen beginnen würde. Zacs Augen hielten ihn immer noch fest, als könnte er sich nicht von seinem Anblick losreißen. Eine seltsame Erregung stieg in ihm auf. Diese Lippen – lieber nicht daran denken, was die alles anstellen konnten. Doch es war mehr als das, mehr als Sex. Zac war – seltsam.

„Verdammt, was treibt ihr da?", meldete sich Joe zu Wort und zerbrach den unmerklichen Zauber, der sich zwischen ihm und Zac aufgebaut hatte.

Zac wandte sich ihm zu. „Also keinen Dreier?"

„Nein, Mann! Geh zurück in dein Getto! Soweit ich weiß, ist Prostitution hier nicht erlaubt."

Liam biss sich auf die Lippe und wartete gespannt auf Zacs Reaktion. Bloß keine Prügelei, das konnte er nicht ausstehen.

Zac reckte Kinn und Oberkörper vor. „Und wenn ich am Verhungern wäre, würde ich dich nicht aufreißen wollen." Er tippte auf Joes Brust herum, als wäre sie eine Tastatur.

Der wischte die Hand beiseite und packte Zac an seinem Shirt.

Ein Goldkettchen blinkte an seinem Hals und dirigierte Liams Blick auf eine Ader, die anschwoll.

Zac schnaufte vor Wut, hob die Fäuste.

In diesem Moment erwachte Liam aus seiner Starre. Er packte Zacs Handgelenk, legte seine andere Hand auf Joes Schulter. „Hört auf, ihr beiden, wegen so einem Scheiß. Wollt ihr auf der Straße landen?"

Zac wandte sich um und musterte ihn erstaunt. „Was bist du denn für einer? Mutter Teresa?"

Joe stieß Zac von sich. „Pass bloß auf, du Arschloch. Verpiss dich von hier und mach keine Männer an, die ich im Visier habe, klar?“

„Ach, hast du mich im Visier?“, fragte Liam. Joe wurde ihm gerade außerordentlich lästig.

„Ja, dachte ich jedenfalls.“ Joe nahm seinen Whisky in einem Schluck und knallte das Glas wütend auf den Tresen.

Zac grinste, als Joe sich umdrehte und auf den Darkroom zusteuerte.

Na, der würde jetzt ordentlich zustoßen. Liam bedauerte den armen Kerl, den er unter sich haben würde.

„Das hat er sich wohl anders vorgestellt“, sagte Zac und blickte Liam wieder an.

Warum starrte Zac ihm immerzu in die Augen? Doch auch er ertappte sich dabei, dass er wieder Zacs Lippen betrachtete. Schnell wandte er seinen Blick ab und reckte sich. „Ich muss jetzt los.“

„Hey, du willst schon gehen? Die Nacht ist verdammt jung.“

„Muss morgen arbeiten.“

„Pah …“ Zacs Geste war eindeutig. „Ist doch scheißegal.“ Als er die Hand auf seine Brust legte und mit einem Finger gefährlich nah an seine Brustwarze geriet, wurde es trotz aller Selbstbeherrschung in Liams Hose hart.

Worauf Zac wohl kalkuliert haben musste. „Komm, wir machen’s eben. Ich finde dich heiß.“ Zacs Stimme an seinem Ohr war rau.

Was in aller Welt wollte Liam eigentlich? Er wusste es nicht. Eigentlich war er hergekommen, um sich den Club einmal anzusehen. Auf ein Abenteuer war er nicht aus gewesen. Zacs Angebot war durchaus verführerisch, doch wer weiß, was er sich dabei einhandelte? Ein Gangmitglied? Ex-Knacki? Junkie? Ja, ein Junkie, so aufgedreht, wie er war. „Hast du Koks genommen?“ Zac sollte nicht glauben, dass er einen naiven Idioten vor sich hätte.

„Spinnst du?“

Diese Antwort war deutlich, doch sie erleichterte ihn nicht. Zac konnte ihm wer weiß was vorlügen. Er passte einfach nicht in Liams Kategorie von netten Männern. „Hätte ja sein können“, murmelte er und ließ seinen Blick über Zacs muskulöse Brust wandern. Plötzlich zog Zac ihn an der Hand mit sich fort.

Überrumpelt folgte er ihm in eine stillere Ecke, wo Zac sich an einen Pfeiler lehnte und ihn nah an sich zog. Liam konnte nicht fort, Zac hatte den Arm um seine Hüfte geschlungen. Ihre Unterleiber klebten zusammen, was ihm jedoch nicht unangenehm war. Liam stellte sein Glas auf einem Holzbalken ab.

„Jack, warum hast du so wundervolle Augen?“ Er seufzte und strich über seinen Arm, was Liam ein angenehmes Kribbeln bescherte.

„Damit ich dich besser sehen kann.“ Er neigte seinen Kopf, um Zacs Gesicht näher zu kommen. Warum tat er das? Doch Zac war in seiner Frechheit und Unbedarftheit interessanter als Joe. Schließlich wollte er auch ihn ja nicht heiraten. Aber auch nicht ficken, nein, lieber nicht. Seine Gedanken verblassten, als Zac sich etwas auf die Zehenspitzen erhob und ihn auf den Mund küsste. Nur ein wenig küssen und knabbern, dann war Schluss, nahm er sich vor, als der Kuss intensiver wurde und er eine Zungenspitze an seinen Lippen spürte. Er ließ die Zunge hinein, spielte mit ihr, strich durch Zacs Mund und schmeckte das Aroma eines herben Cocktails.

Zac drängte sich näher an ihn, schloss die Augen mit den langen Wimpern und im Nu gerieten ihre Zungen in einen atemlosen Takt, dessen Wellen sich bis in seinen Unterleib fortsetzten. Die Erregung erschien ihm verboten lustvoll. Nein, das hatte keinen Sinn, er wollte einen klaren Kopf behalten. Er löste sich von ihm. Zac war ihm ein wenig zu schnell, ein wenig zu geheimnisvoll. *Lieber nichts mit einem Kerl anfangen, der vielleicht einer Gang angehörte.* Plötzlich strömte ein erregendes Prickeln durch seinen Unterleib, denn Zac hatte die Hand fest auf sein Glied gelegt und drückte leicht zu. Unwillkürlich rieb Liam sich an den festen Fingern. Seine Hand wanderte von Zacs Brust, die er während des Kusses gestreichelt hatte, hinunter zu dessen Hosenbund. Er fuhr mit dem Finger zwischen Gürtel und Haut entlang und spürte feine Haare unter der Gürtelschnalle. Ein Stöhnen wollte aus seiner Brust, er unterdrückte es. Nein, nichts mit diesem Kerl anfangen, der so hart und fest und warm war und ihn verdammt schwer atmen ließ. Zacs andere Hand lag in seinem Nacken. In dem Augenblick, als Zac ihn zu sich hinab zog, gerade, als er die Augen schloss und seinen Mund zu einem weiteren Kuss auf diese weichen Lippen öffnete, erklang das Glockengeläut seines Handys. Er zuckte zusammen, kam zu sich.

„Mamma Mia, was ist denn jetzt?“ Zac verdrehte die Augen.

Liam griff zum Telefon griff. „Tut mir leid, mein Vater.“ Er nahm das Gespräch an, hörte zu und verabschiedete sich. „Ich komme. Bis gleich, Dad.“

In Zacs verblüffte Augen zu sehen, erfüllte ihn mit ein wenig Bedauern. Er seufzte. Es war besser so. Nun hatte er einen Grund, vor diesem faszinierenden Mann zu flüchten.

„Was soll das heißen?“

„Entschuldige, ich muss los. Meinen Dad nach Hause bringen.“

Zac schwieg, er sah aus, als könne er seine Worte nicht begreifen.

Liam ging zurück zur Bar und stellte sein Glas ab.

Zac folgte ihm.

„Vielleicht ein anderes Mal, Zac.“ Er zückte seine Geldbörse und bezahlte sein Bier.

Zac sah ihm zu, verblüfft, fast fassungslos, dann stellte er einen Ausdruck zur Schau, der Liam an ein verzogenes Kind erinnerte: die Lippen zu einem Schmollmund verzogen, die Stirn gekraust.

Liam schüttelte den Kopf und blickte sich kurz nach den anderen Gästen um. Er nickte Zac noch einmal zu und verließ die Theke. Bevor er die Außentür erreichte, drehte er sich noch einmal um.

Zac war auf die Trittstange vor den Barhockern geklettert und beugte sich drohend über den Tresen zum Barkeeper vor. „Was willst du für den Drink haben? Sehe ich aus wie Bill Gates?“

Lächelnd verließ Liam den Club. Nun, Zac musste sich einen anderen suchen. Der junge Mann passte weder in dieses Etablissement – noch zu ihm.

Die Luft war warm und ein allerletzter rötlicher Schatten erhellte den westlichen Himmel. Es war wirklich noch viel zu früh, um ins Bett zu gehen. Er stieg ins Auto. Purer Luxus, sein Sportwagen. Der Verkehr war mörderisch, er hätte genauso gut mit dem Sky Train oder mit dem Bus fahren können. Endlich war er in seiner Straße in Gastown angekommen und fühlte sich aus unerklärlichen Gründen unzufrieden. Als er den *Range Rover* seines Vaters vor seinem Appartementhaus parken sah, musste er wieder an Zacs beleidigte Miene denken. Er stieg aus, ging an einer auf altmodisch getrimmten Straßenlaternen vorbei und blickte an dem restaurierten viktorianischen Gebäude hinauf. Im zweiten Stock brannte Licht. Natürlich hatte sein Vater einen Schlüssel. Als er vor seiner Wohnung angekommen war, öffnete sich bereits die Tür vor ihm.

„Hallo, mein Junge."

„Hallo, Dad."

Eine kurze Umarmung, der obligatorische Klaps auf den Rücken. Sein Vater roch nach mehr als einem Drink. „Hast du bis jetzt gearbeitet?" Liam warf seinen Schlüssel auf die Anrichte.

„Ja, ich war mit Kunden im *Heavens* an der Bar. Deshalb bin ich zu dir gefahren. Hab einiges intus."

In den Augen des bekannten Immobilienmaklers Ralph Hillerman gehörte das Saufen zum Handwerk. Das war Liam immer schon klar gewesen. Er seufzte und ging ins Badezimmer, um sich ausgiebig die Hände zu waschen. Er schrubbte, seifte sich ein und fühlte sich besser, als seine Finger sich weich und sauber ins Handtuch schmiegten. Er ging zu seinem Vater zurück, der einige Fotos an der Wand betrachtete. Liam allein in der Felswand, er und David in der Felswand, mit glänzenden Karabinern gesichert.

„Also gut, ich bringe dich nach Hause. Mum wird sicher schon warten.“

Sein Vater zuckte nur mit den Schultern. „Wahrscheinlich. Wo warst du denn so lang?“

“Ich war aus. Kurz eine neue Bar ansehen.“ Im gleichen Moment wurde ihm bewusst, dass er einen Fehler gemacht hatte.

„Neu? Wo denn? Ist sie gut?“

Schnell überlegte er sich eine Ausrede. Gut, dass er darin geübt war. „Grottig. Aber Cynthia wollte unbedingt da hin. Ich … nie wieder.“

„Oh, Cynthia? Wann stellst du sie uns vor?“ Die buschigen, dunklen Augenbrauen seines Vaters zuckten fast vor Begeisterung.

„Ehrlich gesagt, Dad, Cynthia war genauso grottig wie die Bar.“

„Hahaha!“ Sein Vater schlug sich mit der Hand auf den Schenkel und prustete sein Amüsement hinaus. „Du verdammter Schwerenöter! Aber ehrlich, Liam, wann lachst du dir ein nettes Mädchen an und nicht immer diese Gossentauben für eine Nacht?“

„Du hast Mum auch erst spät kennengelernt.“

Sein Vater kratzte sich am Kopf. Er trug einen hellen, gut geschnittenen Anzug, der seinen leichten Bauch gekonnt kaschierte. Sein Dad war eine imposante Persönlichkeit mit Witz und Verve. Die Kunden rissen sich um ihn und seine wohlüberlegt ausgewählten, millionenschweren Immobilien.

„Du musst mir ja nicht alles nachmachen, Junge."

„Thema durch, Dad. Komm, ich bin müde." Er zog seinen Vater am Arm aus seinem Appartement und sah sich sehnsüchtig nach seiner Couch um. Die gemütliche Einrichtung, die warmen Bodenfliesen, der passende Teppich, die Liegelandschaft vor dem Wandfernseher, alles schrie nur nach ihm. Wie gern hätte er sich jetzt hingelegt und von einem gewissen Zac mit Dreitagebart und einem Gesicht, das die Lebendigkeit selbst war, geträumt. Das Verlangen, sich noch einmal die Hände zu waschen, überkam ihn. Er zog schnell die Tür ins Schloss, bevor der Drang übermäßig wurde.

*

Zac spürte den Kater, der in seinem Kopf tobte, als suchte er vergeblich nach einer Katzenklappe. Doch er störte nicht. Nein, so war eben das Gefühl der Freiheit. Er hatte mit den Jungs einen draufgemacht, seine Entlassung auch am zweiten Tag danach gefeiert. Man musste die Feste feiern, wie sie fielen. Vorher, im neuen Gay-Club, hatte er einen Ledertypen aufgetan und sich im Darkroom über ihn gebeugt. Das hatte echt gutgetan, wieder ein richtiger, normaler Bottom für ihn, so wie es sein musste. Schade, dass es mit diesem verdammt heißen Jack nicht geklappt hatte. Etwas an ihm hatte sein Interesse geweckt, auch wenn er nicht genau wusste, was. Doch jetzt fühlte er sich gut, vom Kater abgesehen. Bereit, den Tag zu beginnen. Was würde ein weiterer Tag in Freiheit ihm bieten? Da fiel es ihm wieder ein. Bewährungshelfer – Mist! Es war fast schon elf Uhr, er musste sich beeilen. Er hastete in Boxershorts aus dem Schlafzimmer seiner Mutter und wollte die Tür zum Bad öffnen. Geschlossen, besetzt.

„Mum?“

„Halt es zurück, Zac. Von mir aus pinkle aus dem Fenster!“

Verdammt! Vanessa war noch im Haus. „Schon wieder gefeuert, Honey?“

„Halt dein Maul, Zac.“

Er grinste.

Seine Mutter kam gerade zur Haustür herein, in der Hand eine Packung Croissants.

Das Wasser lief ihm im Mund zusammen. Schnell zog er sich an, wusch sich das Gesicht am Spülbecken und wuschelte sich die Locken zurecht. „Danke, Mum, du rettest mir das Leben.“

„Gut geschlafen, Zachary?“

„Ja, super.“ Er gab seiner Mutter einen Kuss auf die Stirn und biss in das saftige Croissant.

„War es ein schöner Abend?“

Als er in die braunen Augen seiner Mutter sah, fiel es ihm wieder ein. Die Augen von diesem Jack - … wow, die waren der Hammer gewesen. Immer wieder hatte er sie ansehen müssen, so oft, dass es ihm fast peinlich gewesen war. Er hatte ganz gut ausgesehen. Nicht richtig hübsch, aber sympathisch mit seinen Wangengrübchen und den braunen, kurzen Haaren. Und diese Augen! Er vergaß zu kauen, schob die fettige Masse in seinem Mund herum. Markant geschnitten waren sie, richtige Scheinwerferaugen. Jedes Mal, wenn er ihn angesehen hatte, hatte sein Herz Kapriolen geschlagen. Keine Ahnung, warum. Jacks Augenfarbe war zufällig die gleiche wie bei seiner Mum und der Ausdruck seiner Augen so ruhig und sicher.

„Zac, hörst du mir zu?"

„Ja, Mum, es war ein echt schöner Abend."

„Das glaub ich dir", hörte er Vanessa in seinem Rücken. Sie war aus dem Bad herausgekommen. Ihr blauer Rock war eng und kurz, der Hüftspeck quoll ein wenig über den Bund. Sie steckte eine Zigarette an und strich sich die gefärbten blonden Haare aus der Stirn. Sie war ungefähr zehn Jahre jünger als seine Mutter, was aber nicht hieß, dass sie auch so aussah.

„Du hast wahrscheinlich herumgefickt wie ein Blöder. Hast ja Entzug gehabt. Oder nicht, Zac?"

„Hör auf, Vanessa!", sagte er gefährlich leise.

Sie blies ihm den Rauch so ins Gesicht, dass er nicht wusste, ob es Absicht war oder nicht. Aus den Augenwinkeln bemerkte er, dass seine Mutter betreten zu Boden sah.

„Uh, wahrscheinlich kein Entzug, sondern viel zu tun bei deinen Knastbrüdern, oder?"

Zac wedelte den Rauch fort. „Paff deine stinkende Dinger draußen. Dies ist Mums Wohnung."

„Ja, die ich sauber mache und in Schuss halte!" Vanessa tippte sich auf die Brust. Sie trug eine weiße Bluse, etwas zu eng, die Knöpfe hatten alle Mühe, nicht abzuspringen.

„Zac, gehst du mit mir zum Einkaufen?"

Seine Mum hatte es drauf, ihn kaltzustellen. Er riss

sich zusammen und entspannte seine Faust. Er wollte ja keinen Unfrieden, aber Vanessa schaffte es immer wieder, ihn zu reizen. „Natürlich, Mum. Gern. Muss erst noch aufs Klo."

Er zog sich an, wobei er darauf achtete, dass ihm der Schließfachschlüssel nicht aus der Tasche fiel. Eine unbestimmte Gefahr ging von dem Ding aus, doch er schob die Gedanken an den Überfall schnell beiseite. Gestern war er schon drauf und dran gewesen, zum Bahnhof zu gehen, doch dann hatten ihn seine Freunde zum Glück abgelenkt. Er wollte ja auch gar nicht wissen, was es mit dem Schlüssel auf sich hatte. Bevor er mit seiner Mutter das Haus verließ, drehte er sich noch einmal um. „Lüfte das Haus, Vanessa. Mum verträgt den Rauch nicht, das weißt du genau."

Auf der Straße beruhigte ihn der Anblick der Passanten, der Motorenlärm und das Hundegebell. Sie machten sich auf in Richtung Chinatown. Eine Weile schwiegen sie, gingen nebeneinander. Er hatte die Hand seiner Mutter an seinen Arm gehängt. Sie kam nur in kleinen Schritten vorwärts. Seine Gedanken rasten, von Vanessa zu Mum, von seiner Mutter zu silbernen Akupunkturnadeln. Er hielt es nicht mehr aus, er musste es einfach auskotzen. „Mum, wie kannst du nur …"

„Hör auf, Zac. Fang nicht wieder damit an. Vanessa tut viel für mich, was du nicht siehst."

„Ja? Was denn? In diesen zwei Tagen hat sie nur Medizin für dich abgeholt und Wäsche für dich aufgehängt. Sonst nichts."

„Sie putzt das Haus."

„Klar, deshalb hast du ja gestern auch Staub gewischt. Sogar oben auf dem Regal."

„Wenn ich keine Schmerzen habe, bewege ich mich. Wenn ich helfen kann, fühle ich mich nicht ganz so … nutzlos."

Das haute ihn um. Seine Mum war doch noch nie nutzlos gewesen. Nicht für ihn. „Aber Mum, du …"

„Zac", mahnte sie leise, als sie die Straße überquerten.

Er hob dem Verkehr den Arm entgegen, um sich sichtbar zu machen. Zugleich sah er sich um, ob er irgendwo verdächtige Gestalten entdeckte, die ihm folgten. Der Schlüssel lag ihm immer noch auf der Seele, obwohl er ihn sich gestern aus der Erinnerung hatte trinken wollen.

„Ich bin es so müde, Zac. Bitte reite nicht länger darauf herum."

Sie waren vor einem kleinen Supermarkt angekommen.

„Gut, kein Problem. Bin ja sonst auch nicht da gewesen. Du wirst schon wissen, was du tust."

Sie nickte und lächelte. Ein Lächeln, bei dem ihm das Herz aufging. Auch sie hatte Grübchen. Wie Jack.

Das war der Grund, warum er erst um zwölf Uhr bei der Beratungsstelle für entlassene Häftlinge eingetroffen war. Er mochte keine Behörden, keine langen Flure, keine besetzten Stühle. Er wusste auch nicht, an wen er sich wenden sollte, er hatte den Brief etwas vorschnell weggeworfen. Daher suchte er sich die Tür aus, vor der die wenigsten Leute warteten. Mit geschmeidigen Schritten näherte er sich, blickte drohend um sich und blieb stehen. „Verpiss dich!“, zischte er einem dünnen Männchen zu, das auch prompt aufstand und ihm seinen Platz überließ. Zac warf sich auf den Stuhl und schloss die Augen. Er hörte das Atmen seiner Sitznachbarn, Gemurmel aus dem Büro. Eine Behörde. Nun gut, dann würde er sich einen Spaß erlauben.

Als sich die Tür öffnete, sprang er auf.

Mit ergebener Miene ließ der Mann, der an der Reihe war, ihn vorgehen.

Er grinste, trat ein und baute sich vor dem Schreibtisch auf, hinter dem ein dicklicher Mann mit Halbglatze saß. Wenn dieser auch noch eine Brille getragen hätte, wäre er das perfekte Abziehbild eines Beamten gewesen. „Bonjour, Monsieur.“ Er hatte seine Worte längst aus seinem Gedächtnis hervorgekramt. „J'ai un rendez-vous, mais je suis un peu tard.”

Der Mann wurde so blass wie die Wand hinter ihm.

„Mais vous parlez francais, n'est-ce pas?“, fragte Zac unschuldig.

„N-Non, ähh, oui, Monsieur, tout de suite.“ Doch anstatt etwas zu unternehmen, einen Kollegen zu holen oder Ähnliches, verharrte der Mann auf seinem Stuhl.

Zac rieb sich innerlich die Hände. Er hatte sich gedacht, dass er keinen Beamten antreffen würde, der, wie es ein Gesetz versprach, seine Kundschaft zweisprachig bedienen konnte.

„Mann, das ist ja ein Skandal“, rief er empört und bedankte sich innerlich bei seinem Mistkerl von Vater, der aus Montreal stammte, bei dem er ein paar Brocken Französisch aufgeschnappt hatte.

„Aber, aber …, Sie sprechen ja Englisch!“ Der Kerl ärgerte sich offensichtlich ein Loch in den Bauch.

„Na, Gott sei Dank, sonst wäre das ja ein Desaster geworden.“

„Wie ist denn Ihr Name?“, fragte der Mann kleinlaut und gab sich einen geschäftigen Anschein.

„Zachary Cohen. Ich bin etwas spät, aber das haben Sie ja sicher vorhin verstanden.“

„J … Ja, gewiss.“ Der Mann suchte seinen Namen auf einer Liste.

„Also, Mr Cohen, Sie sind nicht mir zugeteilt, sondern Mr Hillerman. Das ist die dritte Tür. Ich werde Sie umgehend telefonisch anmelden, dann werden Sie sofort aufgerufen. Bitte gedulden Sie sich eine Minute auf dem Flur.“

Na, geht doch.

*

Schwülwarme Luft strich vom Meer her über die Stadt. Liams Bürofenster war deshalb geschlossen. Es war an diesem Morgen bereits genauso heiß wie am gestrigen Mittag. Die Sonne verbarg sich hinter Dunst. Trotz der feuchten Schwüle genoss Liam das Wetter, wie die meisten Bewohner Vancouvers, die im Lauf des Jahres zwar keine Kälte fürchten, jedoch oft mit Nebel und warmem Regen vorlieb nehmen mussten. Die Klimaanlage würde er erst einschalten, wenn es gar nicht mehr ging. Man wusste ja nie – Legionellen oder andere Bakterien …

Gerade hatte er seinen dritten Klienten entlassen und sich in einem Nebenraum die Hände gewaschen. Seine Klienten, hoffnungslose Gestalten waren darunter. Viele waren zum zweiten oder dritten Mal inhaftiert gewesen und irrten im Dschungel der behördlichen Anforderungen umher. Für so manchen hatte er Anträge auf Sozialhilfe oder Altersversorgung gestellt, für so manchen hatte er den Beichtvater gespielt. Einige standen derart unter Strom, dass er nach ihren Beschimpfungen die Security hatte rufen müssen. Er fragte sich, warum er sich diesen Beruf ausgewählt hatte. Sozialarbeiter. Retter der Armen und Schwachen, der Witwen und Waisen. Von wegen.

Nun holte er die nächste Akte von einem halbhohen Stapel, den er ordentlich auf seinem Tisch aufgebaut hatte, und schlug sie auf. Er erwartete Mr Zachary Cohen. Er blätterte zwei Seiten weiter, wo das Bild, das nach der Festnahme aufgenommen worden war, verewigt war. „Shit!“ Liam warf sich an das Polster seines Bürostuhls zurück. Es war Zac, der Zac von gestern Abend, ein eingeschüchterter, schmalwangiger Zac, dessen Augen ihn hilflos und fast bemitleidenswert ansahen. Kein Zweifel, das war seine Bekanntschaft aus dem Club. „Oh heilige Scheiße!“ Er klappte die Akte zu, als wäre das Thema damit vom Tisch. Für einen Moment war er versucht, den Fall an seinen Kollegen abzugeben. Doch dann blickte er auf die Uhr. Es war bereits viertel nach elf. Vielleicht würde er nicht kommen. Er sah nach, ob Zac dazu verdonnert war, sich regelmäßig zu melden. Das war nicht der

Fall. Er atmete auf. Zac kam wahrscheinlich auch ohne ihn ganz gut zurecht. Gestern Abend hatte er jedenfalls bewiesen, dass er nicht auf den Mund gefallen war und keiner Auseinandersetzung aus dem Weg ging. Das war gut. Und es war zugleich schlecht. Es hieß, dass seine Streitsucht ihn im Nu wieder in Schwierigkeiten bringen konnte. Mit einem flauen Gefühl im Magen sah er nach, was Zac sich hatte zuschulden kommen lassen. Hoffentlich war er kein Vergewaltiger oder so etwas. Als er las, dass es sich um drei Einbruchdiebstähle handelte, die er zugegeben hatte, um damit das Strafmaß auf drei Jahre zu vermindern, atmete Liam auf. Allerdings hatte Zac sich mit einem Wärter geprügelt. Nicht gut, gar nicht gut.

Aber Liam konnte nichts für ihn tun, dazu musste er schon erscheinen. Doch er wollte nicht, dass er kam. Warum eigentlich? Gestern in seinem Appartement hatte er noch an ihn denken müssen. Schon komisch. Zac hatte sich so quirlig und offen gezeigt, so voller Elan und Witz, dass er sich selbst zu Hause wie ein verlassener, stummer Holzklotz gefühlt hatte.

Zac hatte ein freches Mundwerk und verführerische Lippen. Aber er passte so gar nicht zu ihm. Sollte er ruhig dort bleiben, wo er war. Als er um kurz vor zwölf den nächsten Besucher verabschiedete, hatte er innerlich mit Zac abgeschlossen. Als sein Telefon klingelte, erkannte er an der Nummer, dass sein Kollege Ron etwas auf dem Herzen hatte. „Hallo Ron, was gibt's?"

„Hör mal, Liam, hier ist eben so ein Typ reingeschneit und hat mich zu Tode erschreckt. Er hat Französisch gesprochen, so ganz ernsthaft."

„Was? Jemand aus Quebec?"

Kein Wunder, dass Ron so durcheinander war. Er sprach kein Wort Französisch. Der einzige hiesige Beamte, der das konnte, war seit zwei Wochen in Urlaub. „Was jetzt?"

„Ach, der hat mich verarscht. Der spricht ganz normal. Und er ist einer von deinen neuen Klienten. Zachary Cohen heißt er."

Liam holte tief Luft, sein Herz begann zu klopfen.

„Er müsste jetzt vor deiner Tür stehen. Tu mir den Gefallen und hol ihn herein, bevor er noch eine Beschwerde ans Amtssprachenkommissariat schreibt."

„Klar, Ron, mache ich", presste er mühsam heraus und legte auf.

Langsam stand er auf, strich sich über die Stirn und blickte kurz in den blauen Himmel. Er konnte es spüren, Zachary Cohen würde ihm nur Scherereien bereiten. Zac war jemand, der mit Autorität nicht zurechtkam und ausgerechnet vor seiner Tür auf dem Flur stand. Noch einmal atmete Liam tief ein und ging noch einmal zum Waschbecken hinüber. Die Akten waren staubig gewesen, das Papier wurde mit der Zeit immer schmieriger und dünner. Als er sich die Hände wusch, sah er sich nicht im Spiegel an. Auf dem Rückweg ging er zur Tür und öffnete sie wie beiläufig. Dann kehrte er zum Schreibtisch zurück. Die Tür wurde aufgestoßen.

*

„Du? Was zum …“

Zacs Stimme versagte, setzte aus, machte einfach schlapp. Jack mit den schönen Augen! Er fasste es nicht. Jack war sein Bewährungshelfer! Er beäugte das Namenschild, als wollte er sich vergewissern, dass alles seine Richtigkeit hatte. *Liam Hillerman* stand dort. „Also Liam.“

„Liam Jack Hillerman, um genau zu sein. Such dir was aus.“

Zac atmete tief ein. Diese Überraschung war gelungen. „Wie wär’s mit Schnuckelchen?“

Liam-Jack ließ sich nicht aus der Ruhe bringen, er schloss nur seine schönen Augen und öffnete sie wieder, quasi ein langes Blinzeln, das er irgendwie faszinierend fand.

Seine Hände wurden ganz feucht.

„Nun, Zac …“

„Für dich Zachary. Wir waren nicht zusammen im Sandkasten, Schnuckelchen.“ Er fläzte sich auf den Stuhl und sah sich im kargen Raum um. Büroschränke, ein Kalender an der weiß getünchten Wand. Ein normaler Schreibtisch mitsamt Monitor.

„Du kommst also aus Maple Rigde, nicht wahr?“ Jack, äh, Liam beugte sich über eine Akte.

Seine Akte. Er hasste es, in so einem Ding vermerkt zu sein. Sein Inneres lag offen für jeden Blick. All seine Sünden und Verfehlungen, immer nur das Schlimmste. Er konnte sich nicht einmal rechtfertigen, wenn Liam so still vor sich hinlas. „Mr Cohen, bitte, wenn ich es mir recht überlege. Ja, aus Maple Ridge.“

„Wo wohnst du momentan?“

„Hastings Street 155."

Liams Finger flogen über die Tastatur. „Bei ...?"

Wie ... bei? Wenn er Liam erzählte, dass er bei Muttern wohnte, wie sah das denn aus? „Das kommt schon an, keine Sorge", sagte er fest, worauf sich in Liams Gesicht nur eine Augenbraue hob, bevor er wieder auf den Monitor starrte.

„Was hast du mir denn so zu bieten, Schnuckel?"

Liam richtete sich auf, sein Gesicht blieb unbeweglich. Er rieb nur seine Fingerspitzen aneinander.

Was hatte er wohl gerade aus der Akte erfahren? Etwas vom letzten Einbruchdiebstahl? Oder von der Schlägerei mit dem Wärter?

Liam beugte sich vor. „Das kommt drauf an, Mr Cohen. Wenn du mit diesen Spielchen nicht aufhörst, verspreche ich, all deinen Freunden zu erzählen, wie gern du es mit deinem Bewährungshelfer getrieben hättest."

Treffer – Schiff versenkt. Allein der Gedanke an das wiehernde Gelächter seiner Kumpel brachte den Schweiß zum Laufen. Das konnte er nicht auf sich sitzen lassen. Er lehnte sich zurück und legte seine Füße auf den penibel aufgeräumten Schreibtisch. „Mir doch egal, was du wem erzählst. Wenn du sonst nichts für mich hast, kann ich auch wieder gehen, oder?

Liam starrte auf Zacs Turnschuhe, zog die Schreibunterlage etwas zu sich, richtete Tacker und Locher exakt aus. Dann breitete er seine Hände mit Unschuldsmiene aus. Doch sie zitterten leicht. „Wie du willst. Du hast dich gemeldet, ich habe dich gesehen, du hast keine besonderen Wünsche, alles klar."

Zac juckte es in den Fingern. Er wollte es Liam heimzahlen, diesem aufgeblasenen Sesselpupser mit seinem Faible für gerade Linien auf dem Schreibtisch. Ihn einfach so gehen zu lassen, hatte der Kerl denn gar keine Berufsehre? Da fiel ihm ein, dass er ihn wegen des Schlüssels um Rat fragen könnte. Doch diese Idee verwarf er gleich wieder. Liam würde ihn für verrückt erklären und zur Polizei schicken. „Muss ich dir erst sagen, was du für mich tun kannst? Du bist ja ein toller Bewährungshelfer."

Liam richtete seine Scheinwerferaugen auf ihn.

Zac glaubte, ein gewisses Maß an Belustigung zu erkennen.

„Was brauchst du momentan am dringendsten, Zachary Cohen?"

Na also, ging doch! Zac packte einen Kaugummi aus und warf das Papier demonstrativ neben den Papierkorb, der an der Seite des Schreibtisches stand.

Liam zuckte zusammen, doch er hielt sich tapfer.

„Eine Bude, eine schnuckelige Bude, Liam Jack."

Dies brachte Liam dazu, die Maus zu bewegen.

„Momentan habe ich nur eine WG für dich. Zwei Jungs sind schon drin, der Dritte ..."

„Bloß nicht! Das sind doch alles üble Typen. Oder gerade frisch aus der Klapse. Hast du kein Appartement?"

„Doch, wieso? Willst du etwa bei mir wohnen?"

Haha, toller Witz.

„Wie steht's mit Arbeit?"

Die Luft im Raum war zum Schneiden dick. Zac sah winzige Schweißperlen unter Liams dunklen Haaransatz. Augenblicklich stellte er sich vor, bei welchen körperlichen Aktivitäten Liam sonst noch so ins Schwitzen geriet. Seine Augen fuhren wie von selbst über die kräftige Brust, die in ein kurzärmeliges Leinenhemd gehüllt war. Am Ausschnitt konnte er einige dunkle Haare erkennen. Und diese Augen, sie hauten ihn schon wieder um.

„Hallo, Zac? Arbeit?"

Er zuckte zusammen. Arbeit? Was sollte schon damit sein. Sie war ein notwendiges Übel. Er ließ eine Kaugummiblase aus seinem Mund entweichen, bis sie in sich zusammenfiel, und schmatzte beim Kauen.

Liam begann, hektisch zu blinzeln und biss sich leicht auf die Lippe.

Sah verdammt sexy aus. Zacs Herz klopfte schneller, er musste sich zusammenreißen. Er konnte ja wohl schlecht seinem Bewährungshelfer hinterherhecheln. „Sieht aus, als ob ich Arbeit brauche, Jack." Obwohl ihm eine Wohnung wichtiger war. Aber was tut man nicht alles, wenn man ein neues Leben anfangen will.

Liam notierte sich etwas. „Hast du etwas gelernt? Einen Beruf?"

„Ich war Fahrer für eine Pizzeria, dann im Lager eines Warenhauses, dann war ich in einem Holzfäller-Camp." Wo er fast zum Alki geworden wäre. Das Lager im Kaufhaus war cool gewesen und hatte ihm eine Menge netter Dinge eingebracht. Zweite Wahl und so. Merkte ja keiner. „Ich mach alles, außer die ganz blöden Schweinereien. Also Schlachthaus und Mülldeponie, so was nicht. Und kein Holzfällen mehr."

„Darum reißen sich einige deiner Leidensgenossen."

Was sollte das? Er war nicht am Leiden. „Jetzt kehr mal nicht den barmherzigen Samariter raus, Liam. Das kannst du dir sparen!“ Er spuckte den Kaugummi in hohem Bogen aus, worauf der Klumpen mit einem leisen Rascheln im Papierkorb landete. *Verdammt, daneben!*

Währenddessen schrieb Liam wieder etwas auf einen Zettel.

Wer schreibt, der bleibt. Er hätte vielleicht auf der Junior High doch nicht so faul sein sollen. Kann ja keiner ahnen, wie wichtig dieses Zeugs so ist.

Liam wollte ihm den Zettel überreichen. Er stand dazu nicht auf, streckte nur seinen Arm aus.

Zac rührte sich nicht, lag immer noch halb im Sitz, die Arme vor der Brust verschränkt.

Liam legte das Papier auf seine Beine, die ja noch auf dem Schreibtisch lagen. Die leichte Berührung schickte wider Erwarten einen Schauder über Zacs Rücken.

„Spülkraft im *Heavens*.“

„Was is ’n das?“

„Ein Restaurant in Gastown. Netter Laden, also versau den Job nicht.“

„Ja, Massa Buana. Ich nix dumm, ich spülen gut.“

Als Liam die Augen verdrehte, rollte die Genugtuung über ihn hinweg. Er sprang vom Sitz, schnappte sich den Zettel. Lang genug hier herumgetrödelt. Liam sah auch schon richtig erschöpft aus, der arme Kerl. Selbst dran schuld, hier zu hocken, anstatt eine Sause im Park zu machen. Die Jungs warteten auf ihn. Er sah auf die Uhr an der Wand.

„Morgen fängst du an. Ich rufe im Restaurant an.“

„Ja, okay."

„Ja, was?"

Liams Blick war wieder da. Er durchdrang seine Netzhaut, drang in sein Gehirn ein. Ein fordernder, ermahnender Blick, gemischt mit ein wenig Neugier und Wohlwollen.

„Ja, danke, Mann." Peinlich. Wofür sollte er sich bedanken? Warum hatte er das getan? Liam hatte ihn mit seinem Blick dazu gebracht, dieser Mistkerl. Nun stand er auch noch auf, reckte sich zu seiner ganzen Höhe. Echt, der Kerl sah trotz seiner Müdigkeit verdammt gut aus, selbst bei helllichtem Tag. Das Hemd hing lose über der Jeans. Die Beine waren schier endlos lang, die Schultern etwas breiter als seine eigenen. Na ja, Zac war leider kein Hüne und wollte eigentlich keine Männer mögen, die größer waren als er. Doch dann hätte er die Hälfte der männlichen Bevölkerung Vancouvers ablehnen müssen. Inzwischen hatte er sich mit seinem Körper arrangiert. Er war das Beste, was er hatte: trainiert, stark, drahtig. Eben *Numero Uno*! Doch diese *Numero Uno* wurde zu Wackelpudding, als Liam näher trat und ihn ansah. Er konnte Liams Rasierwasser riechen, spürte seine Aura, seine Wärme und starrte in seine braunen Augen mit den geraden Wimpern.

Liam streckte die Hand aus, er ergriff sie automatisch, wie gebannt.

„Bis dann, Zac. Melde dich nächste Woche wieder wegen einer Wohnung. Falls du Anträge auf Unterstützung stellen willst, das machen wir dann zusammen."

Unterstützung? Das waren Almosen … Aber nett von ihm. „Ja, gut."

Liams Griff war fest und rau. Irgendwie keine Bürohände. Seine Unterarme waren so muskulös, dass Zac überrascht den Mund öffnete.

Doch Liam hatte schon die Tür geöffnet. „Schick den Nächsten rein."

Er nickte nur wie ein blödes Schaf.

Draußen warteten drei weitere Klienten, junge Männer, und ihm fiel auf, dass sie irgendwie alle aussahen wie er. Er fühlte sich für einen Augenblick klein und unbedeutend, wie eine von vielen Nummern, die alle von Liams Gunst abhingen. Er trat einige Schritte nach vorn, einer der Wartenden ging ins Büro.

Und das Merkwürdigste war, dass ein Stich der Eifersucht durch seinen Körper schoss. Liams Augen würden nun einen anderen anstrahlen. Mist, verdammter!

*

Als es halb vier war, fühlte Liam sich erschöpft wie selten zuvor. Das Hemd klebte an seinem Körper. Wenn er jetzt die Klima-Anlage angestellt hätte, wäre er übermorgen tot. Seine Klienten waren ausnahmslos zäh und widerspenstig gewesen. Nein, heute war kein guter Tag. Zac war der Einzige gewesen, der etwas frischen Wind in sein Büro gebracht hatte. Er war ein verrückter Kerl, wirklich erfrischend anders. Ein hoffnungsloser Fall wahrscheinlich, aber süß.

Er ging zum Waschbecken. Seine Hände sehnten

sich nach Sauberkeit und Frische. Erst dann konnte der Feierabend beginnen. Ein wenig beunruhigte ihn die Tatsache, dass er im letzten halben Jahr immer öfter den Drang verspürte, sich zu säubern. Manchmal duschte er dreimal täglich, ohne eine Minute Sport getrieben zu haben. War das noch normal? Wieso fühlte er sich immer wieder schmutzig? Das Wasser lief über seine Finger, in seinem Inneren legte sich ein Schalter um. Er seufzte wohlig. Sein Vater hätte ihm deswegen längst einen Therapeuten empfohlen. Doch er dachte nicht im Traum daran. Es war eben so. Es war nichts Schlimmes, nichts Verwerfliches. Im Gegenteil. Zac könnte ruhig mal öfter duschen, er hatte heute etwas schmuddelig ausgesehen. Und doch umgab ihn der Charme eines ausgebufften Straßenjungen aus einem Dickens-Roman, ein Junge, der unverschuldet in eine missliche Lage gekommen war. Liam könnte höchstens einen Therapeuten fragen, warum er immer wieder an Zac dachte. War das etwa normal? Mitnichten! Er hatte immer nette Freunde, saubere, duftende Lover, die schrecklich langweilig waren. Er seufzte wieder, dieses Mal nicht vor Erleichterung. Nachdem er sich die Hände abgetrocknet und seine Tasche aufgehoben hatte, verließ er das Büro. Seine Eltern erwarteten ihn zum Barbecue. Er musste mit dem Auto in der sengenden Sonne quer durch die Stadt fahren und sich ihnen widmen.

Eine Stunde später war er in North Vancouver angekommen. Das Anwesen seiner Eltern lag in der Nähe des Canyon Creek Parks, dort, wo die Reichen und Schönen Vancouvers wohnten. Er schwor sich, sofort ein kühles Bier zu trinken. Auf der weitläufigen Terrasse, von der aus man über weite Waldgebiete blicken konnte, stand die Grill-Station im Vordergrund. Die Sessel und Liegen waren nett arrangiert, seine Mutter thronte als Deko auf einem Rattan-Sofa. Als er sich über sie beugte, um sie auf die Wange zu küssen, streifte ihn unmerklich eine Alkohol-Fahne.

„Liam, schön, dass du da bist. Geht es dir gut?“

„Ja, Mum, und dir? Du siehst jedenfalls gut aus.“

Ja, das tat sie. Sie war 52 Jahre alt, ihre Haut war gebräunt. Die Sonnenbrille trug sie im modisch kurzen Haar, das bequeme Seidenkleid umspielte ihre zierliche Figur. Die strahlenden Augen hatte er von ihr geerbt, versicherte man ihm immer wieder. Und doch lag bei seiner Mutter ein glasiger, fast leerer Blick in ihnen.

Sein Vater reichte ihm eine Bierflasche, von der noch kühle Tropfen perlten. Genüsslich trank Liam sie in einem Zug halb leer, betrachtete dann das Haus mit seinen vielen Erkern, Vordächern, bodentiefen Fenstern. Es duftete nach Steak, der Wind kühlte seine Haut und er hätte sich fast wohlfühlen können. Wenn seine Eltern sich nicht wieder diese komischen Blicke zugeworfen hätten. Hatten sie sich wieder gestritten?

„Du wirkst müde, Liam“, sagte sein Vater und begutachtete ein riesiges Stück Fleisch.

„War etwas anstrengend heute. Und die Sonne … na ja. Aber ihr habt es ja schön angenehm hier oben.“

„Dein Vater ist auch eben erst erschienen. Ich hatte schon Angst, selbst das Feuer anmachen zu müssen.“

„Ich hatte Kundschaft“, brummte dieser.

„Sicher. Wie seit zwanzig Jahren.“

Die Stimme seiner Mutter klang resignierend. Als Liam und seine jüngere Schwester noch klein gewesen waren, hatte sie noch ihre großformatigen Bilder gemalt. Er fragte sich, warum sie nicht wieder damit angefangen hatte. In diesem Moment fiel ihm zum ersten Mal auf, dass er kaum etwas über ihren Tagesablauf wusste. Das Soziologie-Studium, seine Ausbildung, der Beruf, alles hatte ihn recht weit von seinem Zuhause entfernt.

„Moira“, murmelte sein Vater missbilligend, dann zwinkerte er Liam zu.

„Ralph“, gab sie zurück und grinste mit einem Anflug von Verärgerung. Doch dann sprang sie plötzlich auf und winkte jemandem zu.

Liam sah sich um und entdeckte die Andersons, die mitsamt ihrem Pudel über den millimeterkurzen Rasen auf sie zukamen. Mit Pudel und – Bridget, ihrer zwanzigjährigen Tochter.

„Dad“, raunte Liam verstört. „Ihr habt sie doch nicht etwa eingeladen?“

„Doch. Stört es dich? Wir dachten, du könntest dich etwas um Bridget kümmern. Sie studiert jetzt in Seattle.“

„Toll.“

„Jetzt sei nicht so stofflig. Die Andersons sind einflussreiche Leute, das weißt du doch. Sie planen, ein Haus in der Stadt zu kaufen.“

Liam riss sich zusammen und lächelte den Ankommenden artig entgegen, gab Händchen und reichte schlussendlich Getränke an. Insgeheim fragte er sich, warum sein Vater nicht wenigstens einmal Gäste ohne jeglichen Hintergedanken einladen konnte. War sein Leben so unter Berechnungen und Absichten verschwunden? War denn alles ein Gespinst aus Beziehungen und Zahlen? Immer nur quid pro quo. Sein Vater war anscheinend nicht fähig, etwas zu geben, ohne etwas dafür zu verlangen. Seine Mutter war ähnlich gestrickt. Einmal hatte eine entfernte Nachbarin Liam von der Schule heimgebracht, weil er den Bus verpasst hatte. Eine zufällige Gelegenheit, das ganz normale Leben eben. Doch seine Mutter hatte sich fast umgebracht vor Anstrengung, seiner Fahrerin eine Kleinigkeit zu besorgen, einen Blumenstrauß oder einen Buch-Gutschein. Sie hatte nicht eher Ruhe gegeben, bis Liam ihr das Geschenk höchstpersönlich an die Haustür gebracht hatte. Er hatte das Gefühl gehabt, dass diese Geste keinen Dank ausdrückte, sondern das Abtragen einer Schuld. Wie konnte die Nachbarin nur so ungezogen sein und seine Mum in einen Schuldzustand versetzen?

„Liam, hörst du mir zu?“

“Was?“ Er schrak aus seinen Gedanken auf.

Bridget hatte sich mitsamt ihrem Cocktail-Glas nach vorn gebeugt, so nah, dass er einen Blick in ihr Dekolleté werfen konnte.

„Ich fragte, ob du es immer noch so interessant findest in deiner Behörde.“

Sofort erschien Zac mit seinem Dreitagebart vor seinem inneren Auge, wie er sich auf dem Stuhl lümmelte und sich bemühte, ihn zu provozieren.

„Oh ja“, sagte er und lächelte geheimnisvoll. Er fand es interessanter als je zuvor.

Kapitel 2

Zac knallte die Tür des Schließfaches zu. Verfluchter Mist! Er schloss ab, zog den Schlüssel aus der Tür und lehnte sich an die Schrankwand gegenüber. Es war ruhig auf dieser Seite der Gepäckaufbewahrung. Niemand sah ihm zu, niemand wuselte an den Nachbarschränken herum. Warum hatte er seiner Neugier nachgegeben, die der Schlüssel immer und immer wieder entfacht hatte? Er hatte morgens an ihn gedacht, mittags und abends. Immer wieder hatte er sich gesagt, dass die Sache vorüber war, dass der Schlüssel nicht mehr wichtig war und er keine Angst vor den *Scorpions* mehr zu haben brauchte. Doch der Schlüssel lockte und rief. Und nun hatte er den Salat. Das entfernte Kreischen von bremsenden Zügen drang an seine Ohren, dann eine Lautsprecherdurchsage. Mit dem, was sich in dem Schließfach befand, konnte er alle Schließfächer der Welt für lange Jahre mieten. Bestimmt drei oder vier Kilo Drogen. Verschweißt in Plastiktüten. Es interessierte ihn nicht, ob es Heroin oder Kokain war. Und ein USB-Stick, den er dem Fach entnommen hatte. Wenn er schon die Gelegenheit hatte, konnte er auch mal sehen, was darauf war. Warum hatte der Typ den Stoff hier deponiert? Hatte er ihn geklaut? Was sollte Zac bei der Polizei? *Hey Leute, ich habe vier Kilo Heroin und verschlüsselte Daten gefunden! So'n Typ hat mir den Schlüssel gegeben.*

Lachhaft. Niemand würde ihm glauben. Lebte der Kerl überhaupt noch? Ein leises Schuldgefühl setzte ihm zu, er kratzte sich unbehaglich im Nacken, dann tastete er nach dem Stick, der mit dem Schlüssel in seiner Tasche drückte. Er hätte nach dem Vorfall die Bullen zu Hilfe rufen können. Ach was. Zac straffte seine Schultern, richtete sich auf. Spätestens jetzt würde er den Kerl selbst umbringen für den Ärger, den er ihm eingebrockt hatte. Das Zeug gehörte jemandem. Wahrscheinlich den *Red Scorpions*. Was sollte er tun? Wenn er zu den Bullen ging, würde die Gang davon erfahren. Er verließ das weitläufige Gebäude mit einem mulmigen Gefühl. Immer wieder blickte er sich um, scannte das wuchtige Portal und Fenster des hundert Jahre alten Gebäudes, dessen helle Mauern im Sonnenlicht strahlten. Er suchte einen Verfolger, doch niemand beachtete ihn. Auch im gegenüberliegenden Park schien alles ruhig zu sein. Frauen schoben ihre Kinderwagen und zwei Jogger drehten ihre Runde. Die Blumenbeete prangten als bunte Tupfen inmitten des Grüns. Er atmete auf. Die Uhr auf dem Bahnhofsvorplatz zeigte ihm, dass es noch früh genug war, sich Bobby anzuvertrauen, bevor er zur Arbeit ging.

„Du hast was?!"

Bobbys Augen, die ohnehin schon kugelrund in seinem schwarzen Gesicht lagen, wurden immer größer.

„Du hast schon richtig verstanden." Zac hatte keinen Bock, die Geschichte zu wiederholen.

„Alter, hast du sie noch alle?" Bobby schüttelte den Kopf. „Massig Stoff und einen Stick! Warum hast du nicht sofort die Bullen geholt? Jetzt sind schon drei Tage vergangen. Du bekommst bestimmt Ärger, egal von wem!“

„Ja, ich weiß. Habe ich vermasselt.“ Zacs Fußspitze tippte immer wieder auf den Asphalt.

Sie befanden sich vor einem Lebensmittelgeschäft in Chinatown, in das Bobby seine Kumpel geschickt hatte, um Bier zu kaufen. Bobby hockte auf einer eisernen Stange, die einen schmalen Gehweg neben dem Discounter vor Radfahrern schützen sollte.

Zac hatte nur einige Minuten Fußmarsch vom Pacific Central bis hierher benötigt. „Sag bloß nichts den anderen. Sie dürfen es nicht wissen. Wer weiß, auf welche Gedanken sie sonst kommen. Mit Drogen will ich nichts am Hut haben“, mahnte er.

„Ja, Mann, weiß ich doch. Ich ja auch nicht. Wenn du da erst mal drinhängst, kommst du nur noch tot wieder da raus. So wie dein seltsamer Typ.“

Zac lief ein Schauder über den Rücken. „Tot? Woher willst du wissen, dass mein Angreifer tot ist?“

„Na, hast du das nicht mitgekriegt? Große Polizeiaktion am Fraser. Die haben dieser Tage einen toten *Red Scorpion* aus dem Fluss gefischt.“

„Ertrunken?“

„Messer. Ich habe einen Kumpel bei der Streife.“ Bobby nickte wichtigtuerisch.

Zac wischte sich über das Gesicht. Seine Augen taten weh, er drückte sie leicht in seine Höhlen. Tot, der Mann war tot. Seinetwegen! Weil er wegen der Verfolgungsjagd nicht rechtzeitig die Polizei gerufen hatte. Er konnte es nicht mehr rückgängig machen. Ein Stein legte sich auf seine Brust. „Shit!“

Bobby legte ihm kurz die Hand auf die Schulter. Er

war immer schon wie ein großer Bruder für ihn gewesen. Bobby wusste alles, kannte jeden und tat so einiges. Unter anderem die Hand über Zac halten. Das konnte er nie wieder gutmachen. „Scheiße, was?", sagte Bobby leise.

Zac riss sich zusammen. Er wollte hier nicht die Heulsuse geben, auch wenn ihm danach zumute war. Er zuckte mit den Schultern. „Nicht mehr zu ändern."

„Was willst du jetzt tun?"

„Ich muss zur Polizei. Wenigstens den Stick abgeben."

Bobby sah ihn an und biss auf seiner Unterlippe herum. Dann wiegte er seinen Kopf.

Zac wurde misstrauisch. „Warum fragst du so komisch? Hast du etwa eine andere Idee?"

„Nein, aber diese Geschichte gefällt mir nicht."

„Ach wirklich?" Zac verschränkte die Arme vor der Brust.

„Na ja, weil das, was ich gehört habe, nur zu gut dazu passt."

Alarmiert trat Zac vor und blickte Bobby ins Gesicht. „Was? Nun sag schon!" Er schüttelte Bobby an den Armen, natürlich erfolglos, denn der war mächtig wie eine Eiche und blieb auf der Stange hocken.

„Gestern schlichen hier ein paar tätowierte Gestalten herum, die nach einem Weißen gefragt haben, der ein T-Shirt mit der Nummer eins trägt. Ich habe sofort an dich gedacht. Und als du eben mit dieser Sache gekommen bist - hm. Ich denke, die haben dich schon auf dem Kieker. Aber sie haben dich noch nicht gefunden und das ist gut."

Das ist gut? Zac wurde es heiß, dann sofort wieder kalt. Er strich sich über die Arme, dann sah er perplex auf sein T-Shirt. Die rote Nummer leuchtete ihm entgegen wie ein überdimensionaler Blutfleck. „Noch nicht gefunden! Na toll! Hat einer von euch etwas gesagt? Hat mich jemand verpfiffen?“

„Quatsch!“ Bobbys Reaktion war eindeutig, was ihn erleichterte.

„Du weißt genau, dass wir bei unseren Geschäften nichts mit den Gangs zu tun haben wollen. Die sollen mal ruhig da bleiben, wo sie hingehören. Aber sie versuchen es immer öfter. Wollen Brüche mit uns machen, den Hehler spielen und so was.“

„Wir sind eben die Besten hier.“

„Du bist ziemlich naiv, Zac.“ Bobby sah den vorbeifahrenden Autos nach. „Die wollen nichts mit Brüchen zu tun haben, das lohnt gar nicht für sie. Die wollen sich erst bei uns einschleimen, uns von ihnen abhängig machen. Und dann bist du plötzlich im Schutzgeschäft mit drin oder die schicken dich zu den Schulen, um zu dealen.“

„Hier doch nicht.“ Zac schüttelte den Kopf. Vancouver galt in Kanada immer noch als recht sichere Stadt. Eine saubere Stadt ohne Schwerkriminalität. Doch er wusste, dass dieser Zustand schon ziemliche Blessuren bekommen hatte, gerade nach dem Gang-Krieg vor einigen Jahren, als es jede Woche einen neuen Vergeltungs-Toten gegeben hatte.

„Ja, aber in den Staaten. Seattle und so. Da geht die Post ab. Und irgendwann auch hier.“

„Nicht mit uns.“

„Nein, nicht mit uns“, bestätigte Bobby und winkte seinen Freunden zu, die schwer beladen aus dem Discounter kamen.

Die Sonne stand hoch am Himmel, gleich würden sie gemeinsam in einen Park gehen und trinken. Zac hatte immer noch keine Idee, was er machen sollte. Er wusste nur, er würde nicht zur Polizei gehen. Wenn Bobby schon seine Informanten bei den Bullen hatte, wie viele Spione hatten die *Scorpions* wohl bereits dort? Und die Jungs waren verdammt nachtragend. Er würde nicht lange mit dem Makel als Verräter herumlaufen, sondern eher das Messer an seiner Kehle fühlen, als er bis drei zählen konnte. Nachdenklich ließ er die Bilder seines Zusammentreffens mit dem toten Gangmitglied an sich vorbeiziehen. Niemand hatte sie gesehen. Nur der Obdachlose. Und auch der hatte nicht sehen können, dass der Tote ihm einen Schlüssel zugesteckt hatte. Der Kerl hätte ihn ja auch irgendeinem anderen geben oder gar wegschmeißen können. Seine einzige Chance war also, glaubhaft so zu tun, als hätte er niemals einen Schlüssel gesehen. Untertauchen war da das Schlimmste, was er tun konnte, quasi ein Schuldeingeständnis. Er musste sich ganz normal verhalten. Zac ließ den Kopf hängen. Ganz normal verhalten, während die Gang ihn schnappte und verhörte? Er wusste, nach drei Schlägen aufs Maul würde er singen wie eine Nachtigall. Sollte er doch untertauchen? Hatte ihn wohl jemand von der Gang am Bahnhof gesehen? „Shit!“, zischte er, nahm eine Bierdose entgegen und hielt das kühle Metall an die Stirn. Er würde sterben, das war mal sicher. Dies war eines seiner letzten Bierchen.

„Ich überleg mir was“, flüsterte Bobby, „aber erst sehen wir uns an, was der Typ auf den Stick gezogen hat. Morgen. Lasst uns jetzt gehen.“

Zac nickte halbherzig und klatschte seine vier Freunde ab, als wäre nichts gewesen. Er wollte nicht wissen, was auf dem Ding war. Dass es gefährlich war, wusste er auch so. Nach ein paar coolen Sprüchen und Witzen trennte er sich von seinen Kumpels und machte sich auf den Weg ins *Heavens*. Seine Laune konnte ohnehin nicht mehr schlechter werden. Er schlenderte an Krimskrams-Läden, Imbissständen, in denen die scharfen Nudeln in der Pfanne brutzelten, und Klamotten-Buden vorbei. Nicht lange darauf verlangsamte er seinen Schritt, ging an einem draußen aufgestellten Kleiderständer vorbei und zog sich einfach ein anderes T-Shirt vom Bügel. Um ihn herum wuselten die Menschen. Er würde nicht auffallen und selbst wenn – pah, ihm doch egal. Ungeniert klemmte er sich das Shirt unter den Arm. Hundert Meter weiter zog er seine *Numero Uno* aus und warf es mit einem Seufzen in einen Mülleimer.

Einige Stunden später räumte er dreckige Teller in eine riesige Spülmaschine, die eher einer Waschstraße glich und scheinbar alles in sich aufnahm, was er ihr gab. Immerhin besser, als selbst spülen zu müssen, dachte er und sah auf die Wanduhr. Gleich zehn, das Abendgeschäft war in vollem Gang. Obwohl die eigentliche Küche durch eine große Glasscheibe von seiner Spülküche abgetrennt war, übertrug sich die Geschäftigkeit auf ihn. Hektisch stieß er das Porzellan aneinander, dass es klirrte.

„Keine Scherben machen, Junge, pass auf!“, brüllte der Typ, der die Aufsicht über die drei Küchenhelfer hatte.

Zac nannte ihn insgeheim Rambo, denn er hatte einen Rücken wie ein Stahltresor.

Ein Mann mittleren Alters fegte die Speisereste in den Abfall und sortierte das Geschirr, Zac räumte es ein, eine junge Frau räumte die Maschine am anderen Ende aus und stellte das saubere Geschirr in einen Wärmeofen, von wo aus es von den Köchen zum Anrichten geholt wurde. Fließbandarbeit – und das in einer Küche.

„Tut mir leid“, sagte er lahm und konzentrierte sich darauf, keine Scherben und Sprünge zu fabrizieren. Er schüttelte unmerklich den Kopf. Es war stickig, die warme Luft, die der Waschstraße entströmte, roch nicht gerade nach Lavendel. Da war ihm fast der Kiefernadelgeruch im Knast lieber. Außerdem sah er blöd aus, mit seinem Haarnetz über den Locken und dem abgetragenen Kittel, den er hatte anziehen müssen. Überall Geklirre, Geplätscher und Gebrumm, dazu die geleierten Befehle, die die Köche wie seltsame Mantras von sich gaben. Nein, das war nicht die Art von Job, die er bevorzugte. Das hatte Liam ihm eingebrockt. Liam mit seinen überzeugenden Strahleaugen. Der saß jetzt sicher in seinem Yuppie-Appartement in Yaletown und schlürfte einen Verdauungs-Espresso. Obwohl, ein städtischer Beamter konnte sich wahrscheinlich kein Appartement dort leisten. Bei nächster Gelegenheit würde er fragen, wo er wohnte. Ups!, was war das denn? Warum sollte er ihn fragen? Er war ein netter Kerl, aber damit hatte es sich auch schon. Oder? Nicht an Liam denken, arbeiten!, befahl er sich und drückte auf den Knopf, damit das Band weiterrückte und die Teller im Bauch der Maschine verschwanden. Jetzt wartete ein Stapel Töpfe auf ihn, so groß wie Baggerschaufeln. Er ließ Wasser in das große Spülbecken. Seine Gedanken wanderten hin und her. Wenn er nicht an Liam dachte, musste er an die *Red Scorpions* denken. Was ungleich schlimmer war. Dazu knurrte sein Magen bereits seit einer Stunde, er biss die Zähne zusammen. Noch bis Mitternacht, dann konnte er sich einen Burger holen. Nie waren die Zeiger einer Uhr langsamer weitergerückt als die schwarzen Spinnenbeine, die dort an der Wand vor sich hin zitterten. Er fühlte sich unwohl, stand irgendwie neben sich und nahm alles nur noch undeutlich und verlangsamt wahr. Seine Zuversicht, die er noch vor zwei Tagen gehegt hatte, war verschwunden unter einem Berg aus Problemen. Da hätte er genauso gut im Knast bleiben können.

„Was glotzt du auf die Uhr? Los, die Töpfe vorspülen!“ Der Sklaventreiber baute sich vor ihm auf.

Zac hatte Mühe, nicht die Faust zu ballen. Verdammt, Liam, was hast du mir da angetan?

Am nächsten Tag ging ihm die Arbeit etwas leichter von der Hand, doch zuerst war er ungern aus dem Haus gegangen. Seine Mum hatte mit zittrigen Händen in ihrem Medikamenten-Kästchen gekramt, aber offenbar nicht gefunden, was sie suchte. Sie hatte Schmerzen, das sah er ihr an. Da konnte auch Dr. Wang nichts machen. Zudem hatte sie gestanden, dass sie diesen Quacksalber nicht mehr bezahlen konnte. Das war auch besser so. Sie war zu ihrem früheren Arzt zurückgegangen. Als es elf Uhr war, hatte sie ihn mit erhobenen Augenbrauen angesehen. Er hatte Bobby und seinen Computer nicht mehr besuchen können, es war zu spät. Schnell war er in seine leichte Arbeitskleidung geschlüpft. In der Küche war es immer heiß. Auch jetzt tropfte der Schweiß von seiner Stirn und blieb am Haarnetz hängen. Dieses blöde, kratzende Ding. Er rieb sich die Stirn. Durch eine offene Tür konnte er sehen, dass der Gastraum noch nicht gänzlich gefüllt war. Es war erst halb zwölf. Zeit für eine von Vanessa geschnorrte Zigarette. Ihm war heute einfach nach Rauchen zumute. Die Nerven beruhigen. Der Stick stach immer noch in seiner rechten Leiste herum. Er hatte vor, ihn noch heute auf Mums Rechner auszulesen. Deshalb war er ja auch so nervös. Besser, wenn Bobby nicht wusste, was darauf war. Rambo war noch nicht zu sehen, vielleicht kam der immer nur abends. Er verließ die Spülküche durch den Hintereingang, lehnte sich draußen in der Gasse an die Wand und rauchte. Die Sonne knallte wieder vom Himmel. Plötzlich wusste er, was er heute Nachmittag oder heute Abend tun würde: Endlich mal wieder zum Strand gehen. Vielleicht lief ja was. Im West End tat sich immer was in Bezug auf Sex. Er stieß langsam den Rauch aus, wartete auf die innere Entspannung, die leider nicht eintrat. In der Nacht hatte er von Wasserleichen geträumt und von tätowierten Handgelenken. In was für eine Scheiße hatte er sich da reingeritten. Alles schien sich wie eine Schlinge um seinen Hals zu legen, immer enger, immer fester. Mums Krankheit, die Drogen, keine Wohnung, kein Geld. Liam. Zac lächelte beim Gedanken an den etwas trockenen, steifen, aber netten Kerl. Er hatte was, ja, er hatte was. Sie waren sich sympathisch, auf eine skurrile Art und Weise, trotz aller Sticheleien. Stimmen rissen ihn aus seinen Träumen von strahlenden, braunen Augen und Grübchen.

Er hörte eine keifende Frau gleich am Anfang der Gasse, wo der Haupteingang zum Restaurant lag. Zac spähte um die Ecke des kleinen Kühlhauses, das ihm die Sicht versperrte.

Sie stand nur fünf Meter von ihm entfernt und umklammerte ihre Clutch oder wie diese Handtaschen auch immer hießen. Sie gestikulierte heftig. Ein stämmiger Mann in einem gut geschnittenen Anzug ließ die Tirade über sich ergehen und zog sie weiter in die Gasse hinein, als sei ihm dieser Auftritt peinlich.

„Seit einem Jahr erzählst du mir, dass du dich scheiden lässt!"

Ups!, das war deutlich. Die Geliebte und der verheiratete Lover. Zac schüttelte den Kopf und grinste.

„Lydia, jetzt hör auf zu schimpfen. Wir beide gehören zusammen, das weißt du. Komm, lass uns jetzt reingehen. Ich habe Hunger. Das wird schon alles klappen."

„Das sagst du immer!" Ihre blonde Mähne flog um ihren Kopf.

Der Mann zog seine Augenbrauen drohend zusammen.
„Du setzt mich seit einem Jahr unter Druck, das meinst du wohl, oder?"

„Was!? Ich fasse es nicht!"

„Ich kann nicht so schnell reagieren. Ich brauche Zeit, den Absprung zu finden. Ich will dich, Lydia, aber wenn du jetzt Theater machst, treibst du mich in die Arme meiner Frau. Und das will ich nicht. Willst du das etwa?"

Damit hatte er sie. Respekt. Er reckte sich etwas vor, um besser hören zu können.

„Ach Ralph, versteh mich doch. Ich will nicht immer die zweite Geige spielen. Ich will endlich richtig zu dir gehören."

Na ja, sie will eher zu dem Geld gehören, das dieser Mann offenbar besaß. Obwohl der Kerl durchaus stattlich aussah. Er trug eine goldene Armbanduhr und Zac hätte schwören können, dass die nicht von einem Farbigen stammte, der seine Ware im Inneren seines Mantels trug. Der Mann spielte mit einem schweren Autoschlüssel herum. „He, was glotzt du so?"

Verdammt! Erwischt! Der Typ hatte ihn gesehen. Zac warf den Zigarettenstummel zu Boden, trat ihn aus, schob den offenen Kittel beiseite und steckte ganz lässig die Hände in die Hosentaschen.

„Hab nur Pause gemacht! Darf ich nicht hier stehen?"

„Verpiss dich!"

Was fiel dem Kerl ein? „Arschloch!"

„Was?" Der Mann steuerte auf ihn zu und packte

ihn am Kragen seines Kittels.

Zac spürte, wie seine Wutader am Hals anschwoll. Er hatte doch gar nichts getan! Schnell zog er die Hände aus der Tasche, um den Mann abzuwehren. Dabei fiel etwas zu Boden, doch er sah nicht hin. Warum ließ der Typ ihn nicht einfach los? Er packte ihn an den Armen, wollte ihn zurückstoßen. Sie gingen einige Schritte hin und her. Der Typ war kräftig. Etwas krachte leise auf dem Asphalt.

Zac zappelte immer noch in dem festen Griff, doch da fiel ihm der Stick ein. War der etwa auf den Boden gefallen? Oder war das der Schlüssel zum Schließfach gewesen. Egal, jetzt musste er sich verteidigen.

In diesem Moment kam Rambo aus der Tür. Die Nähte seines Kittels drohten zu platzen.

„Cohen, was ist hier los?“

Zacs erhobene Faust erstarrte in der Luft. In seinen Ohren rauschte es vor Zorn. Der Duft eines wahrscheinlich teuren Rasierwassers drang an seine Nase. Der reiche Typ schnaufte und stieß ihn an die Wand. Dieser Mistkerl. Hatte der etwa wirklich gerade den Stick zertreten? Das durfte doch wohl nicht wahr sein! Er sprang vor und landete vor Rambos stahlharter Brust, an der man sich wirklich wehtun konnte. Er prallte zurück und versuchte, seinen Pulsschlag zu verlangsamen. Er hätte gern wieder seine Faust zur Hilfe genommen, doch er würde nur den Kürzeren ziehen.

„Cohen, lass sofort diesen Herrn in Ruhe, er ist unser Stammgast!“

„Er hat unser intimes Gespräch belauscht, das gehört sich ja wohl nicht. So ein Idiot!", ereiferte sich der Gast.

Die Frau, eine nett anzusehende Dreißigjährige, nickte und klammerte sich an den Arm ihres Lovers, als hätte es ihren Streit nie gegeben.

„Fick dich doch!", spuckte Zac aus. So viel geheuchelte Biederkeit auf einen Haufen brachte ihm Übelkeit.

Da packte Rambo ihn am Schlafittchen und warf ihn praktisch durch die Tür in die Küche.

Zac stolperte und fiel zu Boden.

„Tut mir sehr leid, Sir. Das wird nicht wieder vorkommen."

Der andere rief noch ein paar aufgebrachte Worte, dann kam Rambo zurück.

Zac hatte sich aufgerappelt und keuchte vor Anspannung. „Mr Bradden, ich habe nichts gemacht. Die haben sich unterhalten und da …"

Doch Rambo ging einfach an ihm vorbei. „Pack deine Sachen. Du bist gefeuert."

„Das dürfen Sie nicht", rief Zac und tänzelte um ihn herum, doch sein Zeigefinger, mit dem er in die Luft stieß, sah ziemlich erbärmlich aus.

Rambo sah ihn mit einem gleichgültigen Blick an. „Gefeuert und Hausverbot. Das darf ich nämlich!" Er ließ ihn einfach stehen.

Unschlüssig trat Zac von einem Fuß auf den anderen. *Mist! Job weg. Stick weg.* Oder? Schnell trat er auf den Hinterhof und suchte den Boden ab. „Fuck!"

In der Sonne glitzerte das zertretene Innenleben des USB-Sticks. Schweiß brach ihm aus. Das durfte nicht wahr sein. War er denn vom Unglück verfolgt? Jetzt saß er richtig in der Scheiße. Er ließ sich auf den Hosenboden fallen und lehnte sich an die warmen Steine der Mauer.

*

Er war schwerelos, frei, schwebte in Zeit und Raum. Das Farbenspiel der Abendsonne auf den Wolken war genau richtig, um sich treiben zu lassen. Zac starrte in den Himmel. Die meisten Badegäste am Strand von West End waren bereits gegangen, andere packten ihre Sachen zusammen. Nur in der Ferne flackerte ein Lagerfeuer inmitten einer Gruppe Jugendlicher. Er lächelte. Das hatte er früher auch getan. Mann, war er schon so alt, dass er die Kids um ihre Jugend beneidete? Er war vierundzwanzig, im besten Alter. Nein, jetzt nicht darüber nachdenken, was er bisher zustande gebracht hat. Das ertrug er heute nicht. Er war arbeitslos. Mums Hände waren am Nachmittag immer noch geschwollen gewesen. Dieses Scheiß-Rheuma! Und er hatte dieses blöde Beweismaterial zerstört. Lieber wieder fliegen, die Gedanken im warmen Wind wehen lassen, die den Pazifik in einer leichten Brandung an den Strand warf. Hinter dem Meer lag Hawaii, dann kam Japan. Und südlich der Stille Ozean mit seinen zehntausend Inseln. Tahiti, Samoa, die Fidschi-Inseln. Aber zuerst war da Vancouver Island mit seinen dunklen Wäldern, der *Inside Passage* zwischen Insel und Festland, wo man Wale beobachten konnte. Klasse war das gewesen, früher als Kind, als sie noch zusammen Ausflüge gemacht hatten. Er seufzte. Dad war weg. Mum hatte Schmerzen. Der Arzt wollte ihr das Medikament nicht mehr verschreiben, dabei war es das Einzige, was ihr wirklich half. Sie hatte kein Geld mehr, um ihre Medizin auf dem Schwarzmarkt zu kaufen. Darum hatte er gestern Nacht Bobby angepumpt und das Zeug nach langem Suchen besorgt. Dreißig Scheine für ein kleines Päckchen mit fünf Tabletten. Über die Dauerfolgen und Nebenwirkungen wollte er im Moment nicht nachdenken, sonst hätte er dem Arzt recht gegeben. Im Jetzt und Hier wollte er sein. Tag für Tag. Stück für Stück. Alles war gut. Musste einfach gut sein. Der Kloß in seinem Hals wollte nicht verschwinden. Er schluckte noch einmal und fixierte die rote Sonne.

Mit einem Mal tauchte der Kopf eines Schwimmers aus dem Wasser auf.

Zac sah sich um, doch hinter ihm lagen nur der leere *Sunset-Beach-Park* und dahinter die Hochhäuser an der Beach Avenue. Er war allein. Er richtete sich auf und zog seine Knie an. Irgendwie war es ihm peinlich, hier in Badehose zu sitzen. Dabei war er sonst nicht prüde. Für einen Moment schoss wieder der Gedanke in seinen Kopf, dass seit seiner Entlassung sich sein Leben schwieriger als sonst gestaltete. Der Schwimmer kam näher, prustete ein wenig. Das Wasser war nicht sehr warm, man konnte darin kurz seinen Spaß haben, doch für längere Strecken musste man schon etwas abgehärtet sein. Nun rollte der Mann in einer Welle mit, stand auf, hievte sich aus der Brandung. Das schaumige Wasser umspielte seine Glieder, die Waden waren kräftig. Die Beine, umwerfend lang und muskulös, beleuchtet von der untergehenden Sonne. Plötzlich wurde Zacs Mund trocken, er öffnete weit seine Augen, als hinge sein Leben davon ab, jedes Detail genau erkennen zu können.

Liam kam aus dem Meer. Ein wunderschöner Liam, der seine nassen Haare schüttelte wie ein Hund. Er trug eine knappe Badehose, die seine Unterleibsmuskeln kaum versteckte. Seine Brust war dezent behaart, die Tropfen glitzerten noch, seine Arme waren wohlgeformt. Liam war perfekt, ein Traum von Mann.

Zacs Herz klopfte bis in den Hals, er konnte sich nicht rühren. Ein Kribbeln hatte ihn erfasst, sein ganzer Körper war in Aufruhr und nicht zuletzt sein bestes Stück, das zum Leben erwachte. Er seufzte unwillkürlich.

Dieses Geräusch machte Liam offenbar auf ihn aufmerksam. Er zuckte zusammen und spähte über den angeschwemmten Baumstamm, der Zac bisher vor seinen Blicken verborgen hatte. Liam kam näher, stand im Gegenlicht.

Zac musste zu ihm hinaufblinzeln, er sah nur einen dunklen Umriss, jetzt, wo er vor ihm stand.

„Zac“, flüsterte Liam und blieb reglos stehen.

Er nickte und sah auf Liams Beine. Nein, er blickte auf Liams Schwanz, der sich verführerisch unter der Hose abzeichnete. Dann wandte er seinen Blick auf die Füße. *Nur nicht überreagieren, Zac! Bleib schön sitzen und reg dich ab.* Doch wie? Sein Schwanz war inzwischen schmerzhaft hart.

Liam brachte einen Hauch von kühler Luft mit, als

er sich vor ihn in den Sand kniete. Einfach so. Er war da, er konnte ihm ins Gesicht sehen. Es prickelte verdammt erregend, wie vor einigen Tagen im *Goldrush.*

„Feierabend?“, fragte Liam leise. Ganz sanft und zärtlich war seine Stimme.

Seine Augen packten ihn und ließen ihn nicht wieder los. Zac nickte wieder. Seine Zunge konnte nichts formulieren, in seinem Inneren jagten sich die Empfindungen, pure Begierde, Lust auf göttlichen Sex, gefolgt von Hingabe, Scham, Stolz, Widerstand. Das Grinsen gehorchte ihm nicht. Er hing an Liams Augen wie ein Hund an der Kette. So kannte er sich nicht. Was war nur los mit ihm? Er kniete sich ebenfalls hin, ganz automatisch, wider besseres Wissens. Sein Körper wollte Liam nah sein.

Liam hob die Hand und umfasste seinen Kopf.

Zac spürte die fremden Finger, die eine ganze Ameisenschar auf seinem Rücken tanzen ließen. Sein Atem ging schnell, immer noch starrten sie sich in die Augen, betasteten sich mit Blicken. Seine Beherrschung war dahin, als Liam mit dem Daumen über seine Lippen strich. Er packte ihn an den Armen, riss ihn an sich und küsste ihn auf den Mund. Liams Haut war kühl, seine Lippen schmeckten salzig, dann öffnete er seinen Mund, um dem Ansturm von Zacs Zunge nachzugeben. Sie fielen in den Sand, er ließ nicht los und Liam kam halb auf ihm zum Liegen. Ihre Lippen aufeinander gepresst, vereinigten sich ihre Zungen und umschlangen sich voller Wollust und Hast. Im Sichtschutz des Baumstammes machte er sich weich und spürte die Schwere des anderen Körpers. Liam küsste unerwartet gut und schmeckte einfach herrlich. Mit jedem Zungenschlag drückten sie ihre Unterleiber aneinander. Der Kuss ging in ein Stöhnen über, seine Lider flatterten bereits und auch Liams Blick war verhangen. Alles war klar, sie waren sich längst einig. Verdammt – er würde Sex haben mit seinem Bewährungshelfer. Zac schob ihn von sich, warf sich auf ihn und stützte sich mit den Armen im Sand ab. Liam legte den Kopf in den Sand und keuchte. Ihre Unterleiber rieben sich unaufhörlich aneinander. Der Kitzel war unglaublich erregend und Zac wollte nichts lieber, als sofort auf ihm zu kommen. Jetzt, auf der Stelle. Er wollte Liam um jeden Preis, mit Haut und Haar. Er sah so wunderschön aus, auch mit geschlossenen Augen. Zac ließ sich ein wenig herab und küsste ihm die Lider und die Nasenspitze. Immer stärker rieb er sich an ihm, dann fühlte er Liams Hand, die sich zwischen ihre Körper stahl, in seine Badehose rutschte und sein Glied entblößte. Er rollte sich von ihm herunter, blieb aber ganz eng neben ihm liegen und gewährte ihm alles, was er wollte. „Was … machen … wir … hier?“, stöhnte er.

„Weiß … nicht.“ Liam umfasste Zacs Glied mit festem Griff.

„Verdammt!“, keuchte Zac und ergab sich den aufreizend langsamen Bewegungen, die Liam an ihm vollführte. „Oh, mach, mach schneller, ich will, ich will…“, stammelte er ohne Sinn. Die Erregung raubte ihm den letzten Rest von Verstand. Er krallte sich in Liams Brustmuskeln fest und küsste ihn auf den Hals. Die Haut schmeckte nach Frische und Meersalz. Wieder versanken sie in einem Kuss, der tief und tiefer ging als alles, was er jemals erlebt hatte. Er hörte die Brandung rauschen, er schmeckte nur noch Liam, er spürte nur noch ihn, er war eins mit ihm. Immer weiter rieb Liam ihn, während Zac alles küsste, was ihm vor den Mund kam. Die Brust, die Brustwarzen, die Schultern, den Hals, den Mund. Er umfasste den Leib, die Hüften, knetete seine harten Arschbacken, die so perfekt in seinen Händen lagen. Plötzlich spürte er den Höhepunkt kommen und schloss die Augen. Mit einem Aufschrei fiel er in einen bodenlosen Orgasmus, er kam direkt in Liams Hand. Die Wellen schlugen über ihm zusammen und die Blitze in seinem Körper entluden sich mit aller Macht. Er spürte kaum, dass Liam sich an seinem Becken rieb, doch dann merkte er, dass er ebenfalls den Höhepunkt erreicht hatte, denn Liam stöhnte so lustvoll, dass es ihm wie eine wundervolle Melodie vorkam. Ihn zu beobachten, wie er sich ergab, war einfach nur geil. Zac atmete so heftig, als hätte er einen 1000-Meter-Lauf hinter sich. Auch Liams muskulöse Brust hob und senkte sich schnell. Die Sonne war untergegangen, nur noch einige purpurrote Wolken wurden vom Nachtlicht aufgesogen und verblassten allmählich.

Sie lagen nebeneinander auf dem Rücken, ruhiger atmend, befriedigt. Überall klebte Sand, an den Händen, unter den Achseln, in der Poritze, aber das war ihm egal. In diesem Moment fiel ihm auf, dass sie sich nun an den Händen hielten. Es war schön, es fühlte sich richtig an. Er war im Hier und Jetzt und er wollte nicht loslassen.

Liam drehte sich auf die Seite und sah ihn an.

Zac strich ihm über die feinen Brusthaare. Wie jedes Mal, wenn er Liams Augen blickte, er konnte sie wieder nur bewundern. „Jetzt habe ich es doch getan", sagte er und lächelte.

„Wolltest du dich so für den Job bedanken? Das wäre aber nicht nötig gewesen." Liam strich ihm über die Wange.

„Ein Scheiß-Job war das übrigens."

„Job ist Job."

Ups!, Liams Stimme klang beleidigt. Ein blödes Thema. Warum hatten sie überhaupt angefangen zu reden? Es war so schön gewesen. „Schon gut", sagte Zac so sanft er konnte. Er wollte nicht die wundervolle Stimmung zerstören. Und doch, er brauchte neue Arbeit. Es gab kein Hier und Jetzt, jedenfalls nicht wirklich. Die Vergangenheit und die Zukunft hingen wie Bleiketten an seinem Leben.

„Geht es dir gut?"

Zac nickte. Bloß nichts vom Rausschmiss sagen. Das kam früher oder später ohnehin auf ihn zu.

„Hm, was war das eigentlich gerade?", fragte Liam und drehte sich mit einem wohligen Seufzen wieder auf den Rücken.

„Na ja, wir haben dort weitergemacht, wo wir im Club aufgehört haben." Zac gab sich cool und zog seine Badehose hoch, als würde er jeden Tag auf dem Strand spontan Sex haben. Obwohl er das könnte, wenn er wollte. „Auf jeden Fall war es geil." Ein kleines Zugeständnis brach ihm keinen Zacken aus der Krone.

„Ich habe mich fast erschrocken, als ich dich sah. Du sahst so verwirrt und … süß aus."

„Ich bin nicht süß!" Er war *Numero Uno*! Ein Bad Boy, kein Schmusekätzchen! „Wie kommst du auf so einen Scheiß?"

„Entschuldige." Liam setzte sich auf und sah aufs Meer hinaus.

Mist! Jetzt war er wirklich beleidigt. „Nun leg doch nicht jedes Wort auf die Goldwaage."

„Ich?" Mit einem empörten Gesichtsausdruck drehte Liam sich zu ihm um und funkelte ihn an. Wieder lief ein Schauder über Zacs Körper, doch dann sah er, dass Liam seine Schultern sacken ließ. „Ich muss los", sagte er und stand auf.

Zac blieb sitzen und konnte Liams Reaktion nicht einordnen. Liams Gesicht sagte ihm nichts. Er fühlte sich seltsam ausgeschlossen, alleingelassen. Er hatte es vermasselt.

Liam blieb unbeweglich stehen und scannte den Strand mit seinem Blick.

„Willst du etwa zurückschwimmen? Es ist fast dunkel."

„Machst du dir Sorgen um mich?"

So ein Blödsinn. Warum sollte er sich Sorgen machen? „Nein, ich verstehe nur nicht, wie man in diesem Eiswasser herumplanschen kann."

„Dabei wirkst du gar nicht wie ein Weichei."

Jetzt reichte es aber. Liam brauchte ihm nicht blöd kommen. „Hör mal, ich war drei Jahre in einem ganz speziellen Fitness-Club."

„Eine Sonnenbank hatten sie da wohl nicht, oder?",

sagte Liam mit einem Blick auf seine käsig weiße Brust.

Zac blieb der Atem weg. Er öffnete seinen Mund, wollte etwas sagen, doch es kam nichts. Nur ein Stich in sein Herz, der ihm so wehtat, dass er schnell aufstand, um sich nichts anmerken zu lassen.

„Ach Zac, es tut mir leid, ich wollte das nicht sagen.“ Liam strich ihm mit einem wehmütigen Blick über den Unterarm.

Zac wischte die Geste weg. „Hau endlich ab.“ Wieder dieser bohrende Schmerz in seinem Inneren. „Ich brauche dich nicht. Weder deine Jobs noch dein Mitleid.“

„Zac, hör zu …“

„Verschwinde!“ Er ballte die Fäuste. Warum haute er nicht endlich ab? Der Sex mit ihm war ein Fehler gewesen, all das hätte nicht sein dürfen. Er hätte es verhindern müssen. Auch ein Ex-Knacki hatte seinen Stolz.

Liam senkte den Kopf, dann nickte er und drehte sich um. Er ging fort, den Strand entlang. Seine Schritte waren elegant und fest, sein Hintern sah atemberaubend aus, das konnte er noch im Dämmerlicht erkennen. Verfluchte Sch …! Je mehr er sich entfernte, umso mehr zog das Gummiband in seiner Brust ihn zu ihm. Für einen Moment ließ er den Kopf hängen. Er war wohl verrückt. Wie konnte er sich so nach einem Kerl verzehren, der ihn beleidigte? Dann reckte er sich und presste seine Lippen zusammen. Wer braucht schon einen Liam? Er hatte nur eine tolle Nummer mit einem geilen Kerl gehabt. Wie in einem netten Club. Ob er nun hier einen Lover fand oder auf der Straße, war doch egal. Er nahm sein Handtuch auf und strich den Sand von seinem Körper. Immer wieder wanderte sein Blick zu der kleiner werdenden Gestalt, bis die Nacht sie verschluckte. In ihm war alles durcheinander. Voller Wut über sich und sein Leben trat er auf den Boden und wirbelte eine Sandfontäne auf.

„O Scheiße!“ Feine Körnchen flogen ihm ins Auge. Er blinzelte. Morgen musste er Liam seine Schande gestehen und wieder um eine Arbeit betteln. Er setzte sich auf den Baumstamm und legte den Kopf in seine Hände. Am anderen Ufer schimmerten die Lichter von Kitsilano. Das Meer glitzerte, kalt und abweisend.

*

Liam wachte auf, halb gefangen in seinem Traum und mit einem steifen Glied. Eher ein Gefühl als ein Traum. Wohlig warm war es gewesen, vertraute Nähe hatte er gespürt und nun sehnte sich seine Zunge nach einem tiefen Kuss, in den er versinken und nie wieder auftauchen wollte. Er hatte von Zacs Küssen geträumt. Seufzend stand er langsam auf. Seine Beine waren noch schwer vom Schwimmen. Warum war Zac nur so ein Mistkerl? Total auf dem Ego-Trip. Seine Latte erschlaffte bei diesem Gedanken. Dieses passte ihm nicht und jenes passte ihm nicht. O mein Gott! Der Job war scheiße, der Knast war scheiße, das Wasser war scheiße, alles war scheiße! Immer waren andere Schuld, nur niemals er selbst. Liam stellte sich unter die Dusche und ließ das kühle Wasser über sich fließen. Diese selbstgefälligen Typen konnte er nicht ausstehen. Er würde keinen Gedanken an Zac verschwenden, wenn da nicht eine Art Hilferuf in seinem Verhalten und in seinen Augen gelegen hätte. Manchmal hatten seine Lippen verlegen gezuckt. Zac war ein seltsamer Mann. Der gestrige Sex war toll gewesen, keine Frage. Blümchensex zwar, aber trotzdem berauschend, geil, wundervoll. Sie hatten sich zueinander hingezogen gefühlt. Glaubte er jedenfalls. Doch Zac würde das sicherlich niemals zugeben. Bei dem Gedanken an Zacs sehnigen, muskulösen und doch grazilen Körper meldete sich sein bestes Stück und verlangte wieder nach Aufmerksamkeit. Doch es war schon spät, er musste zur Arbeit. Heute nahm er den Bus, daher blieb keine Zeit, sich Zacs Lippen vorzustellen, die – hm ja … Er hatte was, dieser ungehobelte Bursche, ganz eindeutig. Wann würde er ihn wiedersehen? Zac hatte ihm zu verstehen gegeben, dass er ihn nicht erneut treffen wollte. Hatte er das wirklich so gemeint? Mit leichtem Bedauern stellte Liam das Wasser ab und griff zum Handtuch.

Liam hatte nicht mit Zac gerechnet. Als dieser am späten Vormittag seinen Kopf durch die Tür streckte, kam ihm irgendetwas komisch vor. Liam winkte ihm zu, und bemühte sich, neutral und sachlich zu wirken, um ihm die Befangenheit zu nehmen.

„Zac, komm herein. Setz dich."

In seiner gewohnten Art ließ sich Zac auf den Stuhl fallen, sah ihn nicht an, hatte nicht mal einen Kaugummi im Mund. Er saß einfach da, stützte seine Arme auf den Knien ab und starrte auf den Schreibtisch. Dann glitt der Blick zu Liams Gesicht, heimlich, prüfend.

„Was kann ich für dich tun? Anträge ausfüllen?“Es war schön, ihm gegenüberzusitzen und ihn anzusehen. Es war, als würde seine Welt mit Zacs Eintreten plötzlich bunter und aufregender.

„Nein.“

Zacs Stimme war rau, er räusperte sich. „Nein“, wiederholte er. „Ich brauche einen neuen Job. Bin rausgeflogen.“ Zac entspannte sich, lehnte sich zurück. Das Geständnis war ihm offenbar schwergefallen.

Liam konnte es nicht leugnen, Enttäuschung stieg in ihm hoch, doch dann sagte er sich, dass er damit hätte rechnen müssen. Er fragte lieber nicht nach. Den Grund für die Kündigung würde er gleich telefonisch bei Mr Bradden erfragen. Der war auch nicht ohne; ein knallharter Typ. Sicher war Zac mit ihm aneinandergeraten. „Davon hast du mir gestern gar nichts gesagt.“

„Haben ja auch nicht viel gesprochen.“

Plötzlich glitt ein Lächeln über Zacs Gesicht, das Liam den Atem raubte. Es war einfach irre mit diesem Kerl. Er war im Begriff, sich in etwas hineinzustürzen, das er nur bereuen konnte. „Ich sehe, was ich machen kann. Hast du ein Telefon, damit ich dich anrufen kann?“

Mit leiser Stimme las Zac die Telefonnummer seiner Mutter von ihrem Handy. Er hatte kein Geld für ein eigenes.

„Möchtest du vielleicht mein altes Smartphone haben? Es liegt nur in meiner Schublade herum. Dann kaufst du dir eine Karte und fertig."

„Nein", sagte Zac sichtlich erzürnt. Er schaltete offenbar wieder auf stur.

Liam schimpfte im Stillen über seine Ungeschicklichkeit. Es war doch eindeutig, dass Zac zu stolz für milde Gaben war.

Dessen Miene war unbewegt, starr, eine Mischung aus stummer Entschuldigung und Trotz.

„Zac", setzte er an, doch der starrte wieder auf seine Füße. „Ich habe mich nicht gut benommen gestern Abend. Ich wollte dich nicht beleidigen. Aber du kannst einen wirklich auf die Palme bringen."

„Du kennst mich doch gar nicht", brummte Zac. Er trug ein bunt gemustertes T-Shirt, das sich etwas seltsam an ihm ausnahm.

„Nein, ich kenne dich nicht lang. Aber das, was ich kenne, ist …" Stopp, halt, halt! Jetzt nicht weiterreden, es war zu verrückt.

Zac sah ihn misstrauisch an.

Liam biss sich auf die Lippe und stand auf. „Ich rufe an, wenn ich was habe, okay?"

Zac nickte, sprang auf, trat den Stuhl zurück, dass er über den Boden schrammte, und ging zur Tür. Da war er wieder, der freche Zac, der allen die Schau stahl. Mit hoch erhobenem Kopf verließ er das Büro. Ohne ein weiteres Wort, ohne einen Dank.

Liam setzte sich langsam wieder hin. „O Zac", murmelte er und schüttelte den Kopf. Dann griff er zum Telefonhörer und wunderte sich darüber, dass er sich seit zwei Stunden keine Hände mehr gewaschen hatte. Ob die Gedanken an Zac die Ursache für seine innere Gelassenheit waren?

Es klopfte kurz an der Tür. Bevor er reagieren konnte, öffnete sie sich und Davids Grinsen strahlte ihm entgegen. „Liam, wie geht's?“ Er trug seine blonden Haare offen.

Liam lächelte und lehnte sich entspannt zurück. Sie hatten sich zuletzt vor drei Wochen beim gemeinsamen Klettern in den Bergen gesehen. Davids schlanker Körper war zum Freiklettern wie geschaffen, auch für gelegentlichen Sex. Sie verstanden sich ohne Worte. David war das, was man einen guten Freund nannte. „Danke, gut.“

„Sag mal, was hast du denn für geile Klienten? Wer war der Typ gerade? Sollte ich den kennen?“

Liam spürte, wie eine leichte Röte auf seine Wangen kroch. „Nein, den solltest du nicht kennen.“

David zog überrascht seine Augenbrauen hoch. „Aha! So steht es also.“

Liam legte seine Hände auf die Schreibtischplatte und fingerte an einem Stück Papier herum.

„Ist doch schön! Du bist viel zu oft allein.“

„Na ja, ist ja nichts Ernstes.“

David lächelte ihm zu und kam näher an den Tisch heran. Als er ihm die Hand auf die Schulter legte, fühlte Liam sich gut.

„Das wird schon.“

„Nein, eigentlich nicht. Wir passen nicht zusammen. Absolut nicht.“

„Ach was! Hör mal, ich wollte dich fragen, ob du

heute mit zum Klettern kommst."

Liam nickte und grinste breit. Es wurde Zeit, mal an etwas anderes zu denken als an einen gewissen Mr Cohen.

*

Puh, alles erledigt. Zac blieb draußen stehen und nahm ein Kaugummi aus der Packung. Da er seine Konzentration gerade woanders hatte, stieß er mit einem Mann zusammen, der wohl zu Liam wollte. Das lange blonde Haar streifte fast seine Wange. Was für ein Wikinger! Er hatte ähnlich muskulöse Unterarme und Hände wie Liam. Was wollte er von ihm? Seine Klamotten waren lässig, aber teuer.

„Sorry", murmelte der Mann und blickte ihn wohlwollend an. Bevor ihm eine Entgegnung einfiel, nickte der Fremde ihm zu und verschwand nach einem Klopfen in Liams Büro.

Zac seufzte. Er war nicht ganz auf der Höhe mit seiner Reaktion. Er lehnte sich an die Wand und starrte auf den PVC-Boden, der stumpf und abgelaufen wirkte. Am Ende des Gangs schlug eine Tür zu, Schritte und Stimmgemurmel war zu hören. Heute war es leer auf dem Flur, niemand saß auf den Stühlen. Deshalb war es ihm leichter gefallen, sofort zu Liams Büro zu gehen und die Tür aufzureißen. Nur schnell alles hinter sich bringen, bevor das Prickeln im Körper und das Ziehen in seinen Lenden wieder begannen. Liam hatte sicher und gelassen ausgesehen. Regelrecht zufrieden. Zac hatte all seine Kraft aufbringen müssen, um nicht wieder einen Steifen zu bekommen, während er ihm gegenübersaß. Zudem war das Ganze total peinlich. Aber dann war alles recht zügig gegangen. Er war ihm fast dankbar dafür, dass er nicht nach den Gründen für den Rausschmisses gefragt hatte. Liam war ein feinfühliger Typ. Jedenfalls meistens. Gestern Abend hätte er ihm am liebsten was aufs Maul gegeben und … ihn dann geküsst und ihm mit seinem Schwanz den Mund verschlossen. Ja, das konnte er bestimmt gut. Dafür war sein Mund da und nicht, um ihn mit blöden Sprüchen zu beleidigen. Da ging ihm auf, dass der Fremde immer noch bei ihm war. Was trieben die da drinnen? Unwohl ging er einige Schritte auf und ab und konnte sich gerade noch enthalten, an der Tür zu lauschen. Das hätte blöd ausgesehen. Aber er wollte diesem blonden Schönling gern seine Meinung blasen. Doch Liam würde wieder zickig werden. Also blieb er lieber da, wo er gerade war. Da durchzuckte ihn die Erkenntnis, dass er selbst gut austeilen, aber nichts einstecken konnte, so empfindlich, wie er gestern Abend reagiert hatte. Echt jetzt? War das wirklich so?

Bevor er weiter darüber nachdenken konnte, näherten sich erneut Schritte. Kam da der nächste Kandidat? Hatte Liam sich Kerle für einen flotten Dreier bestellt? Ein farbiger junger Mann ging mit lässigen Schritten auf ihn zu. Er trug eine zerrissene Jeans und ein Sport-Shirt wie seine entsorgte *Numero Uno*. Auf dem Kopf saß ein Basecap und sein Bart war an Wange und Kinn zu einer geschwungenen Linie rasiert.

In Zacs Kopf schrillten die Alarmglocken. Ein

Gang-Mitglied? Ein *Red Scorpion* etwa, der den Schlüssel haben wollte? Der Mann kam näher, blickte ihn seltsam an. Oder kam ihm das nur so vor? Sah er schon Gespenster?

Als der Fremde fast auf seiner Höhe angekommen war, steckte er plötzlich die Hand in die Hosentasche.

Ein Ruck ging durch Zacs Körper, der Schweiß brach ihm aus. Ein Messer? Nein, eine Packung Zigaretten. *Zac, du Blödmann, der Mann will draußen eine rauchen.*

Und doch fixierte der Kerl ihn misstrauisch und abwägend.

Zac atmete langsam ein und aus, gab sich unbeteiligt, kaute lässig auf seinem Kaugummi herum. Als der Fremde vorübergegangen war und den Flur verließ, stieß er die Luft aus. Dieser verdammte Schlüssel! Er musste ihn loswerden. Nun lag er in seiner Hand, so leicht und doch so schwer. Wohin damit? Zu Hause wollte er ihn nicht aufbewahren. Er sah sich um. Dort hinten waren die Toiletten. Er stieß sich von der Wand ab und steuerte sie an. Die Urinale konnte er vergessen, das war nichts. Aber die Toiletten dort, sie besaßen einen Spülkasten. Ein abgelutschtes Versteck, aber trotzdem. Niemand würde hier einen Schlüssel vermuten. Zac schloss hinter sich ab und nahm mit einem kurzen Ruck den Deckel eines Spülkastens ab. Dann fummelte er den Kaugummi aus dem Mund und umwickelte damit den glänzenden Schlüssel. Zu einem kompakten Päckchen geformt, klebte er alles an die Unterseite des Deckels und montierte ihn vorsichtig wieder an Ort und Stelle. Selbst, wenn der Kaugummi nicht halten sollte und der Schlüssel ins Wasser fiel, war er trotzdem sicher verwahrt.

Und jetzt? Zu Mum, um zu sehen, wie es ihr ging? Die Tabletten waren bereits alle eingenommen. Inzwischen schuldete er Bobby sechzig Dollar, da er Nachschub besorgen musste. Mist. Warum hatte er nicht Liams Angebot mit dem Telefon angenommen? Er hätte es verkaufen und Bobby das Geld zurückgeben können. Oder für neue Tabletten ausgegeben. Aber vielleicht hatte er ja bald einen neuen Job. Zu seiner Genugtuung sah er, dass der Blonde Liams Büro verließ.

Als der Typ an Zac vorüberging, zwinkerte dieser ihm unmissverständlich zu. Hm, er sah eigentlich ganz appetitlich aus. Sogleich rief er sich zur Ordnung. Erst einen auf eifersüchtig machen, dann selbst ein Auge auf den Jungen werfen. Er schüttelte den Kopf über sich. Und doch, er fand es einfach klasse, schwul zu sein. Alles war so spontan und einfach. Er genoss diese Art von Freiheit.

Draußen empfingen ihn warme Luft und der Verkehrslärm. Das Leben ging weiter, und zwar mit ihm. Scheiß auf die *Scorpions*. Er würde den Überblick behalten. Er war Zachary Cohen, der coolste gay guy in town.

„Nun, Mr Cohen ist … etwas speziell", sagte Liam vorsichtig. „Er ist arbeitswillig, aber er eckt auch gern mal an."

„Das kann er ja mal versuchen." Sein Gegenüber lachte auf. Mr Marner besaß einen Getränkehandel und brauchte ständig Nachschub an Arbeitskräften, denn der Transport und das Lagern der Getränkekisten und Mineralwasser-Behälter ging durchaus an die körperliche Substanz.

„Sie waren von meinem letzten Klienten enttäuscht, ich weiß. Aber ich rechne es Ihnen hoch an, dass Sie mich wieder berücksichtigen können. Ich verbürge mich dafür, dass er keine Schwierigkeiten machen wird." Am liebsten hätte er sich auf die Zunge gebissen. Das war eine vorschnelle Äußerung gewesen, die er vielleicht bereuen würde. Mr Marner war ein netter Geschäftsführer und vertraute ihm. Und nun jubelte er ihm Zac unter. Aber diese Arbeit war besser als der letzte Job. Zac konnte im Freien arbeiten, er konnte Auslieferungen übernehmen und kam in der Stadt herum. Das war nicht so monoton wie die Arbeit als Spülhilfe. Nach Mr Marners Zusage konnte alles seinen normalen Gang gehen.

Liam verabschiedete sich nach einiger Zeit von Zacs neuem Arbeitgeber und kehrte in sein stickiges Büro zurück.

Nur einige Minuten später kam er zum Ende seines Telefonats mit Zac. „Wehe, du führst dich dort unmöglich auf! Ich habe mich persönlich für dich verbürgt, also versau mir das Ganze nicht."

Er hörte Zacs missmutiges Schnaufen und verdrehte die Augen. Dieser Idiot. „Jetzt mach keine Scherereien. Mr Marner erwartet dich morgen früh. Melde dich, wenn etwas schief läuft." Liam beendete das Gespräch.

Nachdenklich richtete er Locher und Tacker parallel zur Schreibunterlage aus und strich über die Tischplatte, um sie von Radiergummifusseln zu befreien. Er wusste nicht, ob er Zac wiedersehen wollte. Wenn er nichts von ihm hörte, war alles in Ordnung und der Job lief. Und er war – allein. Ob er wieder zum Strand gehen sollte? Sofort kam ihm das leise Rauschen der Wellen in den Sinn. Das und Zacs Stöhnen waren alles gewesen, was er während des Aktes gehört hatte. So warm und fest war sein Körper gewesen. So kompakt und griffig, ganz anders als David mit seinen langen Armen und Beinen. Mit einem Mal fiel ihm das Treffen mit seinem Freund ein. Er musste zu seinen Eltern, seine Ausrüstung holen. Er warf einen Blick auf die Uhr. Kurz vor vier. Feierabend. Er wusch sich die Hände, schloss seine Bürotür ab und ging in Gedanken bereits die Griffe dieser Felswand durch, die sich ihm so lang widersetzt hatte.

*

„Zac, du schuldest mir fünfundzwanzig Dollar", sagte Vanessa.

Ein toller Empfang. Er stieg die drei Stufen zur Veranda hoch.

Vanessa stand an die Holzwand gelehnt und rauchte.

„Ja, die kriegst du.“ *Irgendwann.*

„Sei leise, deine Mutter hat sich hingelegt. Da hat übrigens jemand nach dir gefragt.“

Er ließ den Türknauf los, den er bereits in der Hand hatte. „Wer?“ Die Nachricht löste einen Schweißausbruch aus. Liam konnte es nicht gewesen sein, sie hatten eben telefoniert.

„So ein Kerl in zerrissenen Jeans. Mit Tätowierungen überall.“

Er hielt inne, holte tief Luft. Dann lehnte er die Stirn an das Türblatt und versuchte, die Panik zu dämpfen, die ihn erfasst hatte. Verdammt, Vancouver war wirklich ein Dorf!

„Was ’n los mit dir?“

Er riss sich zusammen und reckte sich. „Nichts. Was hast du gesagt?“ Er wagte nicht, sie anzusehen. Vanessa würde sich nur über ihn lustig machen. Doch zu spät.

„Du siehst ja aus, als hättest du dir in die Hose gemacht. War das einer von deinen Gangster-Freunden? Was hätte ich denn sagen sollen, Zachary?“ Sie schnippte die Zigarettenasche vor seine Füße. Kein Zweifel: Vanessa war ein boshaftes Miststück.

„Was … hast … du … gesagt?“ Ein Druck umgab seine Brust, wie ein Ring wurden seine Rippen eingequetscht.

„Dass du hier wohnst und bald wiederkommst.“

Zac schloss seine Augen. Der Druck nahm zu und raubte ihm den Atem. Ganz ruhig bleiben, Zac, ganz ruhig. Nur deine Sachen packen. Ist ja nicht viel. Wahrscheinlich wurde er gerade beobachtet. Er musste sehen, dass er eventuelle Verfolger unterwegs abschüttelte. „Fuck!“

Aus den Augenwinkeln sah er, dass Vanessa einen süffisanten Ausdruck angenommen hatte.

„Idiot! Ich sage doch keinem Gangster, dass du hier wohnst! Am Ende leidet deine Mutter noch darunter. Gar nichts habe ich gesagt. Gar nichts.“

Ein Stein fiel ihm vom Herzen. Jetzt musste er sich auch noch bedanken. Er zwang sich, seinen Mund für ein paar nette Worte zu öffnen …

„Damit erhöhen sich deine Schulden auf fünfzig Dollar.“

„Du bist so was von … so was von …“ Er verstummte, zu empört über ihre Unverfrorenheit. Mit Vanessa verglichen, war er ein Heiliger.

„Ach, hau doch endlich ab, Zac. Verpiss dich aus unserem Haus und treib deine Spielchen bei Bobby oder sonst wo.“

„Und dann? Treibst du etwa Geld auf, um Mum Tabletten zu kaufen?“

„Niemand hat gesagt, dass du uns nicht besuchen darfst.“

Blöde Kuh! Er hatte die Schnauze gestrichen voll von Vanessas ständiger Nörgelei. Wenn er es sich recht überlegte, hatte er auch genug von Mums stillschweigendem Ausharren, von ihren betroffenen, mahnenden Blicken und dem wehmütigen Ausdruck. Konnte sie nicht einmal auf den Tisch hauen und Vanessa rausschmeißen? Er ging rein und warf sich auf das

Sofa.

Vanessa ging an ihm vorüber, ohne ihn eines Blickes zu würdigen, und rumorte in der Küche herum.

„Und ich soll leise sein."

„Fick dich!"

Das war zu viel! Der Dampfkessel in seinem Inneren platzte, ein Nebel verschleierte seine Sicht. Es schien, als hätte er Scheuklappen auf. Mit einem Ruck sprang er auf und ging mit schnellem Schritt auf sie zu.

Vanessa wich zurück, ihre Augen waren weit aufgerissen. Zac ignorierte den Topf, den sie in der Hand hielt.

„Mistkerl!", schrie sie auf, als er seine Hand hob, um sie einzuschüchtern. Doch er wandte sich ab. Jede weitere Bewegung war verschwendet. Mit einem Mal erkannte er einen Schatten und wich automatisch aus. Der Topf sauste nur Millimeter an seinem Kopf vorbei und prallte mit einem metallischen Knall an die Wand. Er sah sich um, doch in diesem Moment war Vanessa bereits in ihr Zimmer gelaufen. Der Schlüssel drehte sich im Schloss.

„Schlampe!" Hoffentlich war Mum nicht wach geworden. Ob er mal nach ihr sehen sollte? Ihre Nähe würde ihn beruhigen.

Er atmete schwer, seine Wut war immer noch nicht abgeflaut. Vorsichtig drückte er die Klinke zum Schlafzimmer seiner Mutter. Seitdem sie solche Schmerzen litt, hatte er ihr wieder ihr Zimmer überlassen und schlief auf dem Sofa.

Im Inneren war es dämmrig, die schweren Vorhänge waren zugezogen. Mum lag auf dem Bett und schlief.

Leise näherte er sich, kniete nieder. Sie sah entspannt und friedlich aus. Er strich ihr über den nackten Arm, der über der Decke lag. Ihre rechte Hand war wieder etwas dick, sie konnte damit kaum ein Brot schmieren. Er ließ sich auf den Hintern fallen, lehnte sich ans Bett, still, reglos. Nichts rührte sich in ihm, nur sein Herz schlug regelmäßig. Er ergab sich in diese Stille, lauschte in sich hinein. Draußen hörte er das Lachen und Kreischen eines Kindes. So munter und fröhlich. Wie lange war es her … Er musste schlucken. Er hatte Mum so lieb. Und was war nicht alles passiert in den letzten vier Tagen!

Seinetwegen war ein Mann ermordet worden. Er hatte feige weggesehen. Er hatte seine Arbeit verloren, weil er so neugierig gewesen war. Mum hatte Schmerzen. Nicht seinetwegen, aber trotzdem. Er hatte illegal Medizin besorgt. Er hatte Schulden bei seinem besten Freund.

Er kroch einem geilen Bürohengst in den Arsch, um einen neuen Job zu bekommen.

Er hatte Angst vor den *Red Scorpions*. Er hatte einen Stick zertrampeln lassen. Vancouver lag ihm definitiv nicht zu Füßen, die Stadt war sperrig, fast bedrohlich.

Mist! Er kam zu sich. Diese stumme Parade der negativen Gefühle machte ihn verrückt. Seine Mutter schnaufte kurz auf, als ob sie ihm beipflichten wollte, dann fiel sie in den Schlaf zurück.

„Mum“, flüstert er. „Ich muss jetzt gehen.“ Es ging so nicht weiter. Er musste auf die Füße kommen, egal wie. Bobby würde ihn für eine Weile aufnehmen, er durfte Mum nicht in Gefahr bringen. Morgen konnte er seinen neuen Job antreten. Mum würde stolz auf ihn sein, wenn er das tat, was er noch nie getan hatte, für sich selbst sorgen. Sein Blick fiel auf den Nachtschrank. Neben der kleinen Lampe lagen die Tabletten. Es waren nur noch drei Stück. Das reichte bis zum nächsten Abend. Es wurde Zeit, Geld zu verdienen. Sie durfte nicht abhängig werden von dem Zeug. Er vermutete, dass die Akupunktur ihr wohl geholfen hatte. Er musste so viel Geld haben, dass sie Dr. Wang wieder bezahlen konnte. Er nickte, er musste es schaffen! Außerdem musste er eine Lösung finden, wie er mit der Gang umging. Wer dem Kerl wohl den Tipp mit seiner Adresse gegeben hatte? Hatte Liam etwa geplaudert? Da gab es doch so etwas wie Verschwiegenheitspflicht, oder? Lautlos stand er auf und deckte seine Mutter etwas höher zu. Es fühlte sich wider Erwarten gut an, für jemanden sorgen zu können. Er würde es schaffen. „Das verspreche ich dir", flüsterte er und schloss die Tür hinter sich.

Dann packte er seine wenigen Habseligkeiten und hinterließ eine Nachricht auf einem Zettel.

*

„Machs dir gemütlich", sagte Bobby und wies auf ein abgesessenes Sofa.

Besser als nichts, dachte Zac. Besser als die Pritsche im Knast. Immerhin waren hier die Wände mit einer hellen Tapete bedeckt und einige Poster hingen an den Wänden.

Das Haus von Bobbys Eltern, die den ganzen Tag

ihren Jobs nachgingen, ohne dass etwas dabei herumkam, war nichts Besonderes. Es reihte sich unauffällig ein in die schäbigeren Holzhäuser, die hier in der Heatley Avenue standen. Es war das Zimmer von Bobbys jüngerem Bruder, das seit dessen Drogentod nicht mehr verändert worden war. Adam war der Grund, warum weder Bobby noch er etwas mit Drogen zu tun haben wollten. Bobby litt schwer unter dem Verlust, immer noch. Er sah es in dessen Augen, obwohl er sich Mühe gab, munter und unbefangen zu wirken, als er die bunten Vorhänge aufzog und das Fenster zum Lüften öffnete.

Draußen stand immer noch der große Ahorn auf dem Grundstück.

Zac hatte früher manchmal bei Adam geschlafen.

Bobby gab sich die Schuld, nicht genügend auf seinen Bruder geachtet zu haben. Doch diesen Schuh konnte sich auch Zac anziehen. Sie sprachen nicht darüber, sie fühlten ohne Worte das Gleiche.

„Was du mir über den Besucher erzählt hast, klingt nicht gut. Du brauchst eine Strategie. Wenn wir nur wüssten, was auf dem Stick gewesen ist.“ Mit diesen Worten verließ Bobby den Raum.

Zac folgte ihm auf die kleine Veranda, wo sich Bobby auf einen Liegestuhl setzte, der bereits bessere Tage gesehen hatte. Sein dunkles Gesicht wirkte im Halbschatten noch düsterer.

„Eine Strategie, na gut. Aber mir fällt absolut nichts ein. Mein Kopf ist wie gelähmt.“ Zac fasste sich an die Stirn, hinter der sich nur eine nervtötende Leere befand.

„Die Angst lähmt dich."

„Das würde wohl jedem so gehen!", fuhr er auf.

Bobby streckte seine Hand aus. „Ist ja gut, beruhige dich. Mein Gott, bist du empfindlich geworden."

Diese Worte trafen Zac härter als die Unterstellung, ängstlich zu sein. Liam hatte so etwas Ähnliches angedeutet. Hatte er sich wirklich so verändert? Er presste seine Lippen zusammen.

„Fakt ist, dass sie deine Spur gefunden haben. Fakt ist, dass sie vermuten, wo du wohnst. Fakt ist, dass sie den Schlüssel und damit die Drogen haben wollen. Fakt ist, dass auf dem Stick etwas Belastendes gewesen ist. Fakt ist, dass sie für diese Daten und diese Menge Drogen ohne Weiteres töten", zählte Bobby an seine Fingern ab.

„Na toll!" Bobby war ihm wirklich eine große Hilfe. Wieder spürte er die Enge der Sackgasse, in die er geraten war. Fakt war, dass er bald tot war. Er würde Mum nicht pflegen können, er würde Liam nicht lieben können. Moment mal, was hatte Liam in seinen Gedanken zu suchen?

„Tut mir leid, so sieht's nun mal aus. Willst du denen das Zeug geben? Das ist die erste Frage, die du dir stellen musst."

Zac hob seinen Kopf. Mann, Bobby war ja doch irgendwie ein Stratege. „Ich würde es ihnen nur ungern geben. Aber wenn ich es zum Beispiel verbrenne oder so, hätte es keine Wirkung. Ich würde damit nicht einen vor dem goldenen Schuss retten. Die Gangs haben doch alle ihren Nachschub."

Bobbys Lippen zitterten ein wenig.

Zac beugte sich etwas vor. „Denkst du anders darüber? Soll ich es wirklich verbrennen? Ich tu das. Für dich mache ich das. Für dich und Adam."

Bobby warf sich in seinen Sitz zurück und starrte an die vertäfelte Decke, von der die weiße Farbe hier und da abblätterte. Er wirkte abwesend, völlig in der Vergangenheit versunken.

„Die Frage ist, was sie mit mir machen, wenn ich ihnen das Zeug gebe. Und wissen die überhaupt, dass der Stick im Schließfach war? Vielleicht ahnen die nicht, dass dieser Tote etwas gegen sie in der Hand hatte. Würden sie mich danach laufen lassen als unbeteiligten Boten oder würden sie mir einen Schlitz in den Hals verpassen, weil ich zu viel weiß? Ich kann die drei Mörder des Toten beschreiben, Bobby. Die wissen das."

Bobby rührte sich. „Du hast recht. Daran habe ich noch gar nicht gedacht. Ich glaube, du musst wirklich die Polizei einschalten."

„Nein!" Das fehlte noch. Erst die Schikane auf dem Revier und dann ein Messer in den Rücken des Verräters. „Nein, Bobby. Die *Scorpions* würden davon Wind kriegen und mich töten. Den Kronzeugen umbringen, das ist doch kein Problem für die."

Bobby sah ihn lange an. „Zac, du steckst ganz schön in der Scheiße."

Als ob er das nicht wüsste. „Danke, dein Trost richtet mich wirklich auf." Zac stand auf, ging auf der Veranda auf und ab. Sollte er Mum schnappen und die Stadt verlassen? Sein Vancouver, die schönste Stadt der Welt mit ihren Stränden, Parks und Bergen. Mit ihren Hochhäusern, den glitzernden Straßen, Chinatown, den ruhigen, grünen Vierteln und dem tobenden Leben im West End. Nur wegen eines Idioten, der ihm einen Schlüssel zugesteckt hatte? Nein. Er würde es schaffen, irgendwie.

„Weiß Vanessa, wo ich wohne?“, fragte Bobby.

Zac schüttelte den Kopf. „Nein, weil Mum es auch nicht weiß. Ich habe es ihr immer nur angedeutet.“

„Bist du sicher, dass niemand dir gefolgt ist?“

Zac sah ihn offen an. „Ja, ich habe mich ganz schön angestrengt, immer wieder Haken zu schlagen. Mir ist niemand aufgefallen.“

„Gut.“

„Und jetzt?“

„Spiel ihnen den Schlüssel zu. Sollen die sich doch das Zeug abholen und dich in Ruhe lassen. Du musst dich irgendwie mit ihnen in Verbindung setzen.“

„Die werden mich töten, Bobby.“

„Nicht, wenn du dich schlau genug anstellst. Die wollen das Zeug. Erst an zweiter Stelle wollen sie den unliebsamen Zeugen töten.“

„Also, ich finde, die zweite Stelle ist ziemlich hoch in der Rangfolge.“ Doch der Gedanke war verführerisch. Wenn er den Schlüssel erst einmal los war, würden sich die Wogen beruhigen. Vielleicht vergaßen die *Scorpions* einfach einen so armen Wicht wie ihn. „Soll ich den Schlüssel in einen Briefumschlag tun und an den Boss senden? Hast du zufällig seine Adresse?“ Er grinste.

Bobby sprang darauf an. „Ja, an die kann ich rankommen. Ich hab da meine Verbindungen.“

Zac lief ein kalter Schauder den Rücken hinab. Er meinte es wirklich ernst.

„Hast du den Schlüssel bei dir?"

Er schüttelte den Kopf. „Muss ich erst aus dem Versteck holen. Ich soll das wirklich so machen? Einfach per Post?"

„Von mir aus such dir einen Jungen von der Straße, der den Brief für ein paar Dollar übergibt."

Nun gut. So würde er es tun. Es war ein Anfang und würde seine Lage vielleicht etwas verbessern. Er brauchte sich keine Gedanken mehr zu machen über den blöden Stoff. „Gut. Morgen hole ich den Schlüssel. Und dann weg damit."

Bobby nickte. „Mehr kannst du nicht tun. Sie haben dann das, was sie immer haben wollten."

„Ich gönne es ihnen verdammt noch mal nicht."

„Frag mich mal. Diese Arschlöcher. Sie haben Adam auf dem Gewissen."

Zac spürte den Kloß in seinem Hals. Scham stieg in ihm auf. „Es tut mir leid, Bobby, dass ich da zuerst an mich denken muss."

Bobby schrak aus seinen Gedanken auf. Er stand auf und legte ihm die Hand auf die Schulter. „Nein, das ist in Ordnung. Ich habe keinen Bock, dich auch noch zu verlieren. Mehr kannst du nicht tun", wiederholte er mit leiser Stimme.

Mit dieser Absolution fühlte Zac sich leichter. Er atmete auf und nickte.

„Lust auf ein Bier?"

„Klar, Mann. Danke!"

Die Sonne stand auf ihrer letzten Bahn und warf bereits rötliches Licht über den Himmel. Die Luft war warm und aus dem Vorgarten des Nachbarn drang der Geruch von Rosen zu ihnen. Dieses Idyll versöhnte Zac ein wenig mit diesem verkorksten Tag. Er musste die Stadt nicht verlassen. Ein Schritt nach dem anderen, dann würde es vorangehen. Bobby war unschlagbar, wenn es darum ging, den Kopf frei zu blasen. Auf ihn konnte er sich verlassen. Schade, dass er nicht schwul war. Was ihn wieder auf Liam brachte. Ob er wohl einen festen Freund hatte? Diesen blonden Wikinger von heute Vormittag? Was würde Liam schon von einem Bad Boy wie ihm wollen? Eine nette, kleine Nummer und das war es dann. Als er sich klar machte, dass sie überhaupt nicht zusammenpassten, ergriff ihn ein Gefühl von Verlust. Warum er so fühlte, konnte er nicht benennen. Als Bobby ihm eine kalte Dose in die Hand drückte und ihm einen Klaps auf den Arm gab, atmete er tief ein. Er war immer noch ein wenig durcheinander, die Leere in seinem Kopf setzte wieder ein. „Danke, du bist ein echter Freund."

Bobby grinste, setzte sich auf seinen Liegestuhl und ließ seine Dose zischen.

Zac schoss augenblicklich das Wasser im Mund zusammen. Er tat es ihm gleich. Erst einmal ausspannen, dann eine Mütze voll Schlaf nehmen und morgen konnte das Leben neu beginnen. Der coolste Bad Boy Vancouvers würde es schon schaffen.

Kapitel 4

Als Liam kurz vor Feierabend mit einer Akte, die er von Ron geholt hatte, in sein Büro zurückkehren wollte, sah er Zac, der von der Toilette kam.

Der blickte sich misstrauisch um, als suche er jemanden. Dabei erkannte er ihn. Liam lächelte, als er sah, wie Zac ein wenig zusammenzuckte. Hatte er Angst vor ihm? Was machte er überhaupt hier? Er setzte sich in Bewegung und steuerte auf Zac zu, der perplex stehen geblieben war. „Nanu, schon wieder hier? Du hast aber deine Stelle noch, oder?"

Zac sah ihm so fest in die Augen, dass es ihm schon unheimlich war. „Klar habe ich die Stelle noch. War ganz okay. Hm, danke noch mal."

„Was tust du dann hier?"

Zac kratzte sich den Nacken, wohl eine Übersprunghandlung vor lauter Verlegenheit. „Ach, habe gestern einen Schlüssel auf dem Klo verloren und ihn gerade wiedergefunden." Er zeigte ihm kurz einen silbernen Schlüssel, bevor er ihn in die Hosentasche steckte. Dazu wippte er nervös auf den Zehenspitzen. Ganz der quirlige Zac, den er kannte.

„Dann pass auf, dass deine Tasche keine Löcher hat."

Zac verdrehte frech die Augen. „Ja, Massa Buana, ich gut aufpassen."

Liams Mund verzog sich zu einem Grinsen, bis es in seinen Wangen vor Anspannung kribbelte. „Blödmann."

„Spießer", gab Zac zurück und sah ihn wieder an; lang, sehr lang, wundervoll. Zacs Lippen waren wunderschön. Und seine Bartstoppeln knisterten bestimmt, wenn man darüber strich. Liam blieb vor ihm stehen. Die Besucher mussten sie umrunden, doch das war ihm egal. Zac war da, ganz nah bei ihm.

Als ein Mann ihn ungehörig anrempelte und ohne ein Wort der Entschuldigung weiterging, riss Zac seinen Blick los. „He Alter, bist du Stevie Wonder?"

Liam spürte das Glucksen in seiner Kehle und prustete es heraus. Zac war einfach umwerfend in seiner komischen, aggressiven Art.

„Was?"

„O Zac!", gab Liam nur zurück. Wieder schwiegen sie eine Weile. Die Akte unter seinem Arm wurde immer schwerer, doch um nichts in der Welt hätte er jetzt seinen Standort wechseln wollen.

Zac musterte seine Figur. „Sag mal, Liam, was für ein Sport macht solche Unterarme und Hände? Die sind ja total durchtrainiert. Hanteltraining?"

„Nein, bouldern." Überrascht blickte Liam auf seine Arme. Ja, die sahen gut aus.

„Was?"

„Na, Klettern, Freiklettern, in Felswänden und so. War ich erst vor ein paar Tagen."

Zacs Augen verengten sich zu Schlitzen. „Etwa mit diesem skandinavischen Riesen? Der hatte Arme wie King Kong."

„David, genau." Liam nickte.

„David. Ist er dein Freund?" Zacs Atem war etwas schneller geworden.

War er aufgeregt? Eifersüchtig? „Nur ein guter Freund."

„Habt ihr was zusammen?"

„Nicht mehr. Na ja, nur hin und wieder."

„Schon klar." Zac nickte verständnisvoll, doch seine Stimme war ein wenig leiser geworden. Er sah zu Boden. Dann strich er ihm über die Hand. „Da ist eine Schramme. Ist das Klettern gefährlich? Wirst du gesichert?"

Die Berührung schoss als warmes Prickeln in Liams Unterleib. Er leckte sich über die Unterlippe. Zudem fixierte Zac seinen Mund. Hier passierte etwas, womit er während seiner Arbeitszeit überhaupt nicht umgehen konnte. Am liebsten hätte er Zac in die Toilette gezogen. „Wenn wir zu zweit sind, bin ich gesichert. Ich kann es dir gern zeigen. Möchtest du mal mitkommen?"

„In die Berge?"

Liam nickte.

Zac wiegte seinen Kopf, doch in seinen Augen leuchtete bereits ein Funke. „Ja, schon, aber ich mache das nicht. Bin ja kein Affe."

Liam wunderte sich. Das passte nicht zu dem toughen Gangster, den Zac so gern gab. Er hatte tatsächlich den Mut, eine Schwäche einzugestehen, wenn auch auf spöttische Weise. „Du kannst gern zusehen. Kein Problem."

„Ja, gut."

„Ich ruf dich an, wenn es wieder losgeht." Liam spürte, dass sie sich jetzt trennen mussten. Alles andere wäre peinlich gewesen. Sie hatten praktisch ein Date und das war das Schönste, was ihm bisher an diesem Tag passiert war. „Okay, dann …“

„Tja, bis dann mal.“ Zac zwinkerte ihm zu.

Liam nickte ein wenig verlegen. Als Zac sich umdrehte und den Flur verließ, konnte er nicht verhindern, dass er ihm auf den Hintern starrte. Dann kam er zu sich. Hoffentlich hatte ihn keiner der Kollegen gesehen. Mit einem angenehmen Herzklopfen kehrte er in sein Büro zurück. Im Spiegel am Waschbecken sah ihm ein entspannt lächelndes Gesicht entgegen.

*

„Mum? Was ist denn?“ Alarmiert beugte Zac sich über seine Mutter, die auf dem Sofa lag und die Augen geschlossen hatte.

„Nichts, Baby, schon gut“, flüsterte sie mühsam. Wieder waren ihre Hand- und Fingergelenke geschwollen. Es sah ziemlich hässlich und schmerzhaft aus.

„Tablette?“ Er biss sich auf die Unterlippe.

Sie schüttelte den Kopf. „Keine mehr da. Ich bin unmöglich, ich weiß.“

„Mum!“ Zac Herz galoppierte davon. „Du bist nicht unmöglich. Wenn es dir hilft, musst du die Dinger nehmen.“ Hilflos richtet er sich auf. Vanessa war natürlich nirgends zu sehen. Er war allein und fühlte sich verdammt mies. Warum konnte er ihr nicht richtig helfen? Dazu war ein Sohn doch da. „Soll ich dir den Fernseher anstellen?“

Sie schüttelte den Kopf.

„Soll ich dir etwas Gras besorgen, das hilft bestimmt."

„Zac!", sagte sie tadelnd.

„Aber wenn es doch hilft! Der Automat am Bahnhof ist doch dafür da."

Sie schüttelte wieder den Kopf. Stur wie ein Ochse. Na ja, er hatte sowieso kein Geld. Seinen Lohn würde er erst am Wochenende bekommen, also übermorgen. Es reichte nicht. Entweder würde er verhungern oder Mum weiterhin so schrecklich leiden. Sie atmete kontrolliert und flach, um die Schmerzen in Schach zu halten. In diesem Moment hätte er alles für sie getan, einfach alles, um ihre Qual zu lindern. Bobby hatte er bereits überstrapaziert. Er hatte nur ein Knurren von sich gegeben, als er ihm vorhin noch ein paar Scheine abknöpfen wollte.

Liam? Um Himmels willen, bloß nicht. Bei ihm stand er ebenfalls tief in der Schuld.

„Du musst zur Arbeit, Junge."

„Ja, Mum, sofort. Ich hole dir ein paar Aspirin." Er hatte noch zwei Tabletten im Küchenschrank gesehen. Sie halfen nicht, aber vielleicht fühlte sie sich dadurch irgendwie besser.

„Danke, Zac. Jetzt aber los!"

„Schlaf etwas, Mum." Sie gab sich einen munteren Anschein. Er wusste, dass sie ihm den Abschied leichter machen wollte.

„Noch mehr?" Sie grinste.

Zac winkte ihr noch einmal zu und holte seinen letzten Kram aus einem Schrank. Dann hatte er alles drüben bei Bobby. Allerdings würde er täglich nach Mum sehen, er traute Vanessa nicht einen Schritt über den Weg. Sie war in der Lage, Mum den ganzen Tag mutterseelenallein zu lassen.

Seine Gedanken lasteten auf ihm. Im Bus rempelte er auf dem Weg zu einem Sitzplatz achtlos Fahrgäste an. Er achtete nicht auf ihr Schimpfen. Bezahlen konnte er natürlich nicht, aber das war ihm so was von egal.

Endlich war er in der Nähe des Pacific Central angekommen und ging zu Fuß ins Hafenviertel, wo sich Lagerhallen und kleine Betriebe aneinanderreihten. Er winkte Mr Marner lässig zu, als er durch die Gänge zwischen den Getränken zum Sozialraum ging. Es war schon einiges los. Die Juli-Sonne sorgte dafür, dass pausenlos Autos, Pick ups und Lieferwagen auf den Hof fuhren.

Eliza, Mr Marners Tochter, stand an der Kasse. Auch ihr winkte er zu. Sie hatte ihn nett empfangen und in alles eingewiesen. Heute hatte er im Lager Dienst, während William Auslieferungen machte. Allein beim Anblick der funkelnden Sixpacks Bier lief ihm das Wasser im Mund zusammen. Er zog sich ein Wasser aus dem Wasser-Automaten. Das kühle Nass perlte über seine Zunge, sein Gaumen sog das Wasser auf wie ein Schwamm. Dann mal los. Der Großhandel hatte einige Lieferungen gebracht, die er einsortieren musste. Zwei Stunden lang schleppte er Kisten und in Folien eingeschweißte Flaschen hin und her. Die Luft war zum Schneiden dick unter diesem Metalldach, doch immerhin herrschte hier Schatten. Immer wieder schweiften seine Gedanken ab zu Mum und ihrem

Leid. Wie sollte er Geld besorgen? Sie brauchte die Medizin so dringend. Mit einem Mal schrak er aus seinen Überlegungen auf. Er hatte die Zitronenlimo zu der Cola gestellt, Mist. Jetzt konnte er wieder fünfmal durch die Achtzig-Meter-Halle laufen, um alles zurückzubringen.

Zehn Minuten später rief Eliza ihn zu sich. „Zac, kannst du mal eine halbe Stunde die Kasse machen? Megan ist es in der Schule schlecht geworden, ich muss sie abholen!" Ihre Bambi-Augen irrten gehetzt hin und her, sie strich sich die blonden Strähnen aus der Stirn.

„Wo ist dein Vater?"

„Bei einem Kunden. William kommt erst später wieder. Schaffst du das? Du hast das ja schon gestern gemacht."

„Geht klar, hau ruhig ab." Megan war eine freche Zehnjährige, die ihre Mutter gehörig auf Trab hielt.

Mit einem erleichterten Ausdruck drehte sich Eliza um. Ihre Chucks blitzten auf, als sie zu ihrem Ford sauste und sich hinter das Steuer klemmte. Mit einem letzten Winken brauste sie davon und Zac fühlte sich für einen Moment als Herrscher des ganzen Betriebs. Er stützte seine Arme mit wichtiger Miene auf dem Tresen ab und sah sich um. Neben der Kasse standen Süßigkeiten und Zeitungen.

Da kam auch schon der erste Kunde, der einen Einkaufswagen voller Dosenpaletten hatte.

Zac musste erst an der Preistafel den richtigen Preis heraussuchen, dann tippte er die Zahlen ein und kassierte.

Der Mann schob zufrieden die Ware zu seinem Kofferraum.

Wieder einen glücklich gemacht. Er wollte die Schublade der Kasse mit einem zufriedenen Seufzer zuschieben, doch der Seufzer blieb ihm mitten im Hals stecken. Mann, das waren ja so einige Scheine. Einer, Zehner, Hunderter. Abgewetzt, abgerissen, zerknittert, gefaltet, gestapelt, viele Schein, sehr viele. Zacs Herz wummerte. Ohne darüber nachzudenken, hob er seine Hand. Wie ferngesteuert ergriff er ein mit einer Banderole umspanntes Bündel Fünf-Dollar-Scheine, das etwas weiter hinten in der Schublade lag, und zog es aus der Kasse. Im gleichen Moment warf er mit einem Ruck die Kasse zu und steckte das Geld in seine Hosentasche. *Mum*, dachte er immer wieder. *Mum, deine Medizin, ich hole sie dir.* Brian wird das Zeug da haben, er hat immer etwas. Er blinzelte unruhig, sein Herz klopfte immer noch und seine Ohren spitzten sich automatisch. Was hatte er getan? Ach was, das fiel doch nicht auf. Und wenn doch, dann hatte er sich eben vertan. Sollten sie es ihm doch vom Lohn abziehen. War ja nur ein Vorschuss. Er atmete auf. Zwei alte Damen standen vor ihm und hielten ihm schüchtern zwei Weinflaschen entgegen. Diese Preise zu suchen, war schon etwas anstrengender. Er kassierte ab, dann die nächsten zwei Kunden und da kam auch schon Eliza wieder vorgefahren. Die halbe Stunde war schneller vergangen, als er gedacht hatte.

„Alles klar, Zac?"

„Ja, war kein Problem, denke ich. Wenn ich doch etwas falsch gemacht habe …"

„... merke ich es bei der Abrechnung heute Abend", sagte Eliza lächelnd und schob eine mürrische Megan vor sich her.

Er schob sich vor den Tresen. Das Geldbündel drückte, er zog das T-Shirt etwas tiefer über seine Hosentasche. Elizas Ankündigung ließ seine Nerven vibrieren. „Hi, Megan!" Er bemühte sich um einen lockeren Ton, doch in seinem Inneren tobte der Aufruhr. Scham, Reue, Trotz. Aber Mum brauchte das Zeug, es ging nicht anders. Die Abrechnung heute Abend, sie war sein Ende. Das absolute Ende! „Bist ja so blass um die Nase!", sagte er zu Megan.

„Und du schwitzt", gab die Kleine schnippisch zurück und trabte ins Büro, wo sie sich auf den Bürostuhl setzte.

Die Klimaanlage brummte.

Seine Gedanken rasten, der Schweiß lief ihm von der Stirn. Er konnte nicht hierbleiben. Er war bereits jetzt aufgeflogen. Das waren bestimmt hundert Dollar gewesen, kein Pappenstiel. Sollte er das Geld wieder in die Kasse legen? Sofort wandte er sich um, wollte die Hand zum Knopf der Kasse ausstrecken.

Doch da stand Eliza schon wieder auf ihrem Posten.

„Ich kann das auch weitermachen, geh du ruhig zu Megan."

„Nein, der geht es wieder gut. Einmal gekotzt, dann ist es ja meistens besser."

„Stimmt", murmelte er. Ihm war auch zum Kotzen zumute. Allerdings würde bei ihm definitiv nicht der Stein aus dem Magen verschwinden, wenn er in die Ecke reiherte.

„Du hast jetzt Pause. Danke noch mal."

„Alles klar."

Er ging ins Lager. Seine Knie waren ungewohnt weich. So beschissen hatte er sich nicht mal gefühlt, als sie ihm bei seinem letzten Bruch geschnappt hatten. Seine Augen stierten ins Leere, er konnte nichts mehr erkennen vor lauter Nebel. Automatisch packte er seine Brote wieder in den Beutel und setzte sein Basecap auf. Er wollte gehen, konnte sich ihnen nicht stellen. Er war zu schwach.

„Zac!"

Elizas Aufschrei ging ihm durch und durch.

„Komm bitte her!"

Sein Atem ging stoßweise, er packte seinen Beutel und rannte aus dem Sozialraum. So lautlos er konnte, lief er durch die Halle zum großen Tor.

„Zac! Warte! Bleib stehen, verdammt noch mal!"

Das helle Sonnenlicht kam immer näher. Draußen bog er um die Ecke und prallte auf die noch heiße Kühlerhaube von Mr Marners Dogde.

Sein Chef stieg gerade aus, Zac fasste sich an den Hüftknochen, den er sich gewaltig gestoßen hatte.

„Wohin so eilig, Zac?" Mr Marners Augenbrauen zogen sich verwundert zusammen.

„Halt! Zac, bleib stehen!" Eliza stand hinter ihm.

Er hörte ihr Schnaufen.

Sie fasste ihn an den Arm. „Du hast Geld geklaut. Ein Bündel in einer Banderole!"

Zac schloss die Augen und atmete tief ein. Seine Hand fuhr zu seiner Hosentasche. „Ich brauche das Geld für meine Mum", sagte er und reckte sich. Er blickte Mr Marner direkt in die Augen. „Sie hat Rheuma. Heute hatte ich nur noch Aspirin für sie. Die Medizin ist so teuer. Ich … ich dachte, ich könnte mir einen Vorschuss nehmen."

„Zac", jammerte Eliza.

Warum schimpft sie nicht? Warum sah Mr Marner so traurig drein? Er sollte doch vor Wut explodieren. Zac musterte seine beiden Vorgesetzten.

In Elizas Blick lag Enttäuschung, in Mr Marners Augen Resignation.

„Liam hat dich uns empfohlen", sagte er leise. „Er hat sich für dich verbürgt. Und jetzt?"

Zac biss sich auf die Lippe, bis er glaubte, das Blut würde gleich spritzen. Liam! Verdammt, er hatte ihn enttäuscht. Und ganz schön kompromittiert. Er senkte den Kopf und schluckte. Der Dodge strahlte Hitze aus, ihm wurde schwindlig, er musste sich mit einem Arm am Wagen abstützten. Würde er wieder in den Knast gehen? „Liam kann nichts dafür, gar nichts. Es ist alles meine Schuld. Es kam so über mich. Meine Mum …"

„Hör auf mit deiner Mum! Wir sind nicht blöd!" Das war schon lauter.

„Aber das ist die Wahrheit!" Zac reckte sich, blickte Mr Marner erneut in die Augen. Dort las er Vorsicht und auch etwas Wut. Er konnte es ihm nicht verdenken. Mit einem Mal regte sich sein Zorn. „Verdammt! Ich brauche Medizin für meine Mutter. Ihr … ihr habt ja alles. Ihr habt Geld, Autos, ein schönes Haus, eine Krankenversicherung, Sparbücher …"

„Kredite, Schulden, kaum noch Kunden, alles geht

den Bach runter“, schrie Mr Marner plötzlich und ballte seine Fäuste.

Eliza trat zurück, sie hatte Tränen in den Augen.

„Was glaubst du, warum Eliza hier noch stehen muss? Denkst du, mir macht es Spaß, überall Klinken zu putzen, um neue Kunden zu werben? Was glaubst du, wie viel wir jeden Monat übrig haben, du Wirtschaftsexperte! Und jetzt gib das Geld raus! Auf deinen Hundeblick falle ich nicht rein! Eliza, ruf die Polizei!“

„Nein!“ Zacs Körper verspannte sich, es kribbelte unter seiner Kopfhaut. „Bitte nicht, Mr Marner. Mum hat sonst niemanden mehr.“

In seinem Gesicht wurde es ganz kalt. Tränen stiegen ihm in die Augen. Er schämte sich dafür. „Bitte nicht“, stammelte er wieder und schüttelte den Kopf. Er zog das Geld aus der Tasche und übergab es Eliza. Er hatte das Gefühl, seine Augen kamen fast aus den Höhlen heraus, so intensiv und hypnotisierend sah er sie an.

„Nein, Vater, lass ruhig“, sagte Eliza und seufzte.

Mr Marner entspannte sich und schnaufte. „Hau bloß ab und lass dich nie wieder blicken.“

Zac merkte, dass er seinen Beutel immer noch umklammert hielt. Die linke Hand tat bereits weh.

„Ja, ja, ich gehe. Danke, danke, Mr Marner.“ Er drehte sich auf dem Fuß um und erreichte bald den Zaun, der das Grundstück von der Straße trennte. Er spürte die Blicke der beiden im Rücken, doch er war froh, nichts mit der Polizei zu tun zu bekommen. Zac ging durch das Tor, hastete die Straße entlang, seine

Füße trugen ihn von allein. Er stand so unter Dampf, dass er am liebsten gerannt wäre. Was jetzt? Er konnte nicht mehr zu seiner Mutter gehen, um sie leiden zu sehen. Er hatte sie enttäuscht. Aus der Traum von Selbstständigkeit, von einem regelmäßigen Gehalt, er würde Mum wieder auf der Tasche liegen. Anträge stellen bei Liam. Nein, lieber setzte er sich Bobbys Pistole an den Kopf.

„Es tut mir leid, Liam", flüsterte er und schluckte die aufsteigenden Tränen weg. Er würde ihn nie wieder sehen. Es war aus, bevor etwas zwischen ihnen angefangen hatte. Liams Augen würden ihn nie wieder zur Ruhe bringen, ihn nie wieder ins Schwärmen kommen lassen. Ein Riss ging durch seinen Bauch, es tat richtig weh. Er seufzte. Inzwischen war er in Chinatown angekommen, die beigefarbenen und grünen Markisen der Läden leuchteten ihm entgegen. Er war ein Idiot, ein Versager. Von wegen *Numero Uno*! Ein Scheißdreck war er. Diese Erkenntnis nahm ihm die Luft. Er wollte schreien, um sich schlagen, doch alles, was er fertigbrachte, war ein Tritt vor einen Hotdog-Stand.

Der Besitzer, ein breiter Asiat, kam hinter dem Wagen hervor.

Zac rannte und rannte durch die bunten, im Sonnenlicht strahlenden Straßen. In seinem Inneren war es Nacht inklusive Sturm. Er schnappte nach Luft, verlangsamte seinen Lauf und hielt an. Er war inzwischen in der Hastings Street angekommen. Zwei magere Nutten standen vor einem geschlossenen Irish Pub, posierten vor den vorbeifahrenden Autos. Wie viele Prostituierte standen sie sicher unter Drogen, waren völlig heruntergekommen. Wie lange diese Frauen wohl immer in der sengenden Sonne standen? Hin und wieder hielt ein Wagen an und die Nutten streckten ihre Ärsche heraus, während sie sich bückten und mit den Fahrern plauderten. Na ja, wer drauf stand …

Ein Stricher mit unruhigen Augen ging an ihm vorbei, musterte ihn kurz und ging weiter. Sein schmaler Körper würde so manchen Pädophilen anlocken. Als der Typ von einem Passanten angesprochen wurde, wurde Zac aufmerksam. Da ging gerade was ab. Der Junge würde wahrscheinlich einen Blowjob machen und dreißig Dollar dafür einstecken. Zac blieb stehen, sah sich noch einmal nach dem merkwürdigen Paar um, das zu einem Auto ging. Dreißig Dollar für vier, fünf Minuten. In den Zeichentrickfilmen trat Dagobert Duck immer das Dollarzeichen in die Augen. So ähnlich fühlte er sich auch. Was der Typ konnte, das konnte er schon lange, oder? Eine innere Sperre kroch ihm in die Kehle, er brauchte alle Kraft, um sie fortzuräuspern. Mum würde denken, er hätte das Geld von der Arbeit. *Fünf Minuten, Zac, das schaffst du*, sagte der Teufel auf seiner rechten Schulter. *Idiot*, erwiderte der Engel zu seiner Linken. *Das ist abscheulich. Und du bist ein Anfänger. Die Zuhälter werden dir was auf die Schnauze geben, wenn du in ihrem Revier aufläufst.*

Scheißegal, ein Versuch war es wert. Zac nickte, ein innerer Groll regte sich. Er würde es schaffen, warum nicht? War doch nichts Schlimmes, oder? Mein Gott, niemand würde etwas erfahren. Er brauchte nur eine etwas abgelegene Straße, in der weder Zuhälter noch Bullen aufpassten. Dort würde er Beute machen. Ein

Ekelgefühl stieg in ihm hoch und wieder ließ die innere Sperre ihr Gitter herunter, als er daran dachte, dass er vielleicht auch die Hose runterlassen musste. Wie viel würde er dafür nehmen? Fünfzig vielleicht? Nein, er konnte es einfach nicht. Blowjob mit Gummi und fertig. Wenn die Herren nicht wollten, dann eben nicht. Er hatte ja schließlich auch seinen Stolz. Sein Magen rumorte und verlangte nach einer Mahlzeit. Es war schon weit nach Mittag. Er war fast froh über diese kleine Ablenkung, so brauchte er nicht immer an diese Sachen denken. An Mr Marner und an die Blowjobs. Was für ein Scheißtag. In einem Asia-Snack nahm er leckere Nudeln zu sich. Er schob dafür seinen letzten Dollar über den Tresen. Dann wollte er sich aufmachen, um sich ein Revier zu suchen. Es ging nicht anders, er brauchte das Geld. Er konnte bei Bobby nicht so lange schmarotzen. Er brauchte eine Stelle, an der viele Autos vorbeikamen und die doch nicht so zentral lag. Er wollte losgehen, doch seine Beine waren so schwer. Er konnte sie kaum bewegen. Mit aller Macht tat er den ersten Schritt, zurück in Richtung Chinatown. Dort würden seine Kumpel ihn nicht sehen, die eher in der Granville Street herumhingen. Der zweite Schritt fiel schon leichter. Doch das mulmige Gefühl blieb tief in ihm, als er sich auf die Suche machte.

*

Der Abend war lau und ein kühlender Wind strich vom Meer über die Stadt. Liam saß in seinem Lieblings-*Starbucks* in der Cambie Street und betrachtete das in der Ferne liegende große Fährschiff, das sich am Hafen hell vor den rötlich strahlenden Bergen abhob. Er schlürfte einen Kaffee mit Schuss, den er sich heute mal gegönnt hatte. Mit seinem Handy tippte er sich durch diverse Netzwerke. Es gab nichts Neues, schon der ganze Tag war langweilig gewesen. Da kam ihm ein guter Kaffee gerade recht. Er tröstete ihn für einen Moment über die abstumpfende Arbeit hinweg. Immer die gleichen Gesichter, immer die gleichen Geschichten. Es kam ihm vor, als würde er auf der Stelle treten. Immer nur den Sumpf unter sich noch dichter zusammenstampfen, ohne ihn beseitigen zu können. Klar, es musste jemanden geben, der diese Arbeit machte, aber er hatte sich mehr vorgenommen. Er wollte wirklich helfen, nicht nur die Hilfe verwalten. Manchmal sehnte er sich danach, auszubrechen, alles hinter sich zu lassen und ein neues Projekt aufzuziehen. In der Jugendarbeit zum Beispiel. Da lag vieles im Argen. Vancouver galt als reich und florierend. Doch wo viel Licht war, gab es auch viel Schatten. Als vor drei Jahren im Hafenviertel mehrere Fabriken schlossen, waren plötzlich dreitausend Menschen arbeitslos geworden. Bei Weitem nicht alle hatten inzwischen einen neuen Job gefunden. Die Familien waren längst am Existenzminimum angekommen, ihre Kinder lungerten am Hafen, in der Hastings Street und in Chinatown herum, ohne Hoffnung, ohne Zukunft.

Als ihm plötzlich jemand auf die Schulter klopfte, schrak er aus seinen Gedanken hoch. Er legte den Kopf in den Nacken und blickte auf Davids Kinn, an dem die ersten Stoppeln zutage traten.

„Dachte ich mir, dass ich dich hier finde", sagte er und setzte sich auf den freien Stuhl.

„Wo soll ich sonst sein." Liam legte das Handy auf den Tisch und richtete es sorgfältig nach der Linie seiner Serviette aus.

„Bei deinem Lover wohl nicht."

„Ich habe keinen Lover."

David setzte ein bedauerndes Gesicht auf. „Wenn du mal Bedarf hast … also, das ist kein Problem, das weißt du."

Ein warmes Gefühl hüllte Liam ein. David war ein echter Freund. „Ja, das weiß ich. Ich will das aber nicht ausnutzen."

„Ausnutzen!" David verdrehte lächelnd die Augen. „Du bist ein toller Liebhaber. Schade, dass es mit uns nicht geklappt hat. Aber gut, so ist das nun mal."

„Ja, so ist das. Trotzdem danke für dein Angebot."

„Dein Lover jedenfalls, also den dieser Tage – da wäre ich vorsichtig. Der hat sich bestimmt was geholt auf der Straße."

Liam schnaubte. „Zac muss sich doch keinen Strichjungen holen."

David machte ein betroffenes Gesicht und sah schnell auf seine Hände, die mit einem Feuerzeug spielten.

„Wieso? Hast du ihn gesehen?" Liam richtete sich auf.

„Na ja, so herum habe ich es eigentlich nicht gemeint."

„Nun sprich doch nicht so kryptisch." Was hatte

Zac jetzt wieder angestellt? Seit vier Tagen hatte er ihn nicht mehr gesehen. „Heraus damit!“

„Hast du nicht gewusst, dass er anschaffen geht?“

Diese Worte kamen einer Ohrfeige gleich. Liam zuckte zusammen, sein Puls beschleunigte sich. Was faselte David da? Das musste ein Irrtum sein. „Er geht nicht anschaffen. Er hat einen Job. Vielleicht hast du da jemanden mit ihm verwechselt.“

David blickte wieder auf seine Hände. „Ja, vielleicht. Kann sein. Ist ja auch egal.“

„Nein, egal ist das nicht. Wann hast du ihn gesehen?“

„Eben war ich in meinem Lieblings-Asia-Snack in der Main Street und da habe ich gesehen, wie dieser Kerl herumschlich und einen Freier aufriss.“

Liam schüttelte den Kopf. „Das war nicht Zac.“

David breitete seine Hände aus. „Wenn du meinst. Wie gefiel dir denn dein Sieg über diese Wand?“

Er riss sich aus seinen schweren Gedanken, die sich in seinem Kopf festgesetzt hatten. „Cool war das. Endlich habe ich es geschafft“, ging er auf Davids Plauderton ein. „Kaum zu glauben, dass man immer so lange tüfteln muss, bis man die richtigen Griffe findet.“ Für eine Weile ließ er sich von seinem Erlebnis an der Felswand ablenken. Wenn es in seinem Beruf auch mal so erregende Momente geben würde, wie das Gefühl, eine Wand unter sich gelassen zu haben, obwohl man sich vorher die Zähne daran ausgebissen hatte. Sie sprachen noch ein wenig über das Klettern und über das, was sie im Urlaub unternehmen würden, doch in ihm wuchs die Unruhe und er ruckte unruhig auf seinem Stuhl hin und her. Zac saß immer noch in seinem Kopf fest. Zac als Stricher, das konnte einfach nicht wahr sein. Er musste sich selbst davon überzeugen.

David bemerkte offensichtlich seine innere Anspannung, denn er trank den Kaffee, den er bestellt hatte, aus und beugte sich vor, bevor er ihm die Hand auf den Unterarm legte. „Nun geh schon. Du weißt, was ich meine."

„Danke, Mann." Liams Gesicht musste wohl sehr gequält ausgesehen haben. Doch er war froh, dass David ihn verstand.

Mit einem Nicken verabschiedete sich David von ihm. Er konnte sich gerade noch beherrschen, bis sich seine Gestalt in den Straßen verlor, dann sprang er auf und ging mit schnellen Schritten Richtung Chinatown. Er wusste, dass diese Gegend nicht gerade zur sichersten Ecke Vancouvers gehörte. Viele Prostituierte auf dem Straßenstrich in der Hastings Street, der Joyce Street oder auf dem Kingsway stammten aus Asien. Hier und an den Bahnhöfen und Häfen fuhr die Polizei verstärkt Streife, um Drogendealer abzuschrecken. In was war Zac nur geraten? Doch er war zu voreilig. Er würde nicht eher glauben, dass Zac sich anbot, bis er es mit eigenen Augen gesehen hatte. Er sah auf die Uhr. Es war bereits zu spät, um Mr Marner anzurufen. Er würde ihm sicher sagen, dass Zac mehr oder weniger fleißig seiner Arbeit nachging. Sonst hätte er doch schon etwas von Zacs Chef gehört. Es war nicht weit bis zu *Sun Lees Snackbar*, Davids bevorzugtem Nudel-Dealer. Liam schlenderte an den Läden und Kneipen entlang, in denen sich bereits die ersten Touristen betranken, obwohl die Sonne gerade erst unterging. Nachts war hier ganz schön was los, doch ihm lag diese Gegend nicht und er kannte sich nicht so gut aus wie David, der gerade bei einem asiatischen Studienkollegen in der Nähe wohnte. Ob es für David etwas Ernstes war, konnte er noch nicht abschätzen. Es gehörte eine Menge Vertrauen dazu, eine echte Beziehung einzugehen. Ob er selbst für so etwas geschaffen war? Er blieb für einen Moment stehen und rieb sich die Nasenwurzel. Zac war so lebendig, so erfrischend. Wie war es wohl, wenn er jeden Morgen neben ihm aufwachen würde? Sofort der erste Blick in sein frech grinsendes und doch liebevolles Gesicht. Bei dieser Vorstellung zuckte sein Schwanz. Unsinn, das sind absolut indiskutable Gedanken. Er sah sich um. Fußgänger, Ladenbesitzer mit Schürze, die vor ihren Auslagen standen, Touristen, die sich darüber stritten, in welche Richtung sie gehen sollten, einige Horden lachender Jugendlicher, eine stark geschminkte Frau in der Nähe eines Parkhauses, die verdächtig langsamen Schrittes auf und ab ging. Nicht weit entdeckte er eine zweite Frau, die in der Nähe der Bushaltestelle auf und ab ging. Sie wartete mit Sicherheit nicht auf den Bus, doch dort konnten die Autos schnell anhalten und sie aufnehmen.

Als er sich gerade einen Weg durch die Postkartenständer eines Souvenirladens bahnte, sah er ihn. Dort stand Zac, ja, es war Zac in seinem komischen bunten T-Shirt. Die Haare waren gegelt, das Kettchen an seinem Hals blinkte. Er ging langsam am Bordstein entlang, fast halb auf der Fahrbahn.

Die ersten Autos hatten wegen der einsetzenden Dämmerung ihre Scheinwerfer eingeschaltet und ihre Strahlen glitten über Zacs Hintern, der in einer neuen, engen Jeans so wundervoll aussah.

Liam verbarg sich hinter einer dicken Schlange aus Halstüchern.

Zac hatte sich umgedreht und ging langsam zurück, den Autos entgegen. Er kam immer näher, hielt seinen Blick auf die Fahrbahn und die männlichen Passanten gerichtet. Liam hielt die Luft an, als er bemerkte, dass Zac praktisch jedem Mann, der ihm entgegenkam, tief in die Augen sah. Doch sein Gesicht war starr, wie eine Maske trug er ein Lächeln auf den Lippen. So kam er an ihm vorbei. Limas Herz hämmerte in seiner Brust, als er sich klarmachte, dass er fast nur den Arm ausstrecken brauchte, um ihn anzufassen.

In diesem Moment blieb ein Mann stehen und schien zu überlegen. Er drehte sich wieder um und ging Zac hinterher, tippte ihm auf die Schultern.

Zac drehte sich um und das Licht einer Straßenlampe beleuchtete sein Gesicht, das er für einen Moment nicht unter Kontrolle hatte. Seine Augen blickten mit einem Mal so traurig, fast verzweifelt. Er lächelte schief, dann gab er sich einen Ruck und gab Antwort auf die Fragen des Mannes. Kurz ließ er den Kopf sinken, dann nickte er und ging mit dem Mann davon.

Liam holte tief Luft. Er hatte nicht atmen können während dieser Szene. Zac! Was tat er da nur? Warum tat er das? Hilflos tat er ein paar Schritte in seine Richtung, doch die beiden waren in einem kleinen Shoppingcenter verschwunden. Dort gab es Toiletten. Schmuddelige Wände, Klos aus Edelstahl, Gestank. Dort würde Zac es seinem Freier besorgen. Er war doch sonst immer so stolz. In diesem Moment war Zac so weit von ihm entfernt wie nie. Liam verstand ihn einfach nicht. Sein Leben war so völlig anders als seines. Er merkte, dass ihm Tränen über die Wangen liefen. Er zog die Nase hoch, ging mit leerem Kopf weiter Richtung Gastown, vorbei am Shoppingcenter, vorbei an all den fröhlichen Gesichtern, den blinkenden Lichtern, den Ampeln, der glitzernden Autoschlange, die das Viertel mit Leben erfüllte. In seinem Inneren fühlte er sich tot. Wie musste Zac sich erst fühlen?

*

Immer wieder stieß der Typ in seinen Mund, so weit, dass Zac würgen musste.

„Mann, bist du ein Anfänger", keuchte der Mann über ihm.

Er konnte ihn nicht richtig erkennen, der mächtige Bauch versperrte ihm die Sicht ins Gesicht. Die Aussicht war ohnehin nicht lohnend. Zac schloss die Augen, presste seine Lippen um den Schwanz und saugte nach Leibeskräften.

„Ja, schon besser." Der Kerl stöhnte und Zac wurde sich bewusst, dass es bald vorbei war. Zum Glück hatte sein Kunde nichts gegen ein Kondom einzuwenden gehabt. Das war nicht immer so. Während der drei Abende hatte er auch drei Jobs ohne Schutz erledigen müssen. Aber dieser Gummi schmeckte einfach nur scheußlich. Nächstes Mal würde er Kondome mit Erdbeergeschmack kaufen. Er sammelte täglich Erfahrungen. Zweimal hatte man ihm den Lohn verweigert, sodass er nur noch gegen Vorkasse arbeitete. Blödes Lehrgeld. Seine Knie taten weh, der harte Betonboden drückte sich in seine Knochen. Er wollte sich auch nicht auf den dreckigen Rand des Klos setzen. Sein Kunde lehnte an der Wand und schnaufte angestrengt. Endlich merkte Zac, dass es dem Kerl kam. Seine Lippen, seine Wangenmuskeln, alles tat ihm weh. Noch zwei, drei Mal saugen, dann zog der Mann sich aus ihm zurück und wischte sich den Schweiß von der Stirn. Hier unten roch er auch nicht so besonders. Keiner seiner Kunden konnte vorher eine Dusche nehmen. Der Mann fummelte sich den Gummi ab. Zac erhob sich mit einem Ächzen und tastete nach dem Geldschein, der in seiner Hosentasche steckte. Sein Geld, sein hart erarbeitetes Geld. Plötzlich überfiel ihn ein Schluchzer, der sich aus seiner Brust freikämpfte. *Mann, Zac, du wirst doch nicht hier zu heulen anfangen!*

„Was ist los mit dir?“

„Nichts.“

„Wollen wir nicht etwas warten, bis ich wieder fit bin? Wenn ich dich ficken darf, kriegst du fünfzig Dollar.“

Eine Hand kroch über seinen Hintern, der Daumen fuhr über seine Ritze. Zac musste schneller atmen, um das Unbehagen zu kaschieren. „Nein, dafür musst du dir einen anderen suchen.“

„Du bist aber süß. So unschuldig."

„Hau ab, Mann." Schon wieder fand ihn jemand süß. Und unschuldig? Wie kamen die darauf?

Der Mann schloss mit einem abfälligen Schnauben die Kabinentür auf und ging.

Zac folgte ihm auf den Flur des zweigeschossigen Gebäudes, in dem sich fünf Geschäfte eingerichtet hatten. Von fern hörte er das Raunen der Menschen, die an diesem Abend noch eine Shopping-Tour einlegten. Ihm wurde schwindlig, er lehnte sich an die Wand, dann rutschte er langsam zu Boden. Er umschloss seine Knie mit den Armen, legte seinen Kopf darauf. Ihm war schlecht, vor seinen Augen tanzten Sterne. Alles um ihn herum verschwamm zu einem Meer aus Lichtern und Lauten. Süß. Unschuldig. Wäre er das gern? Er sperrte alle Gedanken und Geräusche aus und lauschte in sich hinein. Bum, bum, sein Herz war da. Es klopfte stark und regelmäßig. Der Herzschlag beruhigte ihn. Es war doch alles in Ordnung. Er hatte zwanzig Mäuse kassiert. Mum würde morgen einen neuen Termin mit Dr. Wang machen können und er konnte Bobby sogar fünfzig Dollar zurückzahlen. Das war doch gut. Oder nicht? Mit einem Mal spürte er Säure an seinem Gaumen. Wie bei den ersten zwei Jobs spürte er Übelkeit, da hatte er sich auch nicht beherrschen können. So ein blöder Rückfall. Schnell sprang er auf und rannte zu den Toiletten zurück, riss die Türen auf und erbrach sich über der Kloschüssel. Was spuckte er da nur aus? Hatte er den Wodka nicht vertragen, den er vor Antritt seiner Arbeit getrunken hatte? Spuckte er die Abscheu vor den

Kunden aus? Oder gar die Abscheu vor sich selbst? Hier saß er. *Numero Uno* hockte vor einem versifften Klo und kotzte sich die Seele aus dem Leib. Ein erneuter Schluchzer schüttelte seine Brust. Er konnte nicht mehr zurück. Auch das Schließfach war für ihn verloren. Er hatte den Schlüssel heute Morgen in einen Umschlag gesteckt und von Weitem beobachtet, wie ein junger Kerl für zehn Dollar den säuberlich adressierten Brief in den Briefkasten eines Marc Daniels gesteckt hatte, der Anführer der *Red Scorpions* war. Die Adresse hatte Bobby besorgt. Sie waren gemeinsam in das feindliche Territorium vorgedrungen. Das war's also jetzt. Er konnte die Drogen nicht mehr verkaufen, musste so weitermachen wie vorhin. „Nein", rief er laut, ohne zu wissen, was er damit ausdrücken wollte, und lehnte seinen Kopf an die Wand. Die weißen Kacheln waren mit obszönen Zeichnungen bekritzelt. Na, hier war er doch gut aufgehoben.

„Nein", flüsterte er. Er wollte sich nicht ekeln. Er musste all das hier tun. Nur noch ein paar Tage, bis es Mum wieder besser ging. Die erste Akupunktur-Behandlung hatte schon etwas geholfen. Und Zac hatte sich eine neue Jeans kaufen können. Er hatte Geld. Er konnte sich jederzeit Geld besorgen. Er brauchte niemanden. Keinen Bobby und keinen Liam. Das war doch klasse! Liam. Warum dachte er überhaupt noch an ihn? Er wischte sich die Tränen von der Wange und rappelte sich auf. Er war doch wirklich eine Heulsuse. Im Spiegel, der im Vorraum an der Wand hing, blickte ihm ein Häufchen Elend entgegen. Ein Ruck ging durch seinen Körper. „Das bist du nicht", sagte er seinem Spiegelbild. Er war Zachary Cohen, der coolste Kerl von Downtown. „Raus, an die Arbeit!" Er brauchte noch achtzig Dollar für Mr Wang. Mit energischen Schritten verließ er die Toiletten. Im Erdgeschoss kaufte er sich eine Dose Mineralwasser und spülte seinen Mund aus.

*

„Danke, Mr Marner. Dann weiß ich Bescheid. Ich kann mich nur entschuldigen. Ich hätte es besser wissen müssen."

Nach einem letzten Gruß legte Liam auf. Dann stand er auf und wusch sich die Hände. Während das Wasser rauschte, betrachtete er sich im Spiegel. Er sah übernächtigt aus, da er kein Auge zugetan hatte. Immer wieder hatte er sich vorgestellt, was Zac gerade tat. Dabei war ihm klar geworden, dass er ihn überhaupt nicht kannte. Er wusste nichts über ihn. Er trocknete sich die Hände ab und setzte sich wieder an den Schreibtisch. Zac hatte nur zwei Tage bei Mr Marner durchgehalten und wäre beinahe mit gestohlenem Geld durchgebrannt. Mr Marner hatte etwas von Zacs Mutter erzählt und dass er ihre Krankheit für vorgeschoben hielt. Liam rief sich Zacs Akte auf den Bildschirm und suchte nach verwertbaren Angaben. Hastings Street. Nicht gerade die beste Gegend. Ob er dort bei seiner Mutter wohnte? Was, wenn sie wirklich krank war und Zac in der Tat Geld für die Behandlung benötigte? Er war abgebrannt, kam frisch aus dem Gefängnis. Was hatte er schon für Chancen, sich Geld zu besorgen? Klauen und anschaffen. Zac war ein durchtriebener Kerl. Er sollte keinen Gedanken mehr an ihn verschwenden. Nicht einen mehr! Ein Riss ging durch sein Herz. Es tat ihm weh, wenn er sich vorstellte, nie mehr Zacs Lächeln sehen zu können. Sie hatten doch fast ein Date.

Er stand auf, stellte sich ans Fenster. Jetzt war es so weit. Die Entscheidung, wirklich etwas zu tun und etwas zu bewirken, lag unmittelbar vor ihm. Sollte er den Dingen seinen Lauf lassen, wie immer? Oder sollte er sich einmischen und Hilfe anbieten? Er mochte Zac, er konnte ihn nicht verloren geben. Er musste raus aus diesem Gebäude, hinaus in die richtige Welt. Ins richtige und wahre Leben. Es war sehr leicht, alles an Elend und Not auf einem Monitor zu lesen. Es war auch leicht, jemandem an Telefon den Marsch zu blasen. Doch jetzt konnte er mehr tun. Wollte er mehr tun. Er musste Zac sehen, er musste wissen, wo und wie er lebte. Für einen Moment zögerte er. Sein Stuhl dort, er war wirklich bequem. Sein Chef würde nicht erbaut sein, wenn er während der Arbeitszeit seinen Platz verließ. Heute war es nicht ganz so heiß wie in den letzten Tagen. Er könnte noch einen Stapel Akten bearbeiten, heute war keine Sprechstunde. Doch dann dachte er an Zac. Der schlief sicher noch, sah bestimmt unschuldig und verstrubbelt aus. Ja, er musste zu ihm und nachholen, was er gestern Abend versäumt hatte. Mit einem Schritt war er am Tisch, fuhr den Computer herunter und räumte alles von der Schreibfläche fort. An der Tür drehte er sich noch einmal um. Etwas stimmte nicht. Dann sah er es. Der

Locher stand oben auf einem Aktenstapel, der Tacker lag auf der Seite, schräg neben der Tastatur. Liam griff nach seinem Autoschlüssel und warf die Tür hinter sich zu.

Eine halbe Stunde später hatte er das unscheinbare Haus entdeckt. Klein, aus Holz, mit einem winzigen Vorgarten und einer Veranda. Hier wohnte Zac. Liam leckte sich über die Lippen, er war nervös, gleich würde er ihn sehen. Was er wohl sagen würde? Wie sollte er das Gespräch überhaupt beginnen?

Langsam stieg er die kleine Treppe hinauf und schellte. Er starrte auf den sauber geschrubbten Dielenboden und lauschte. Schlurfende Schritte kamen heran, das war nicht Zac. Als sich die Tür öffnete, sah ihn eine Frau an.

„Mrs Cohen?"

„Ja, bitte?"

„Ich bin Liam Hillerman, der Bewährungshelfer von Zac."

Ihre braunen Augen weiteren sich überrascht. „Hat er etwas angestellt?"

Ihre Stimme zitterte und sogleich stieg Mitleid in ihm auf. Diese Frau hatte es bestimmt nicht leicht mit ihrem Sohn.„Nein, nein", beruhigte er. „Ich wollte ihn nur mal kurz sprechen, wegen einiger Aufträge und so."

Die Frau trat zurück und bat ihn herein. Er betrat ein etwas ärmliches, aber aufgeräumtes Zuhause. Wie lange war er nicht mehr in solchen Wohnungen gewesen? Er hatte sich so an die hochwertigen Einrichtungen seines Heimes und das seiner Eltern gewöhnt, dass er vergessen hatte, wie normal verdienende Menschen lebten.

„Er wohnt aber leider nicht mehr hier. Ist bei einem Freund untergekommen."

„Wissen Sie die Adresse?"

Sie schüttelte den Kopf. „Nein, er war immer etwas eigen mit seinen Freunden. Aber er kommt täglich vorbei."

Liams Hoffnung sank.

„Ich habe mir gerade Kaffee gekocht. Nehmen Sie auch einen? Oder haben Sie es eilig?"

Wenige Momente später saß er auf einem bequemen Sofa. Mrs Cohen erzählte etwas von ihrer Arbeit als Lehrerin und er spürte, wie sehr ihr die Arbeit fehlte. Sie war in ihren Aufgaben aufgegangen. Solche Lehrerinnen traf man heute nicht mehr oft. Ob er später auch mal so von seiner Arbeit sprechen würde? Er zweifelte daran.

„Dann hat das Rheuma alles Weitere unmöglich gemacht." Sie hob ihre Hände, die irgendwie seltsam aussahen. „Sind immer noch etwas dick, aber jetzt hat Zac mir Geld für die nächste Akupunktur-Sitzung gegeben. Ohne ihn hätte ich mich schon in den *Fraser* gestürzt." Sie lächelte und zwinkerte ihm zu.

Betroffen senkte er seinen Blick. Die Gelenke waren tatsächlich geschwollen. Zac hatte Mr Marner die Wahrheit gesagt. Er wurde ganz kribbelig. Zac war noch nicht verloren, ganz tief in ihm steckte ein gutes Herz. Und er hatte die Möglichkeit, ihm zu helfen. „Ich mag Zac sehr", bekannte er und nahm einen kleinen Schluck vom Kaffee.

„Oh, Sie mögen ihn?" Ihre Augen blitzten. „Sind Sie auch, nun ja, schwul?"

Liam spürte, wie das Blut sein Gesicht verließ. Sie wusste über Zac Bescheid. Er hatte sich längst geoutet. Wenn er sich da die Reaktion seiner Mutter vorstellte – lieber nicht. „Ja, ich bin schwul", sagte er und mit einem Mal schien es ihm, als ob es die einfachste Sache der Welt sei, über seine sexuelle Ausrichtung zu sprechen.

„Zac hat viele Freunde, er ist überall beliebt."

Ja, das glaubte er gern. „Er ist irgendwie … ein fröhlicher Kerl, der sich nicht unterkriegen lässt, oder?"

„Sie haben es getroffen, Mr Hillerman. Aber Zac spielt lieber den bösen Jungen und umgibt sich gern mit gefährlichen Typen. Ich habe das nie verstanden. Er hätte auf das College gehen sollen. Aber stattdessen … Sie wissen ja, was dann passiert ist." Sie seufzte. „Ich schiebe es darauf, dass sein Vater uns verlassen hat, als er zwölf war. Er fühlte sich schon als großer Junge und wollte für mich sorgen, ließ sich mit kriminellen Kerlen ein, bei denen er sich sicher fühlte und er etwas tun konnte. Dass es dann Einbrüche waren, ach, es ist ja jetzt vorbei. Jetzt wird er vielleicht vernünftig."

Ja, sehr vernünftig und anständig, dachte Liam und schämte sich auf der Stelle für solch sarkastische Gedanken. „Man soll die Hoffnung nie aufgeben, Mrs Cohen. Ich werde Zac helfen, das verspreche ich Ihnen."

„Ach, das wäre so schön."

Liam stellte seine Tasse auf den Tisch und stand auf. „Bitte sagen Sie nichts von meinem Besuch. Er ist oft zu stolz, um Hilfe anzunehmen. Oder er denkt, ich würde ihm nachspionieren."

„Oh, ja natürlich, ich werde schweigen wie ein Grab." Sie grinste und reichte ihm zum Abschied ihre aufgeschwemmte Hand. Liam nahm sich vor, etwas über Rheumatherapien herauszufinden. Doch zuerst musste er seine Suche nach Zac auf heute Abend verschieben. Er hoffte inständig, dass er nicht wieder auf den Strich ging. Doch warum sollte er damit aufhören?

Heute Abend nicht, heute Abend nicht, dachte Liam immer wieder, als er sich zur Main Street aufmachte. *Heute Abend wird Zac schön brav bei seiner Mum sitzen und fernsehen. Alles ist gut, es wird ihm nichts passieren.* Erneut kam ihm dieser so fremde Ausdruck in Zacs Gesicht vor die Augen, diese Leere in seinem Blick, der vor Ekel verzogene Mund. Ekel über sich selbst. Liam atmete mit einem Hauch aus. Es tat ihm weh, an Zacs Gefühle denken zu müssen. An seine Gefühle zu denken war ebenso schmerzhaft. Warum nur war Zac so wichtig für ihn? Nur, weil er mal was mit ihm hatte? Eine schnelle Nummer, auf den ersten Blick nichts Besonderes. Und doch, es war etwas Besonderes gewesen. Für sie beide. Liam entschied sich für Zac und seine Mutter. *Heute Abend nicht*, hämmerte er sich wieder ein. Inzwischen konnte er die schrille Musik aus den Clubs hören, das rote Neonlicht flutete hier und dort über die Straße. Nutten huschten hin und her, manche von ihnen schienen halbe Kinder zu sein. Er wandte den Kopf ab, gequält über das Leid, das hier an jeder Straßenecke zu erkennen war. Man brauchte nicht einmal genau hinzusehen, es sprang einen geradezu an. Und dann sah er ihn. Zac, seine schmalen Hüften, der typische Gang.

Er schlenderte vor ihm her. Wie gestern hielt er nach einem Passanten oder einem Auto Ausschau.

Liam versteckte sich rasch hinter einer Werbetafel. Sein Herz klopfte und er wunderte sich, dass ihn diese Situation fast noch stärker mitnahm als gestern. An so etwas konnte man sich wahrscheinlich nicht gewöhnen.

Zacs Schultern hingen herab, er sah trotz seiner Coolness irgendwie niedergeschlagen aus. Liam wollte seinen Schutz verlassen, endlich auf ihn zugehen, ihn umarmen und küssen. Nichts konnte so schlimm sein in Zacs Leben, dass er sich prostituieren musste. Liams Hände zitterten, er ballte sie zur Faust und folgte ihm.

Dieser hatte inzwischen Kundschaft aufgetan. Ein Wagen hatte angehalten und Zac beugte sich zum Beifahrer hinunter. Außerdem kamen zwei Männer, die den Bürgersteig verließen, auf ihn zu.

Liam kannte diese Sorte. Tattoo, lässige Klamotten, Sonnenbrille. Gangmitglieder. Was wollten die von Zac? Unwillkürlich blieb er stehen, betrachtete die Szene.

Zac sprach durch das offene Fenster, doch bevor die beiden Männer ihn erreichten, stieg Zac, der sie offensichtlich nicht bemerkt hatte, ein und warf die Tür zu.

Wie sollte er ihn jetzt noch aufhalten? Liam wollte rufen, doch es war zu spät. Langsam rollte der Wagen davon.

Die beiden Männer drehten unauffällig ab, als hätten sie kein Interesse mehr.

Liam schloss die Augen, er hatte ihn verpasst. Vielleicht fuhren sie nicht weit. Er versuchte, die Rücklichter im Trubel des lebhaften Verkehrs nicht zu verlieren. Tatsächlich bog der Wagen fünfhundert Meter weiter in eine der kleinen Seitengassen ein. Liam ging weiter. Zac durfte das nicht mehr tun. Wenn der Wagen wieder weg war, würde er ihm ins Gewissen reden. Ob Zac ihn überhaupt sehen wollte? Das war ihm so egal. Hauptsache weg von der Straße, und wenn er dafür Gewalt anwenden musste.

Nach wenigen Minuten war er fast an der Gasse angekommen. Fußgänger rempelten ihn an, Touristen lärmten um ihn herum, Biergläser in der Hand. Als er das Sackgassenschild sah, atmete er auf. Der Wagen musste hier auch wieder heraus. Er wartete eine Weile, er hatte nicht den Mut, sich Zacs Freier zu stellen. Fünf weitere Minuten vergingen, sechs, sieben. Immer wieder sah er auf seine Uhr.

Da kam der Wagen aus der Gasse, bog auf die Hauptstraße ab und hielt nach hundert Metern plötzlich mitten auf der belebten Straße an.

Wo war Zac? Das Dunkel der kahlen Hauswände in der Gasse schien leer zu sein.

Inzwischen hatte sich die hintere Autotür geöffnet. Hupen und Schimpfwörter hallten durch die Nacht. Ein heller Körper plumpste vom Sitz auf die Straße, halb nackt, gefesselt!

Die Passanten hielten an, stießen sich gegenseitig an und zeigten auf den hilflosen Mann, der sich auf der Straße wälzte.

Ein Schrei kam aus Liams Brust, als er Zac erkannte. Er stieß die Menschen beiseite, bahnte sich einen Weg durch die schaulustige Menge, rannte weiter, riss im Vorbeilaufen eine Tischdecke vom Tisch einer kleinen Kneipe und hastete weiter.

Zac rollte vor ein Auto, das mit quietschenden Reifen stehen blieb.

„Zac!“ Liams Stimme überschlug sich. Er sprang mit einem Satz um eine Motorhaube herum. Endlich war er bei ihm. Die Arme waren mit seinem zerrissenen T-Shirt gefesselt, im grellen Licht konnte er die Tränenspuren auf seinen Wangen glänzen sehen. Liam warf sich zu ihm auf den Boden, umschloss ihn mit seinen Armen und drückte ihn an sich. „Zac.“ Schnell hüllte er ihn in die nach Rauch stinkende Tischdecke, half ihm auf und hob ihn einfach auf seine Arme.

Zac zitterte, das Beben ging ihm durch und durch. Sein Gesicht war von Dreck der Straße verschmiert, sein Mund stand etwas offen. Die Augen – nein, Liam sah weg auf die Straße, damit sie nicht im letzten Moment noch von einem Auto erwischt wurden. Zacs Kopf fiel an seine Schulter, ein unbeschreibliches Gefühl durchflutete Liam. Endlich war er auf dem Bürgersteig angekommen, der Verkehr rollte weiter. Zac atmete zitternd ein und aus. Im Eingangsbereich eines geschlossenen Lebensmittelladens setzte er ihn ab. „Kannst du stehen?“

Zac nickte und sah blicklos nach unten.

Liam lief ein Schauder über den Rücken. Er zog sein T-Shirt aus und streifte es Zac über den Kopf.

Dieser ließ es geschehen, hob die Arme automatisch, um es anzuziehen. Auch die Unterhose zog er an.

Liam faltete die Tischdecke zusammen und legte sie um Zacs Hüften. Er sah halbwegs manierlich aus. „Bleib, wo du bist!“ Hastig trat er auf die Straße und blickte sich nach einem Taxi um. Er winkte und rief, sah sich immer wieder nach Zac um, der stumm an der Schaufensterscheibe lehnte.

Endlich hielt ein Wagen.

Liam schob Zac auf den hinteren Sitz und setzte sich neben ihn. Er nannte dem Fahrer das Ziel und hielt Zac in den Armen, ganz fest. Dieser machte keine Anstalten, sich aus seinem Griff zu befreien. Er hielt still, sagte kein Wort, zitterte aber immer noch.

Vor dem Appartementhaus stieg Zac aus dem Wagen, sah sich aber kaum um. Erst in der Lobby musterte er mit flüchtiger Verwunderung den jungen, farbigen Concierge hinter dem Tresen, der den Nachtdienst angetreten hatte.

Wahrscheinlich war Zac noch nie in einem solchen Appartementhaus gewesen.

Doch sogleich sackte er wieder zusammen.

Liam schob ihn in den Aufzug, gelangte auf seinen Flur, schloss seine Tür auf und zog ihn mit sich.

Zac sprach immer noch kein Wort, auch nicht, als er allein unter der Dusche stand, während Liam ihm nebenan Shorts und T-Shirt aus einer Kommode holte. Mit automatischen Bewegungen seifte er sich ein.

Liams Herz wollte in tausend Stücke zerbrechen, als er den leeren Blick sah. Das war nicht sein Zac, der freche, vorlaute Bad Boy. Zac war hilflos, gebrochen, stumm. Er hüllte ihn in ein kuscheliges Badetuch, gab ihm die Kleidung und brachte ihn zu Bett. Im Wohnzimmer ging er eine halbe Stunde auf und ab. Die Gedanken rasten, sein Atem ging so schnell, als hätte er einen Halbmarathon hinter sich. Er war derart aufgedreht, dass er sogar vergessen hatte, die Hände zu waschen. Es gab Wichtigeres. Zac war bei ihm, in seiner Wohnung. Wie konnte er ihm helfen, ohne sich aufzudrängen? Er kannte dessen Stolz.

Immer wieder lauschte er an der Tür. Als er sicher war, dass Zac eingeschlafen sein musste, kleidete er sich aus und schlüpfte vorsichtig zu ihm unter die Decke.

Wenige Minuten später krallte Zac sich in seine Brust und drückte sich in seine Arme.

Liam schloss die Augen und streichelte Zacs Nacken. Um nichts in der Welt wollte er sich bewegen, er fühlte sich ihm so nah. Das Licht konnte ruhig noch eine Weile brennen.

Zacs Brust bebte, er atmete leise.

Ungläubig lauschte er, hielt die Luft an. Er weinte. Zac weinte. Das konnte nicht wahr sein. Liam atmete aus, weil er sonst erstickt wäre vor Hilflosigkeit und Mitleid. Was sollte er tun? Er streichelte ihn einfach weiter und überlegte währenddessen fieberhaft, ob er ihn ansprechen oder ihm einfach tröstende Worte ins Ohr flüstern sollte. Er tat es nicht. Eine Ahnung hatte ihn erfasst, dass sein Trost alles nur verschlimmert hätte. Zac war keiner, der offen zugab, Trost zu brauchen. Also wollte Liam ihn nicht mit der Nase darauf stupsen, dass er ihn vielleicht doch brauchte. Tränen hinterließen kalte Spuren an seiner Brust.

Zac zog die Nase hoch und schluchzte leise.

Liam konnte nicht anders, er küsste ihn auf die Stirn. Für einen Moment konnte er in Zacs rot angelaufene Augen sehen. Seine Lippen waren rau. Liam atmete langsam ein und aus in der Hoffnung, seine Ruhe würde sich ein wenig übertragen.

Tatsächlich wurde Zac etwas ruhiger, das Beben ließ nach. Nur noch hin und wieder schüttelte es ihn, dann wischte er sich über Nase und Augen und drückte sein Gesicht ins Kissen, stellte sich wohl schlafend.

Nun gut, dann sollte es so sein. Liams Arm wurde taub unter Zacs Kopf, doch er rührte sich nicht. Bald darauf drehte Zac sich um. Liam kuschelte sich an seinen Rücken und küsste ihn in den Nacken. Dann umschlang er ihn und spürte nach wenigen Minuten, wie er im Schlaf zu zucken begann.

Die Krise war vorüber, für heute. Was würde der Morgen bringen? Er knipste das Licht aus.

*

Was für ein toller Duft. Hatte Mum Eier und Speck gebraten? Zac öffnete die Augen und blinzelte. Der Raum war dämmrig, aber er konnte erkennen, dass er ihm unbekannt war. Er richtete sich langsam auf, wischte sich über das Gesicht. Wo war er? Das Zimmer war in Brauntönen gehalten, das Bett umgeben von geschmackvollen und sicher teuren Einbaumöbeln. Nachttisch, Kommode, Schrank, alles in einem Stil gehalten, alles ineinander übergehend.

Er ließ sich zurücksinken. Als die Erinnerung zurückkehrte, atmete er scharf ein. Es tat ihm weh, er wollte nicht daran denken und doch stahl sich dieser bekloppte Kunde und sein Kumpel in seinen Kopf. Zwei homophobe Idioten, die sich einen Spaß daraus gemacht hatte, sich erst einen blasen zu lassen, um ihn dann zu fesseln und zu schlagen. Ihm lief ein Schauder über den Rücken. Dagegen war das Aussetzen auf der Straße noch das kleinere Übel gewesen.

Liam! Er war in seiner Wohnung. Verdammt, Liam hatte ihn weinen sehen. Was würde er jetzt von ihm denken? Er musste verschwinden, abhauen, so schnell es ging. Hastig sprang er aus dem Bett, sah sich um, doch er entdeckte keine Kleidung. Er konnte doch nicht so auf die Straße gehen. Oder doch? Er trug Boxershorts und ein Shirt. Als Jogger verkleidet konnte er zu Mum gelangen. Ohne Schuhe? Verdammter Mist!

Ein Schatten ragte in der Tür auf.

„Frühstück?"

Liam, halb nackt, nur mit einer engen Jeans bekleidet. Barfuß. Sexy. Er hielt einen Teller in der Hand und winkte. Zac tat einen Schritt nach vorn. Gleich musste er in die helle Küche oder ins Wohnzimmer, wohin auch immer. Das Tageslicht würde sein Gesicht entlarven, die Scham und Schande. Was würde Liam tun? Sagen? Denken? Dieser Gedanke brachte ihn um.

„N … Nein, Liam, danke. Ich muss los", murmelte

er.

„Ich hab dich nicht verstanden.“ Liam sah ihn fest an.

In seinem Blick lag keine Verlegenheit, keine Schadenfreude oder Mitleid. Das wäre ihm auch schlecht bekommen! Er brauchte kein Mitleid. Zac rieb seine Fingerspitzen aneinander. „Ich muss zu Mum, sie hat einen Arzttermin.“

„Komm her, ich verstehe hier wirklich kein Wort.“

„Verdammt, Liam, ich …“

„Du hast verdammten Hunger. Ich kann deine Rippen zählen. Also komm und setz dich!“

Liams Ton war schärfer geworden. Zac hatte keinen Bock auf einen Streit.

„Du hast verdammt gesagt“, sagte er leise und lächelte. Seine Gesichtsmuskeln waren ganz verspannt.

„Entschuldige.“

Liams Lächeln schickte einen kurzen Schauder über Zacs Rücken. Er ging weiter, einen Schritt nach dem nächsten.

Liam stand nun vor ihm, den Teller in der Hand, auf dem sich Rührei auftürmte.

Warum ging er nicht zur Seite und ließ ihn an den Tisch? Zac machte einen Schritt nach rechts, doch Liam vertrat ihm den Weg. Seine Scheinwerferaugen befahlen es ihm.

Zac reckte sich vor und küsste ihn auf den Mund. Seine Lippen schmeckten wundervoll. Liam biss sich an seiner Unterlippe fest, kam ganz nah an ihn heran. Der Kuss ging ihm durch und durch, er war tief und zärtlich und ein klein wenig fordernd. Er fuhr mit der

Hand über Liams Brust. Er wollte nicht stöhnen und doch konnte er sich nicht zurückhalten. Er packte ihn am Arm. Der Teller fiel mit einem dumpfen Geräusch zu Boden, das Ei patschte auf den Teppichboden, doch da hatten sie sich schon ineinander verhakt und warfen sich mit aller Macht aneinander. Ihre Becken klebten zusammen, er spürte Liams Härte. Liam stieß ihn zurück an den Türrahmen und rieb sich an ihm. Sie küssten sich immer noch, doch ihre Hände waren schon längst auf Wanderschaft. Zac krallte sich in Liams Hinterbacken, während Liam die Hand hinter den Bund seiner Shorts steckte und bis zu seinem Po vorrückte.

„Dreh dich um“, flüsterte Liam.

Zac lief eine Gänsehaut über den Körper. Bilder tauchten vor seinem inneren Auge auf. Gemeine Visagen in orangfarbener Häftlingskleidung, Gelächter, der Schmerz, die Schläge, die Gitterstäbe.

„Was?“, stammelte er.

„Ich will dich. Dreh dich um“, wiederholte Liam.

„Ich denk nicht dran. Dreh du dich um!“, gab er zurück und hielt Liam ein Stück von sich fort.

„Ach Mensch, jetzt sei nicht so“, schmeichelte Liam und beugte sich zu seinen Lippen vor.

Zac packte ihn und der Kuss, den Liam ansetzte, brachte ihn fast um den Verstand, bis er sich plötzlich seiner letzten Erlebnisse bewusst wurde. Er war gedemütigt worden, man hatte ihn ausgenutzt und beschämt. Konnte er einfach weitermachen, als wäre nichts gewesen? Warum war er überhaupt hier? Wollte Liam auf seine Kosten kommen, weil ihn der Gedanke, es mit einem Strichjungen zu treiben, anmachte? Er schob ihn zurück und wischte sich über den Mund. „Hast du mich von der Straße geholt, um mich jetzt zu ficken?“

Liam schrak zurück, seine Augenbrauen zogen sich zusammen. „Ich weiß nicht, was du meinst.“

„Das kostet dich fünfzig Dollar.“

Ein Angriff schien ihm die beste Verteidigung zu sein. Für einen Moment stand Liam still, dann drehte er sich um, bückte sich, um das Ei auf den Teller zu fummeln. Er holte einen Lappen und wischte den Fleck vom Teppichboden.

Zac trat von einem Fuß auf den anderen. Einfach so stehen gelassen zu werden, war nicht sonderlich cool. „Ich gehe jetzt.“

Auf seine Worte stellte Liam den Teller in die Spüle und lehnte sich an die Anrichte. Sein Gesicht war blass geworden und seine Stimme klang wie ein Reibeisen. „Wenn du jetzt gehst, Zac, will ich nicht nie wiedersehen. Dann ist das, was zwischen uns ist, endgültig vorbei. Obwohl ja noch nichts angefangen hat. Du weißt, was ich meine. Tu mir den Gefallen und überlege. Überlege wenigstens einmal in deinem Leben! Ich mag dich sehr, Zac. Das weißt du. Du entscheidest, was weiter passiert.“

Die Worte fielen in Zacs Seele ein wie Heuschrecken auf ein Feld, sie fraßen seinen Stolz auf. In seinem Inneren lieferten sich Zuneigung, Trotz und Scham einen erbitterten Kampf. Alle gegen alle, er war total durcheinander. Dann riss er sich zusammen. Mein Gott, was wollte Liam denn? Endlos quatschen über den Vorfall? In seine Seele blicken, Verständnis heucheln? „Ich brauche dein Mitleid nicht. Ich will einfach nur heim."

Das war eine gute Antwort. Er brauchte ein wenig Zeit, um nachzudenken. Die Nacht in Liams Bett war tröstlich gewesen und der Kuss – einfach göttlich.

„In welches Heim denn?"

Treffer, Schiff versenkt, wieder einmal. Er wollte etwas sagen, doch in seinem Kopf drückten sich seine Gedanken zu einer Traube zusammen, als wollten sie alle zugleich zur Tür hinaus. Sein Mund war trocken.

„Zac, sprich das Wort doch einmal aus. Mitleid!"

„Was sind das denn für psychologische Spielchen? Lernt ihr das bei euch?"

„Sag es einfach!"

Liams Augen funkelten, er konnte sich ihnen einfach nicht widersetzen. In Zukunft brauchte er also nur den Blick in seine Augen meiden, schon hätte Liam keine Gewalt mehr über ihn. Es war doch ganz einfach. Doch jetzt hatten ihn die Strahlemänner am Wickel. Er öffnete seinen Mund. „Mitleid."

„Noch mal!"

„Mit-Leid." Gott, war das blöd. Oder? Er ließ die Bedeutung des Wortes in sich hinein. „Mit-Leid, Mit-Leiden", sagte er mit einem Anflug von Erkenntnis. Wie hatte Liam das bloß geschafft?

Liam lächelte. „Genau. Ich leide mit dir, hörst du? Das ist eine zutiefst menschliche Eigenschaft. Auch, wenn ich keine Mittel hätte, um dir zu helfen, würde ich immer noch mit dir leiden. Das ist nun mal so. Aber ich habe die Mittel, um dir zu helfen. Damit beende ich dein Leid und damit auch mein Leid."

Zac nickte.

„Also bewerte Mitleid nicht so abfällig."

„Ja, Massa Buana, ich verstanden", sagte Zac leise und gar nicht frech. Er spürte, wie sich von selbst ein Grinsen auf sein Gesicht schlich. Wenn er jetzt die Ohren einer Fledermaus hätte, könnte er den Stein rollen hören, der Liam wohl gerade vom Herzen gefallen war, denn der atmete sichtlich auf.

Liam stieß sich ab und kam auf ihn zu. Mit jedem Schritt klopfte sein Herz schneller. Dann standen sie voreinander. Ihre Blicke verschmolzen miteinander.

In Zac wurde es ganz warm und weich, er fühlte sich so nachgiebig und so wohl. Liam hatte Mitleid mit ihm – und es machte ihm nichts aus. Fast nichts. „Hast du … hast du denn nur Mitleid mit mir?" Er sah zu Boden. Es war ihm peinlich, so um Aufmerksamkeit zu betteln, aber etwas in seinem Herzen trieb ihn zu dieser Frage. Er wollte nicht fort, o nein, er wollte Liam wiedersehen. Bei ihm bleiben, seine Ruhe genießen und von seiner Kraft tanken.

„Zac." Liams Atem streifte seine Schläfe, dann spürte er die Lippen auf seiner Haut. Er schmiegte sich an seine Brust, umschlang seine Hüften und sog Liams Duft ein. So klebten sie für eine Weile zusammen und, es war einfach cool! Liam würde ihn erlösen von all dem Dreck, ihn reinigen. Mit seinem Ultraschall-Blick. Und seinem harten, vollendeten Körper.

„Hol deine Sachen", flüsterte Liam und fuhr über seinen Rücken.

Zac konnte es kaum erwarten.

*

Das Wasser rauschte in seinen Ohren, der Schrei, den er ausstieß, klang gurgelnd. Seine Kehle füllte sich mit Wasser, er schloss den Mund, doch er konnte nicht schlucken, nicht atmen, gar nichts. Eine eisige Lähmung befiel ihn, er erstarrte in den kalten Fluten. Wo war er? Was war er? Warum war er hier?

Mit einem Schrei schoss er hoch. Er lag auf etwas Weichem. Doch auch jetzt konnte er nicht atmen, etwas steckte in seinem Mund und drückte ihm die Kehle zu. Seltsamerweise atmete er trotzdem. Überall Lichter, ein Geruch nach Sauberkeit und Sterilität. Jemand kam angelaufen, nein, zwei Gestalten beugten sich über ihn. Warme Hände drückten ihn zurück.

„Ganz ruhig, Mr Grover, alles ist gut. Bleiben Sie liegen, wir entfernen den Tubus."

Man fummelte in seinem Gesicht herum. Er konnte inzwischen wie durch einen Schleier hindurch erkennen, wo er war. Die Gestalten waren zwei Krankenschwestern. Eine von ihnen zog eine Art Schlauch aus seinem Mund, beinahe hätte er gewürgt. Er hustete und holte pfeifend Luft. Endlich! Er konnte wieder normal atmen. Die Erleichterung durchflutete ihn, auch wenn all seine Glieder schmerzten, als hätte er einen Marathonlauf hinter sich. Besonders sein Brustkorb tat weh.

„Bleiben Sie ganz ruhig. Sie sind im General Hospital. Können Sie mich verstehen?"

Er nickte schwach.

„Können Sie mir Ihren Vornamen sagen, Mr Grover?“

Er schloss die Augen, konzentrierte sich. Schwindel erfasste ihn, er kämpfte dagegen an. „Donald.“

„Und Ihre Anschrift?“

„Äh … ja, da habe ich zwei. Ich weiß nicht, welche wollen Sie?“ Er ließ seinen Blick schweifen. Intensivstation!

„Schon gut, es ist alles in Ordnung.“ Die blonde Krankenschwester unterbrach ihn lächelnd, während ihre Kollegin auf dem Flur telefonierte.

„Er ist wach und weiß, wer er ist.“

Allmählich gelangten die Bilder der vergangenen Tage in seine Erinnerung. Er war ins Wasser gefallen. Warum? Man hatte ihn gestoßen. Nein, da war etwas Schmerzlicheres. Instinktiv legte er seine Hand über das Herz, ertastete einen Verband. Man hatte mit dem Messer auf ihn eingestochen und dann gestoßen. Er konnte noch die Kälte des Wassers spüren und dann – nichts mehr. Wie kam er hierher?

„Meine Lippen“, sagte er schwach. Sein Mund fühlte sich an wie eine Raspel.

Schwester Roberta, so stand es auf ihrem Namenschild, setzte ihm einen Plastikbecher an die Lippen. Er trank, erst langsam, dann immer gieriger.

„Vorsicht, nicht so schnell.“

Die Flüssigkeit belebte ihn, sein Körper schien jedes Tröpfchen sogleich aufzusaugen.

„Sie sind verdammt zäh, Mr Grover.“ Roberta lächelte schon wieder und sah dabei sehr nett aus.

„Danke“, murmelte er schwach.

„Sie wissen, wo Sie arbeiten?“

Er nickte. „Ich bin Polizist."

„Genau. Heute Abend wird Inspektor Mc Gregor zu Ihnen kommen."

„Richard."

„Richtig. Bis dahin müssen Sie sich ausruhen, auch wenn Sie eigentlich lang genug geschlafen haben."

„Was ist mit mir passiert?"

„Wir haben Sie vor ein paar Tagen wiederbelebt, Sie in ein künstliches Koma gelegt und Ihre Verletzungen behandelt.. Nun haben wir Sie langsam aus Ihrer Bewusstlosigkeit geholt und das hat bei Ihnen besser und schneller geklappt, als gedacht. Oft bleiben Hirnschäden zurück, aber Sie scheinen wirklich eine Ausnahme zu sein."

„Diese Wunde …" Er zeigte auf seine Brust.

„War ziemlich nah am Herzen, aber sie heilt gut. Die Drainage kann bald raus."

„Meine Rippen?"

„Sind nicht gebrochen. Wir waren vorsichtig." Roberta grinste schelmisch und zwinkerte.

Donald schloss die Augen und gab sich dem Gefühl hin, sein Leben weiterleben zu dürfen. Er war dem Tod von der Schippe gesprungen, wieder einmal. Er sollte den Job wechseln. Draußen schien die Sonne, doch im Raum war es angenehm kühl. Er spürte, wie er wegdämmerte.

Als er wieder aufwachte, war die Sonne weitergewandert. Draußen hupten Autos, die Geräusche von Schritten und das Rollen von kleinen Wagen auf dem Gang drang zu ihm.

„Na, das wurde auch Zeit."

Donald drehte seinen Kopf. Auf dem Stuhl neben seinem Bett saß Inspektor Richard Mc Gregor, sein Partner. Er sah irgendwie gerührt aus.

Donald lächelte schwach und reichte ihm mit Mühe die Hand. „Hallo, Dick."

„Don." Richard nickte und leckte sich über die Lippen. „Du hast verdammtes Glück gehabt. Kannst du dich erinnern?"

„Ja, so in etwa. Die *Scorpions* waren hinter mir her. Aber ab da, wo ich den *Fraser* sah, weiß ich nichts mehr. Erzähl mir mal was."

„Bist du denn schon so weit? Hast du keinen Hunger oder Durst? Hast du Schmerzen?"

„Höllische Kopfschmerzen. Ernährt werde ich durch die Schläuche hier. Muss langsam wieder anfangen." Er hob erklärend seinen Arm, in den die Flüssigkeit aus dem Tropf hineinlief.

„Also gut. Dann bekommst du jetzt noch mehr Kopfschmerzen."

„Ha ha." Don seufzte und wandte seinen Kopf aufmerksam seinem Partner zu.

„Also, soweit wir wissen, hat ein Obdachloser von einem öffentlichen Telefon aus die Polizei gerufen, als er eine Verfolgungsjagd beobachtet hat. Kurz darauf haben wir dich aus dem *Fraser* gezogen, reiner Zufall, dass wir dich dort gefunden haben. Der Zeuge hat erklärt, dass du von drei Männern verfolgt worden bist. Waren das deine Kumpel? Also deine ehemaligen Kumpel?"

Donald nickte.

„Ja. Ich bin aufgeflogen und konnte mich gerade noch aus dem Staub machen. Jetzt fällt mir alles wieder ein. Das Schließfach! Habt ihr die Drogen und den Stick gefunden?"

„Wie denn, du Idiot? Wir hatten keine Nummer, keinen Schlüssel, keine Infos."

„Ging ja auch alles ziemlich schnell. Ich konnte euch nicht mehr informieren."

„Was war denn nun deine Aufgabe dort?"

„Ich habe den Stoff erhalten und sollte ihn sicher deponieren, bis wir ihn an die *Good Angels* verkaufen konnten, so circa einen Tag später. Sie benutzen öfter Schließfächer, also habe ich mir auch eins gemietet."

„Was ist das für Stoff?"

„Heroin. Die *Scorpions* hatten es einem Verteiler gewaltsam abgenommen, der damit eigene Geschäfte machen wollte."

„Und die wollten das Zeug den *Angels* verkaufen?"

„Ja, die bekommen seit Neuestem Stoff von ihnen. Ich konnte es nur bislang nicht beweisen. Verdammt! Wenn die Übergabe geklappt hätte, wären uns sofort zwei Gangs auf einmal in die Hände gefallen. Das wäre ein Feuerwerk gewesen!"

„Ja, nur hättest du die Zeit haben müssen, uns zu verständigen, damit wir ein Swat-Team hätten losschicken können. Was war auf dem Stick?"

„Ein Handy-Film von einer ihrer Hinrichtungen. Der Tote in dem Viertel in Surrey, du erinnerst dich?"

Sein Partner nickte. „Wissen die, dass du den hast? Kann man darauf die Täter erkennen?"

Don nickte. „Ja und ja." Er nagte an seiner Unterlippe und schüttelte den Kopf. „Das wissen die. Sie haben es mir auf den Kopf zugesagt. Gut, dass ich schnell reagiert habe. Ich hab einem von ihnen einen Messerstich in den Bauch versetzt und Fersengeld gegeben." Er seufzte. „Ich bin verraten worden, Dick. Glaubst du, es gibt einen Maulwurf bei uns?"

Sein Partner lehnte sich zurück und wischte sich über das Gesicht. „Keine Ahnung. Möglich ist alles. Dabei haben wir uns so bemüht, dich da unauffällig hineinzukriegen. Mist! Die Arbeit eines halben Jahres ist dahin!"

„Nicht ganz. Immerhin haben wir den Stoff noch. Denke ich jedenfalls. Hat sich noch niemand mit einem Schlüssel bei euch gemeldet?"

„Wer denn?"

„Ich habe den Schlüssel so einem jungen Burschen gegeben."

„Bist du verrückt? Irgendeinem Stricher Drogen zuzuspielen?"

Don rieb sich verlegen die Nase. Das war eine blöde Idee gewesen, das mit dem Jungen. Ich war verzweifelt, Dick. Kurz vor dem Tod. Da werde ich ja wohl noch mal etwas falsch machen dürfen."

Der Inspektor grinste und legte eine Hand auf Dons Schulter.

Es fühlte sich gut an.

„Wenn der Stoff noch da ist, fresse ich einen Besen."

„Es war das Schließfach 324. Seht einfach nach, brecht es auf. Hab keinen Ersatzschüssel."

„Machen wir, mein Freund. Und sieh zu, dass du

wieder gesund wirst. Sobald wir das Zeug sicher in der Asservatenkammer haben, komme ich wieder, und wir sprechen über diesen Kerl mit dem Schlüssel."

„Er müsste die Kerle gesehen haben."

„Du doch auch, oder?"

„Ich kannte nur einen von ihnen. Also, ein weiterer Zeuge wäre noch besser. Such ihn. Er trug so ein Muskel-Shirt mit der Nummer eins drauf. Etwas kleiner als ich, ein drahtiger, sportlicher Typ, Dreitagebart, dunkle Locken, ein hübscher Kerl."

Richard verdrehte die Augen. „Na toll, diese Beschreibung trifft auf ein Drittel aller Männer Vancouvers zu."

„Er schien sich dort auszukennen. Haltet einfach die Augen auf und fragt eure Informanten in dem Viertel."

„Wird gemacht. Und jetzt mach die Augen wieder zu. Bis bald."

Als Richard sich mit einem Lächeln verabschiedet hatte, merkte Donald, dass die Kopfschmerzen wider Erwarten verschwunden waren. Er kuschelte sich ins Kissen und schloss die Lider.

Kapitel 5

„Heilige Scheiße!" Zac schloss seine Augen und bäumte sich auf. Er lag auf dem Bauch, die Arme weit auf dem Bett ausgestreckt. Liam lag über ihm und das Gefühl seiner Erektion an seinem Hintern war wider Erwarten wundervoll.

„O ja, das kannst du laut sagen."

„Heilige Scheiße", schrie Zac erneut, als er spürte, wie Liam sich langsam Einlass verschaffte.

„So laut nun auch wieder nicht", keuchte der ihm in den Nacken. „Die Nachbarn."

„Wie kannst du jetzt an die Nachbarn … au!"

„Tut mir leid!" Liam stöhnte und setzte noch einmal an.

Zac hätte schwören können, dass es ihm nicht leidtat. „Also, dafür, dass wir gerade ficken, reden wir ziemlich viel."

„Halt still!"

Zac tat ausnahmsweise, was ihm befohlen wurde. Liam saß schließlich, nicht nur bildlich gesprochen, am längeren Hebel.

Es war später Nachmittag. Den ganzen Tag hatte er im Bett oder vor dem Fernseher gedöst und darauf gewartet, dass Liam von der Arbeit kam. Vorhin hatte er schnell noch zwei große Burger besorgt. Liam hatte natürlich gemault, weil er nicht an Salat gedacht hatte. Trotzdem hatten sie das Essen in sich hineingeschlungen. Man hätte fast meinen können, dass sie nicht ein Stück Rinderhack verspeisten, sondern sich gegenseitig. Sie hatten sich immer wieder angesehen, mit Blicken ausgezogen. Die Gier aufeinander, der sie schon heute Morgen nachgegeben hatten, war wieder übermächtig geworden.

Liam hätte sich fast an einem Bissen verschluckt, als Zac seine Zehen unter dem Tisch zwischen seine Beine wandern hatte lassen.

Für einen Moment hatte Zac sich unwohl gefühlt, als Liam ihn im Bett auf den Bauch gedreht hatte. Doch unerbittlich hatte er ihn festgehalten, ihm zärtliche, dann ziemlich unanständige Worte ins Ohr geflüstert und gleichzeitig seinen Schwanz massiert, dass ihm Hören und Sehen vergangen waren. Liam stand wohl auf dirty talking, was auch ihn ganz schön angemacht hat. Nun lag er hier, erholte sich von seinem Höhepunkt in Liams Hand und spürte, wie sein Freund sich in ihm breit machte. Es war ein geiles Gefühl. Vergessen waren die Demütigungen im Gefängnis, vergessen der gestrige Abend. Liam war ganz tief, ganz nah, ganz mit ihm. Seltsamerweise gefiel es ihm, die Kontrolle aus der Hand zu legen. Er vertraue Liam, der sich hinter ihm, in ihm bewegte und sein Innerstes reizte. Der Druck lief in Vibrationen durch seinen Körper. Er presste den Kopf auf die Matratze, das Kissen lag unter seinen Hüften und stützte ihn. Liams Stöhnen turnte ihn unglaublich an, und er spürte, wie er wieder hart wurde. „O Mann“, gurgelte es aus seiner Kehle, als Liam leise aufschrie und sich ein letztes Mal tief und hart in ihn bohrte. Liams Lippen küssten seinen Nacken und plötzlich biss er sogar zu, fast schmerzhaft, als würde er ihn markieren wollen.

Verdammt cool fühlte sich das an, er war noch nie gebissen worden. Als Liam sich mit einem Seufzer zurückzog und das Kondom, das ganz schön gelitten hatte, auf den Boden warf, drehte Zac sich auf die Seite und fuhr mit seinem Mund über Liams Brust.

„Danke", sagte Liam und lächelte ihn an. Seine Scheinwerfer waren auf Halbmast, quasi auf Abblendlicht, und sahen so sexy aus, dass er am liebsten komplett in seinen Augen versunken wäre. Das Grübchen verlieh ihm etwas Freches. Im Bett war Liam nicht so spießig und trocken wie bei der Arbeit. Eine erwartungsvolle Freude erfüllte Zac. Er würde immer wieder neue Seiten an ihm finden, und wenn er ihn ganz erkundet hatte, konnte er ihn für immer genießen. Für immer? Ihre Beziehung war wohl kaum von dieser Art, aber er nahm sich vor, sich zu nehmen, was er kriegen konnte. Er strich sich über den Nacken, dort, wo die Zähne ihn gepackt hatten. Er hätte schwören können, dass er dort Abdrücke spürte, was wahrscheinlich Unsinn war. Doch er erinnerte sich genüsslich an seine Erregung während des wundervoll brennenden Schmerzes. „Beißt du öfter?", fragte er sanft und küsste Liam auf den Hals.

Der hatte die Arme um ihn geschlungen, ihre Leiber lagen eng zusammen. Wenn es nach Zac ginge, brauchten sie überhaupt nie mehr aufstehen.

„Habe ich das? Tut mir leid."

„Aber nein, du kannst so viel beißen wie Dracula. Es hat mir gefallen."

Er fühlte sich wohl und träge. Sein Schwanz hatte sich wieder in die verdiente Ruhe begeben. Während sie beisammen lagen, waren sie miteinander vertraut. Als sich Liam erhob, fand er das gar nicht in Ordnung. „Bleib doch!“

Liam schüttelte den Kopf. Er rieb seine Hände, als ob er sie waschen würde. „Nein, ich dusche eben schnell.“

Zac gab nach und blieb liegen.

Als Liam in bequemer Kleidung wieder aus dem Bad kam, spürte er eine seltsame Verlegenheit. Sie hatten noch nicht ein Wort über den gestrigen Abend und über die Sache bei Mr Marner verloren. Würde Liam den Anfang machen? Was meinte er überhaupt damit, *die Mittel, um dir zu helfen?* Er konnte doch nicht zulassen, dass er sich kaufen ließ. Dazu noch von seinem Bewährungshelfer.

Liam setzte sich an das Kopfende und strich ihm über Oberarme. Wie schön seine raue Hand auf der Haut kratzte.

„Deine Mutter hat also Rheuma“, sagte Liam mit Vorsicht in der Stimme. Zac seufzte. Warum musste er jetzt damit anfangen? Konnte er denn nicht einfach noch etwas genießen? Er setzte sich auf. Na dann los. „Ja. Woher weißt du das?“

„Mr Marner erwähnte es. Ich werde mit ihm sprechen und fragen, ob er …“

„Nein! Ich werde da nicht wieder hingehen. Niemals!“

„Bist du etwa zu feige, einen Fehler einzugestehen?“

Diese Frage ließ ihn vor lauter Empörung verstummen. Zu feige? Da kannte er *Numero Uno* aber schlecht. „Ich bin nicht feige!“

„Dann geh und entschuldige dich. Du hast einen Fehler gemacht. Dein einziger Pluspunkt ist, dass du einen nachvollziehbaren Grund dafür hattest. Das können wir nutzen."

Mann, Liam hätte wirklich Therapeut werden sollen. Bei ihm hörte sich alles immer so klar und einfach an.

„Wir? Du willst dich bei ihm einschleimen, damit ich die Stelle wieder kriege? Hast du denn gar keinen Stolz?"

„Stolz steht einem oft im Weg. Ich denke da pragmatisch."

Als Liams Hand sich seinem Kopf näherte, schmiegte sich Zac hinein und küsste seine schwieligen Finger. Wenn er nicht so verschossen in Liam wäre, würde er jetzt schon längst gegangen sein. Er wollte nicht gehen, denn tief in ihm war so ein Gefühl, als wären sie so etwas wie eine Münze mit zwei Seiten oder so ein Januskopf. Sie gehörten auf eine seltsame Weise zusammen. „Liam, es tut mir leid. Das ist alles so ungewohnt. Ich weiß noch nicht so recht, wie du tickst."

„Und wie du mit meinen Vorschlägen umgehen sollst."

„Genau."

Ihre Blicke tauchten tief in den anderen ein. Eine Weile lang schwiegen sie, sprachen nur mit den Augen. Liam sah sehr entspannt aus, wie eine Katze.

„Aber gehst du mit mir überein, dass du für eine Weile bei mir wohnst?"

Zac schluckte.

„Jeden Tag Sex?"

„Mehrmals."

„Puh, das schaffe ich nicht." Er ließ sich in die Kissen fallen.

Liam beugte sich über ihn und stieß ihm in die Rippen. „Weichei!", sagte er und küsste ihn. Lang und tief. Zum Anbeten!

„Also gut." Zac strich ihm über die Bartstoppeln.

„Und gehst du mit mir überein …"

„Gott, wie du dich ausdrückst!"

Liam ließ sich nicht beirren. „… überein, dass du nie mehr, wirklich niemals mehr auf den Strich gehst?"

Eine Gänsehaut lief über seinen Rücken.

Liam umarmte ihn.

Allmählich verlor die Erinnerung ihren Schrecken. Er ließ sich fallen, spürte, wie Liam ihn auffing. Dann richtete er sich wieder auf. „Aber Mum und ihre Akupunktur. Wie soll ich die Kosten für Dr. Wang bezahlen? Das hieße, ich müsste wieder zu Mr Marner."

„Wie ich es dir vorgeschlagen habe."

Diese Kröte musste er schlucken. Er konnte nicht wieder auf die Straße. Ihre Freundschaft würde zerbrechen. „Also gut. Mr Marner. Du hast gewonnen. Freust du dich?"

Er bemühte sich, nicht allzu sarkastisch zu klingen, das hätte Liam verletzt.

„Ja, sehr. Ich gehe gleich morgen zu ihm und hoffe, dass er ein Einsehen hat. Andere Stellen sind momentan rar" Liam lächelte.

„Aber Mr Wang müsste warten, bis ich mein Gehalt bekomme. Zwei Wochen oder so."

„Ich werde vorerst die Kosten für Mr Wang bezahlen."

Zac riss seine Augen auf. Im Nu saß er wieder aufrecht im Bett. „Nein Liam, das kann ich nicht annehmen."

„Sollst du nicht. Deine Mum soll annehmen."

„Aber … Aber hast du denn so viel Geld? Als einfacher Angestellter?"

Liam lächelte und lehnte sich an das Kopfende des Bettes. „Mir gehört ein Appartement in Yaletown, das Appartement hier und auch das obendrüber." Liam wies mit dem Zeigefinger auf die Zimmerdecke. „Allein die Einkünfte aus Yaletown sind so hoch wie mein Gehalt. Reicht dir das als Auskunft?"

Das war unglaublich! Zac blieb der Mund offen stehen, dann keuchte er seine Überraschung hinaus. Ihm war plötzlich ein Gedanke gekommen, der ihn erbeben ließ. „Hillerman! Der Hillerman? Ist das dein Vater?" Er schlug sich vor die Stirn. Wie hatte er nur die Werbe- und Verkaufstafeln vor den Villen und Geschäftsgebäuden vergessen können, auf denen dieser Name unübersehbar prangte!

„Yep, mein Dad."

Und Liam gab sich mit einem wie ihm ab. Warum? In ihm wurde alles kalt und leer. David passte viel besser zu Liam. Er strich sich über die Arme und kauerte sich zusammen. Gute Gefühle und schlechte Gefühle im ständigen Wechsel. Dieses Auf und Ab würde ihn eines Tages zerreißen.

„Ist das schlimm?", fragte Liam besorgt.

Zac schüttelte den Kopf. Entweder hatte er jetzt das große Los gezogen oder – er ließ sich wirklich kaufen. Was sollte er nur tun, um seinen Stolz über die Runden zu bringen? Er beschloss, erst einmal gar nichts zu tun, sondern vorsichtshalber immer nur zu nicken.

„Alles klar bei dir?"

Er nickte.

„Nun komm her. Ich glaube, du bist ein bisschen geschockt." Liam zog ihn wieder in seine Arme. Es fühlte sich an, als ob er dahin gehören würde. Ob er nur träumte? „Du … Du bist dir sicher, dass du mich willst?"

Liams Augen wurden groß und rund. „Natürlich. Warum fragst du? Glaubst du mir nicht?"

Zac nagte an seiner Unterlippe. „Warum ich?" Nur, weil sie guten Sex hatten? Oder, weil Liam am Helfer-Syndrom erkrankt war?

Liam seufzte wohlig. „Ich habe schon am ersten Abend immer wieder an dich gedacht. Nach unserem Treffen im *Gold Rush*."

„Wieso?"

„Ich hatte das Gefühl, dass ich mit dir zusammen lebendig bin wie bei niemand anderem. Du bist so witzig, so lebhaft. Du pfeifst auf alles, was dich stört. Du tust mir wirklich gut, Zac. Also hör auf, zu grübeln. Ich könnte dich ja auch fragen, was du überhaupt an mir langweiligem Kerl findest."

Da musste Zac wider Willen lachen. „Weil du reich bist. Weil du Beziehungen hast. Ist doch klar, oder?"

„Idiot!" Liam boxte ihm in die Rippen. „Jetzt mal im Ernst, Zac."

Tja, warum? Darüber hatte er sich noch keine Gedanken gemacht. Überhaupt noch nie in seinem Leben. Liam war ihm einfach so in den Schoß gefallen und er wusste nicht, warum. „Ich weiß nicht. Du beruhigst mich irgendwie. Und du kannst super küssen."

„Danke", sagte Liam erneut und drückte ihm seine Lippen auf den Mund.

Ach, so ein höflicher Kerl. Zac langte in seinen Nacken, erwiderte den Kuss …

*

Auf dem Weg zu Bobby hatte Zac automatisch den Weg zur Pacific Central eingeschlagen. Es war, als hätte ihn dieser Tag bei Liam wieder mit allem versorgt, was er brauchte. Kraft, Mut, Sorglosigkeit. Alles war gut. Seine Mum konnte sich wieder von Mr Wang stechen lassen. Um seinen Job kümmerte Liam sich in diesem Moment. Zac grinste in sich hinein. Eigentlich brauchte er doch gar nicht arbeiten, bei einem so reichen Lover. Doch diesen Gedanken durfte er erst gar nicht einreißen lassen; er hatte schließlich seinen Stolz, jedenfalls nach außen. Bobby und den Jungs gegenüber. Liam gegenüber brauchte er keinen Stolz zeigen, denn der hatte ihn gesehen, wie noch nie jemand ihn gesehen hatte: ganz unten, völlig am Ende. Liam war wirklich ein süßer Kerl. Jetzt wollte er seine Sachen aus Bobbys Haus holen. So war er von Hölzchen auf Stöckchen gekommen, denn beim Anblick der Bahngleise hatte er wieder an das Schließfach denken müssen und an die Mitteilung Bobbys, dass Gangchef Daniels in den letzten Tagen wohl gar nicht zu Hause gewesen war. Das war nicht sein Problem, aber er wollte nur mal eben sehen, ob es noch belegt oder bereits leer war.

Am Bahnhofsvorplatz gab es zwei kleine Läden. Da kam ihm der Ständer mit den billigen Sonnenbrillen gerade recht. Unauffällig holte er ein cooles Modell vom Haken und ging damit in den Bahnhof. Nur mal eben ausleihen. Wieder merkte es niemand. Die waren einfach zu blöd.

Als er den Bahnhof betreten hatte, sah er sie.

Bullen! Vier Mann stark. Mit einem Metallkoffer in der Hand. Sie kamen aus der Richtung der Schließfächer.

Schnell die Sonnenbrille aufsetzen, unauffällig weitergehen! Sein Atem hatte sich beschleunigt. Sogar ein Ziviler war dabei, wohl ein Detectiv oder so. Er wog den Koffer in der Hand und zwinkerte den uniformierten Kollegen zu.

Zac bog um die Ecke. Zwei Schrankreihen weiter und er würde nachsehen können. Da spürte er, dass noch jemand im nächsten Gang war. Er verlangsamte seinen Schritt, lugte um die Ecke und ging lässig weiter. Er hatte genug gesehen. Schrank. 324 war definitiv leer.

Männer mit Pulver und Pinsel hantierten am Griff herum; Fingerabdrücke nehmen, Fotos, der ganze Bullenkram. Verdammter Mist! Die Bullen hatten sich den Stoff geschnappt. Bestimmt hatten sie das Fach aufbrechen oder aufschließen lassen. Sein Herz tanzte völlig aus der Reihe, der Schweiß brach ihm am ganzen Körper aus. Mit der Zunge befeuchtete er seine trockenen Lippen. Was jetzt? Die *Red Scorpions* würden denken, er hätte sie nach Strich und Faden verarscht.

Sie glaubten bestimmt, er hätte das Schließfach an die Bullen verraten oder er wollte ihnen gar eine Falle stellen. Wer weiß, vielleicht hatte er das sogar. Womöglich war derjenige, der mit dem Schlüssel nichts ahnend zum Schrank gegangen war, soeben verhaftet worden. Mit hastigen Schritten verließ er die Gepäckaufbewahrung und ließ das Bahnhofsgebäude, das drohend in die Höhe ragte, hinter sich. Immer wieder sah er sich nach Gangmitgliedern um. Vielleicht sah man ihm schon von Weitem an, dass er Mist gebaut hatte. Vielleicht stand auf seiner Stirn *Jungs, ich hab's den Bullen erzählt!* Mist, verfluchter! Auf dem Weg zu Bobbys Haus blickte er sich immer wieder um, schlug einen Haken nach dem nächsten, nahm mit zitternden Beinen Abkürzungen durch schmale, schattige Gassen. Niemand folgte ihm. Allmählich beruhigte er sich. Dann hatten die *Scorpions* eben Pech gehabt. Selbst schuld.

Bobby sah es ein wenig anders. „Nicht gut", sagte er knapp und drehte die Colaflasche in der Hand.
Sie saßen wieder auf der Veranda, auch wenn Zac die Angst hegte, hier besonders gut beobachtet werden zu können. Doch die Sonne schien so mild vom Himmel und die Bienen brummten in den Vorgärten, dass ihm dieses Haus nach wie vor wie eine Zuflucht erschien. Aber Liams Unterschlupf war besser.

„Ja, gar nicht gut. Aber ich tauche jetzt ab, wenigstens halbwegs. Bin weg aus dieser Gegend. Ich ziehe nach Gastown, zu einem Kumpel und arbeite vielleicht wieder."

„Oh, Gastown. Hast du dich hochgeschlafen?", neckte Bobby.

Zac fand das nicht lustig. „Idiot, er ist okay, also halt dein Maul."

„Ist ja schon gut." Bobby hob beschwichtigend seine Hände und grinste dreckig.

Da tauchte ein seltsamer Mustang auf der nächsten Kreuzung auf. Zuerst sah Zac nur die Motorhaube, dann kam der Wagen näher. Eine Rostlaube, der man nicht ansah, ob sie wirklich alt war oder ein auf rostig getrimmtes *Rat Car*. In Schrittgeschwindigkeit fuhr die Karre auf das Haus zu. Zac sprang auf. „Da sitzen Typen drin!" Mit einem Satz verschwand er im Inneren.

„Ja, natürlich, wie soll das Auto sonst fahren."

Bobby war wirklich eine coole Sau, doch Zac hatte nur einen tätowierten Unterarm gesehen, der lässig aus dem Seitenfenster hing. Besser, wenn er bald von hier verschwand. Er presste sich an die Wand und hörte durch seinen dröhnenden Herzschlag hindurch, wie der Wagen passierte und um die nächste Ecke verschwand. Er wischt seine feuchten Hände an der Hosennaht ab und steckte seinen Kopf durch die Fliegendrahttür.

„Sind sie weg?"

„Ja, Mann. Ist wohl besser, wenn ich dich jetzt wegbringe." Bobby hievte sich aus dem Schaukelstuhl seiner Mutter und stellte die Colaflasche weg.

Seine Worte bestätigten Zac, dass auch er die Sache nicht mehr ganz so leicht nahm, wie er immer tat. „Hast du jemanden erkennen können?"

„Das waren keine Nachbarn, keine Lieferanten. Die haben mich mit Blicken durchbohrt. Drei Mann. Alles Arschlöcher." Dann wandte er sich Zac zu. „Und du bist sicher, dass du da, wo du wohnst, sicher vor denen bist?"

„Ja, so ziemlich. Das Haus hat sogar einen Concierge."

Bobby pfiff anerkennend und zog einen Schlüssel aus der Hosentasche. Er holte zwei Helme aus dem Haus. „Nimm deine Tasche, Helm auf und los. Ich bringe dich zur Hastings Street. Reicht das?"

„Klar." Zac ließ den Verschluss des Helmes unter seinem Kinn zu schnappen, während Bobby das Motorrad seines Vaters aus der Garage holte. „Aber was ist mit dir? Was ist, wenn die Kerle dich verhören? Die sind nicht gerade zimperlich."

Bobby zuckte mit den Achseln. „Das lass mal meine Sorge sein."

Zac seufzte. Sie stiegen auf und bald knallte sein Helm im Takt an Bobbys, da sein Freund recht abrupt die Gänge wechselte. Er drückte die Tasche zwischen ihre Leiber und hielt sich an Bobbys Taille fest. Die Häuser und Gebäude flogen nur so an ihm vorbei, der Fahrtwind presste sich in seine Ohren. Immer wieder hielt er Ausschau nach dem *Rat Car.* Als die letzte Ampelkreuzung vor der Hastings Street vor ihnen lag, fragte er sich, ob er wohl jemals wieder seinen besten Kumpel besuchen konnte.

Seine Laune besserte sich nur geringfügig, als Liam ihm beim Mittagessen in einem Imbiss erklärte, dass

Mr Marner ihm verziehen hatte.

*

„Ist das alles korrekt so?“

Auf Richards Frage hin betrachtete Don die Fotos vom Drogenfund im Schließfach noch einmal genau an.

„Ja, es fehlt nichts. Alles da, alles unversehrt.

„Du hast angegeben, du könntest zwei deiner Verfolger nicht beschreiben. Das waren also Neue, sozusagen. Oder angeheuerte Schläger.“

„Ich vermute Letzteres.“

„Kannst du sie inzwischen besser beschreiben? Der Dritte ist untergetaucht. Nicht einmal unsere Spitzel wissen, wo er sich verkrochen hat.“

Don starrte an die weiße Zimmerdecke. Vergeblich suchte er in seinem Gehirn nach einer Erinnerung. Die Männer waren einfach nur dunkel gekleidet gewesen, und er hatte nur John, die rechte Hand des Gang-Chefs, erkennen können. Ansonsten war da nichts als gähnende Leere in seinem Kopf. „Er wird nicht in der Stadt sein. Die *Good Angels* haben ihm wohl übel genommen, dass der Drogendeal geplatzt ist.“

„Bescheuerter Name“, murmelte Richard.

„Dafür sind sie in anderen Dingen fantasievoller, leider.“ Als er schluckte, legte Richard ihm wieder die Hand auf den Unterarm.

„Dass du das so lang durchgehalten hast – Respekt, Donald.“

„Dabei war alles für die Katz.“ Ein tolles Ergebnis

hatte er bei diesem Einsatz erzielt. „Gib mir mal den USB-Stick."

Dick riss die Augen auf und machte ein fassungsloses Gesicht. „Der war nicht im Schließfach."

„Was?" Das konnte ja wohl nicht wahr sein. „Keine Spur?"

„Nein, nichts."

Er sackte in sich zusammen. „Also keine Beweise für den Mord in Surrey. Dieser Junge hat sich bestimmt den Stick genommen."

Dick wiegte seinen Kopf. „Kann sein. War ja auch leichter zu tragen als der Stoff. Aber wenn wir ihn kriegen, dann muss er aussagen. Wir werden die drei drankriegen wegen versuchten Mordes."

„Noch keine Spur von dem Jungen?"

Schweiß glänzte auf Richards Halbglatze. „Die Spitzel sagen, dass sich so einer manchmal in Chinatown rumtreibt. Einer sagte sogar, er würde auf den Strich gehen."

„Na toll, ein sehr verlässlicher Zeuge."

„Besser als keiner. Wir bleiben am Ball. Vielleicht sind seine Fingerabdrücke am Schließfach."

Wenn er nur aufstehen könnte. Doch die Blutwerte waren noch nicht in Ordnung und sein Kreislauf protestierte immer noch hartnäckig. Zudem lag eine Drainage in der Wunde, die erst in drei Tagen entfernt würde. Es dauerte vielleicht noch zwei oder drei Wochen, bis er entlassen werden konnte. „Ich drücke euch die Daumen", sagte er und täuschte eine Zuversicht vor, die er nicht besaß. Die *Red Scorpions* waren wie Quecksilber. Man bekam sie nie zu fassen. Sie wechselten ihre Verstecke, taten immer weitere Sympathisanten auf, bei denen sie unterkamen. Ihr Anführer Marc Daniels hatte dagegen einen festen Wohnsitz, gab einen biederen Anschein und ließ nicht den kleinsten Hauch eines Beweises an sich herankommen. Don war zwar relativ schnell aufgestiegen, sonst hätte man ihm die Drogen niemals anvertraut, doch bis in den letzten entscheidenden Kreis war er nicht vorgedrungen. Das würde er auch nie. Für ihn war die Show definitiv vorbei. Er betrachtete seine Hand, in der die Braunüle steckte. Mit einem Mal war er über dieses Ende froh.

*

Die Felswand stach hell vom waldbestandenen Hintergrund ab. Liam studierte jedes Detail, die Struktur des Felsens, ihre Vorsprünge und Kanten. Die Sonne stand günstig, sie würde ihn weder blenden noch täuschende Schatten an die Wand werfen.

Zac stand neben ihm und tat erst gar nicht so, als verstünde er, was er gerade machte. „Du willst da rauf?“, fragte er und wies auf die in zehn Meter Höhe aufragende Kante, über die Liam gleich seinen Körper schwingen wollte.

„Ja. Ich kenne die Wand, die ist nicht schwer. Aber ich muss trotzdem nachsehen, was sich seit dem letzten Mal verändert hat. Ob Steine herausgefallen sind oder ob Wurzeln den Fels gelockert haben.“

„Aha.“

Für eine Weile schwiegen sie und starrten nach

oben. Dann zog Liam seine Windjacke aus. Sein Oberkörper war nackt und er bemerkte die bewundernden Blicke seines Freundes.

„Du siehst so geil aus, Liam. Wie aus Alabaster gemeißelt."

Seine Verwunderung darüber, dass Zac überhaupt wusste, was Alabaster ist, verschwand, als er Arme spürte, die von hinten bis zu seiner Brust glitten. Zac küsste seinen Nacken, indem er sich etwas auf die Zehenspitzen stellte. Seine Lippen waren kühl, während die Sonne brannte, als wollte sie die Linien der Muskeln in seine Haut brennen. „Erst die Arbeit, dann das Vergnügen."

„Ich habe aber keine Arbeit." Zac und ließ ihn widerstrebend los.

„Du wirst mich sichern." Er wies auf die Seile, die säuberlich aufgerollt neben ihnen lagen.

Zac hatte ganz schön gestöhnt, weil er sie vom Auto hierher schleppen musste. Dabei waren sie leicht, und der Weg war nur eine Meile lang gewesen. Zac war definitiv kein Naturbursche und musste sich fühlen wie ein Fisch auf dem Trockenen.

„Was? Hast du ernsthaft geglaubt, ich würde das machen?" Zac war ein wenig blass geworden, sein Ausdruck war so verblüfft, dass Liam lachen musste.

„Ich habe wohl kaum Witze gemacht. Zac, es ist nicht schwer. Wir üben das vorher. Komm, steig mal in deinen Gurt. Du bist zwar eigentlich nicht schwer genug, aber das kriegen wir schon hin."

Zac trat einen Schritt zurück. „Nein."

„Was, nein?"

„Ich wollte nur zugucken, schon vergessen?“

„Das war, bevor wir zusammen waren. Jetzt ist alles anders. Ich vertraue dir.“ Doch offensichtlich war genau das Zacs Problem. Er wollte nicht, dass man sein Vertrauen in ihn setzte. Niemand sollte auf ihn setzen, dann konnte er auch nichts falsch machen. Gut, dass dies hier nur eine Probe war. Liam wollte wissen, wie er auf diese Anforderung reagieren würde. Er hatte eine kategorische Weigerung erhalten, kein *Ich finde das cool, aber ich mache es lieber, wenn David dabei ist.* Diese Antwort hätte ihn befriedigt, doch Zacs sture Weigerung zeigte ihm, wie gering sein Selbstwertgefühl im Grund war. Zac war ein kleiner Aufschneider. Aber das hatte er ja irgendwie gewusst. „Muss ich etwa David anrufen?“ Dafür erntete er einen bösen Blick. „Na gut, ich will mal nicht so sein.“

„Fahren wir heim?“ Zacs Gesicht lebte auf.

„Du hast wohl nur das Eine im Sinn, oder?“

Zac grinste mit einem schelmischen Ausdruck. „Hm, das Vergnügen kommt doch jetzt, nicht wahr?“

„Nein, ich gehe jetzt die Wand rauf.“ Liam zog die dünnen Kletterschuhe an.

„Bis ganz nach oben?“

Liam sah in ein besorgtes Gesicht und freute sich, dass Zac sich tatsächlich Gedanken um ihn machte.

„Hast du ein Handy? Wegen der Notfallnummer.“

„Was?!“ Zac schrie ihn beinahe an.

Lächelnd gab er ihm einen Kuss auf die Wange. „Nein, Idiot! Ich gehe nicht ganz hoch.“ Er sah zur Wand, die ihn bereits lockte. Doch das Hochsteigen musste wohl bis zum nächsten Mal warten. „Na ja, eigentlich habe ich heute keine Lust auf Selbstsicherung. Ich gehe die Wand seitlich an und bleibe auf Absprunghöhe, weil mein lieber Zac nicht sichern möchte."

„Ich kann das nicht, Liam", jammerte dieser.

„Ist schon gut, ich wollte dich nur ärgern. Nächstes Mal gehen wir in eine Halle, dann zeige ich es dir. Einverstanden?"

Zac nickte halbherzig, sodass er nicht weiter auf ihn eindrang. „Mach es dir gemütlich. Da ist genügend Wasser im Rucksack."

„Hast du keine Cola?"

Liam verdrehte die Augen und griff in seinen Talkum-Beutel, der auf dem Boden lag. Mit eingepuderten Fingern tastete er sich die Wand hinauf. Im Nu hatte er zwei Meter überwunden.

„Liam, das sieht cool aus", hörte er hinter sich. „Wie Spiderman, nur horizontal."

Er blickte hinter sich und zwinkerte. Während er ein wenig höher und quer durch die Wand kletterte, begleitete Zac ihn auf dem grasigen Erdboden.

„Wie hoch ist das jetzt? Willst du etwa noch höher?"

„Das sind drei Meter. Höher sollte ich nicht, sonst verrenke ich meine Knochen, wenn ich stürze."

„Pass bloß auf! Ich habe keine Lust, mir einen Bruch zu heben."

„Danke, dass du um meine Gesundheit besorgt bist."

„Gern."

Die Wand zog sich ungefähr vierzig Meter am Fuß des Berghanges entlang. Er kannte nur einen vertikalen Teil des Felsens, waagerecht hatte er ihn noch nicht erkundet. Er griff zu, seine Beine folgten, die Zehen in den leichten Schuhen tasteten sich auf die Absätze. Es machte ihm Spaß, den Weg zu suchen, nach Lösungen Ausschau zu halten, es war jedes Mal eine kleine Jagd mit dem entsprechenden Glücksmoment. Die Wand lag offen vor ihm, sie verstellte sich nicht, er brauchte nur zu reagieren. Sie verheimlichte ihre Geheimnisse nicht, der Fels war ehrlich ihm gegenüber. Zwar kalt und hart, aber fair. Sein Körper gehorchte ihm aufs Wort, seine Glieder rankten sich um den Stein wie Lianen.

Zac war zurückgeblieben und lag im Gras, die Flasche Wasser in den Händen. Er starrte in die Wolken.

Greifvögel zogen Kreise.

Liam hörte ihre Schreie. Dazu das Rauschen der Nadelbäume und seinen Atem. Hin und wieder musste er mal höher, mal niedriger klettern, doch er blieb vorsichtig und stieg höchstens bis auf vier Meter hinauf, wenn er sicher war, dass die Griffe dort gut waren. Ein bisschen Adrenalin musste schließlich sein. Wie anders war diese aufregende Herausforderung, wie groß der Gegensatz zu seiner eintönigen Arbeit. Eine Weile hielt er inne und sah sich um. Zwanzig Minuten waren erst vergangen, ein Drittel der Strecke war geschafft. Zac schien zu schlafen, er rührte sich nicht. So ein Faulenzer. Liam kletterte hinab und sprang auf den Boden, um sich die Hände zu pudern. Der Beutel hing an seinem Gürtel. Er lockerte seine Arme und Beine und lehnte sich für einen Moment an die rauen Felsen. Zac so malerisch dort liegen zu sehen, weckte eine körperliche Reaktion, die ihm beim Klettern bestimmt weh tun würde. Er lächelte. Zehn Tage waren vergangen, seitdem Zac bei ihm eingezogen war. Sie hatten oft Sex, kuschelten aber noch öfter. Zac passte so gut in seine Arme, er war anschmiegsam und so gar nicht der Bad Boy, den er in der Öffentlichkeit gern zur Schau stellte. Sobald sie abends ausgingen und durch Downtown streiften, war er wie ausgewechselt. Er spuckte große Töne, klatschte sich unterwegs mit diversen Bekannten ab, die allesamt nach Knast rochen, und stolzierte wie ein Hahn neben ihm her. Allmählich irritierte ihn dieses Gockelverhalten, doch es war ja gerade diese quirlige Seite, die ihn damals angezogen hatte. Wenn sie in Bars gingen, quasselte Zac die ganze Zeit und riss seine Witze, manchmal auf Kosten anderer, was Liam immer unruhig machte. Sobald sie jedoch in die Nähe von Chinatown gelangten, wurde Zac zurückhaltender. Er sah sich öfter um, verzog sich in Pubs, als wolle er nicht gesehen werden. Liam hatte schon die Befürchtung, dass irgendeine Sache gegen ihn im Gang war, doch Zac antwortete auf seine Fragen entweder ausweichend oder angeberisch. Zugegeben, so genau wollte Liam es nicht wissen. Hauptsache, der Bad Boy hatte seinen Spaß. Die Arbeit bei Mr Marner, die er mit zerknirschter Miene angetreten hatte, erledigte er lustlos, aber zuverlässig und zum Glück bislang ohne Zwischenfälle. Auf Dauer müsste Zac sich nach einer Alternative umsehen, er war nicht der Typ, der jahrelang Wasserkanister ausfuhr. Es war noch nicht zu spät. Ob er sich darüber mal mit ihm unterhalten sollte? Liam stieß sich ab und stieg wieder in die Wand. Er war insgesamt nicht unzufrieden. Oft war er sogar glücklich. Auch wenn Zac überall seine Klamotten herumliegen ließ, was ihn manchmal zur Weißglut brachte. Er war glücklich, wie lange Zeit nicht mehr, und er hoffte, dass aus Zac allmählich jemand wurde, der etwas mehr Rücksicht und Verständnis gegenüber seinen Mitmenschen aufbrachte. Wie sich das anhörte – Zac hätte sich bestimmt wieder über seine Wortwahl lustig gemacht.

Er vergnügte sich noch eine halbe Stunde in der fraglos anspruchsvollen Wand und sprang durchgeschwitzt, aber zufrieden neben Zac ins Gras.

Der fuhr mit einem Ausruf hoch, hielt seine Fäuste hoch und riss seine Augen erschrocken auf.

Liam war verblüfft über Zacs aggressive Reaktion, doch dann entspannten sich seine Gesichtszüge und er lächelte. „Sorry, ich habe nicht mit dir gerechnet."

Liam sah ihn für einen Moment prüfend an. „Hast du das aus dem Knast?"

Zac senkte seinen Kopf und nickte.

Liam konnte nicht anders, er musste einfach vor ihm niederknien und ihn küssen.

Ihre Lippen, Zungen und Hände fanden sich, sie waren inzwischen geübt darin, sich in sekundenschnelle zu verschmelzen.

„Du stinkst", sagte Zac, als sie sich schließlich voneinander lösten.

„Ich wasche mich kurz." Liam wies auf den Bach wenige Meter entfernt, der Zac wohl in den Schlaf gemurmelt hatte.

„Brrr, du magst scheinbar kaltes Wasser." Zac folgte

ihm zum Wasser und betrachtete die sprudelnden Blasen, die beim Lauf über die Steine und Schwellen entstanden. Liam stieg dort ins Wasser, wo sich ein kleiner Gumpen gebildet hatte. Wie ein Schraubstock legte sich die Kälte um seine Waden.

Zac hatte natürlich nichts Eiligeres zu tun, als ihn nass zu spritzen.

Die Tropfen perlten in der Sonne, er musste tief Luft holen, als ihn die kalten Geschosse trafen. „Hör auf, du Idiot. Oder komm rein."

„Damit mein bester Freund zu schrumpfen beginnt? Nein danke."

Ein Blick auf Zacs Unterleib zeigte ihm, dass es da einiges zu schrumpfen gab. Die Beule sah göttlich aus und er freute sich, dass anscheinend sein Anblick sie verursacht hatte. Sofort verließ er das Wasser, um zu ihm zu gehen und die Erektion zu umfassen. „Das kann ich natürlich nicht zulassen."

Zac drückte sich in seine Hand und rieb sich ein wenig. „Du meinst, er sollte aus anderen Gründen schrumpfen."

„O ja. Aber zuerst …" Er löste sich von Zac und sprang zum Ufer zurück, wo er mit der Handkante aufs Wasser schlug und es in Richtung Zac dirigierte. Immer wieder drosch und schaufelte er das Nass in seine Richtung.

Zac keuchte auf, ruderte mit den Armen.

„Mann, ist das kalt."

Liam hielt inne und betrachtete Zacs Brustwarzen, die sich durch das feuchte Shirt abzeichneten. Er trat zu ihm, zog ihn auf den Boden und legte sich neben ihn. „Ich wärme dich“, sagte er und küsste seine Brust.

Zac rekelte sich wohlig im warmen, duftenden Gras, die Locken glänzten feucht. Liam wandte seinen Blick von den geschlossenen Augen ab und betrachtete die vollen Lippen, die so verführerisch lächelten und danach schrien, geküsst zu werden. Er warf sich über ihn, ertastete seinen Mund und küsste ihn. Zac schnappte zu, gierig und leidenschaftlich reckte sich seine Zunge vor. Sie verschmolzen miteinander, umarmten sich, küssten sich voller Begierde. Er rieb sein Glied an Zacs Becken und spürte, wie Zac das gleiche tat. Die aufkommenden Wellen seiner Erregung ließen ihn stöhnen. Er küsste Zacs Hals, seine Lippen wanderten weiter zur Brust. Seine Finger fuhren die Linien der Rippen nach, um gleich danach zu seinem Unterleib zu rutschen. Als er die Erektion umfasste, ließ die samtige Härte ihn erschaudern, und als er das Glied zu reizen begann, feuerte Zacs Keuchen seine Begierde noch an. Er drückte seine Nase an Zacs Halsbeuge und roch den Duft eines herben Rasierwassers. Als Zac nun seine Härte umfasste, bäumte Liam sich auf, schloss die Augen, um die kleinen Blitze zu genießen, die durch seinen Körper fuhren. Zac wusste genau, was er gern hatte. Fest und sanft zugleich gerieben zu werden, war wunderschön. Zac steigerte das Tempo seiner Handbewegungen, Liam legte sich ins Gras zurück und ließ ihn gewähren. Zac leckte über seine Brust und knabberte an seinen Brustwarzen. Plötzlich zog Zac seine Hose auf und setzte sich auf ihn, mitten auf seinen Unterleib.

„O Mann“, stöhnte Liam voller Vorfreude und spürte, wie ihm ein Kondom übergezogen wurde. Sein Schwanz war zum Bersten hart und als Zac ihn nach einigen Versuchen in sich aufnahm, schrie er vor Lust laut auf. Zwei Wildtauben erhoben sich daraufhin flatternd aus einem Baum, er hörte es nur, doch er konnte es nicht sehen, weil seine Augen wie zugenagelt blieben. Wenn er nur dieses Prickeln und schmerzhafte Glühen in seinem Unterleib festhalten könnte. Er umfasste Zacs Hüfte und half ihm, sich richtig zu bewegen. Immer fordernder wurde das Verlangen, auf und ab ritt Zac auf ihm und stimulierte ihn, bis er glaubte, vor atemloser Geilheit ohnmächtig zu werden. All seine Nervenbahnen liefen in seiner Körpermitte zusammen und sammelten sich dort. Mit Mühe blickte er auf. Zac hatte die Augen geschlossen und biss sich auf die Unterlippe, sein Körper wiegte sich leicht – er sah wundervoll aus in seinem Verlangen. Liam umfasste dessen Erektion, die er fast vor sich hatte. Zac legte die Hände auf die seinen und gemeinsam rieben sie das Glied, bis Liam die Augen wieder schloss und in seinem Körper eine Bombe explodierte. Der Strom seiner Gefühle überwältigte ihn, sie flossen durch sein ganzes Empfinden, fast schmerzhaft in ihrer Intensität. Sein Atem kam in keuchendem Stöhnen aus ihm heraus, er verzerrte sein Gesicht vor Verlangen, noch mehr Lust aus seinem Körper herauszupressen, noch mehr zu spüren von diesem tiefen, heißen Gefühl. Auch seine Hände waren feucht und warm, Zac hatte sich in ihnen ergossen. Für eine Weile verharrten sie reglos, sahen sich nur an. Zacs Augen waren weit aufgerissen, sein Mund war leicht geöffnet, als wollte er schreien. Ihre Blicke verschmolzen. Er tauchte tief in Zacs braune Augen, sah dort etwas, was ihn erschaudern ließ. Was es war, konnte er nicht benennen, er hatte das noch nie bei seinen Sex-Partnern gesehen, nicht einmal bei David. Ein tiefgründiges Empfinden, ein Bild in bunten, warmen Farben, das das Gefühl von Wärme enthielt. Sie waren eins, immer noch miteinander verhakt, atmeten gemeinsam, spürten ihre Körper, sie schienen so verdammt tief miteinander verbunden zu sein, wie er es noch nie erlebt hatte.

Zac sah das Gleiche wie er, Liam erkannte es an seinem ungläubigen Ausdruck. Doch dann kam Zac zu sich, sein Blick wurde vorsichtig und zurückhaltend. Ihre Finger waren noch immer ineinander verschlungen. Nun lockerte Zac den Griff um seine Hände und ließ sich stöhnend auf seine Brust sinken, heftig atmend hob er sein Becken an und gab Liams Glied frei. Liams Brust war heiß und feucht vor Schweiß und Sperma, doch er umklammerte Zac und drückte ihn eng an sich.

„Und?", fragte Zac, immer noch keuchend. Seine Brust hob und senkte sich, Liam fühlte es deutlich in der Umarmung.

„Wow, das war … toll." Die passenden Worte würde er niemals finden, für das, was sie gerade erlebt hatten. In seinem Inneren schien es immer noch vor Erregung zu vibrieren.

„Hm ja, ganz nett."

Er boxte Zac auf die Brust. „Idiot."

Doch dann setzte Zac sich auf und beobachtete das Spiel der Wellen.

Liam hätte ihn gern auf ihre gerade erlebten Empfindungen angesprochen, doch etwas in ihm hinderte ihn daran. Sicher war es auch Zac peinlich, über Gefühle zu sprechen. Klar, sie mochten sich, waren sich schließlich so sympathisch, dass sie für eine Weile zusammen wohnten. Für eine Weile? Wie lange würden sie sich verstehen? Sie waren genau genommen eher wie Feuer und Wasser. Welcher Umstand, welches Gefühl konnte sie schon dauerhaft verbinden? Liam seufzte. Er rückte hinter Zac und küsste ihn nach einer Weile in den Nacken.

„Ja, es war schön. Sehr schön", hörte er ihn leise sagen, ohne dass er seinen Blick vom Wasser löste.

Liam atmete auf, ein wenig gerührt. Etwas hielt sie zusammen. Definitiv.

Kapitel 6

Wieder Kisten aufladen, wieder Flaschen sortieren, wieder Waren einpacken. Immer das Gleiche, immer wieder die gleichen Handgriffe, die gleichen Gesichter, die gleichen Kunden. Zac hatte eigentlich keinen Bock mehr. Morgens warf Liam ihn aus dem Bett. Er durfte nicht mal zehn Minuten länger liegen bleiben. Doch besser so, als wenn Mr Marner ihm einen Einlauf verpassen würde, wenn er zu spät käme. Im Gefängnis hatte er zwar genug Ernst und Pünktlichkeit erlebt, aber dass es draußen fast ebenso zuging, hatte er beinahe vergessen gehabt. Er seufzte. Bobby hatte es gut. Er konnte pennen, so lang er wollte. Er konnte zu seinen Kumpels gehen, wann immer es ihm in den Sinn kam.

„Zac, fegst du mal den Hof aus?"

Eliza lächelte zwar, aber auch sie war hier Chef im Ring. Doch nach dem, was Zac ihr angetan hatte, als er seine Hand in die Kasse gesteckt hatte, wollte er jetzt nicht jammern. Also ergriff er den Besen und machte sich auf den Weg. Der Hof lag in der flirrenden Hitze, der Staub stieg unter seinen Besenschwüngen in die Luft.

Nach der Mittagspause hatte Zac gerade eine Ladung Bier im Wagen verstaut, als Mr Marner mit einem Gesicht auf ihn zumarschierte, das ihn an Tommy Lee Jones in *Dr. Kimble auf der Flucht* erinnerte. Hatte er den Hof nicht ordentlich genug gesäubert? Etwas in seinem Inneren zuckte, seine Beine wollten sich automatisch fortbewegen, aber da er wusste, dass er sich nichts zuschulden hatte kommen lassen, blieb er an Ort und Stelle.

„Zac!“ bellte Mr Marner und winkte ihn zu sich heran.

Er gehorchte und blieb mit neutralem Ausdruck vor ihm stehen.

„Du hast Besuch. Bullen!“

Verdammt! Er hatte sich nicht im Griff, spürte, wie ihm das Blut aus dem Gesicht fiel. Was hatte das zu bedeuten?

„Was hat das zu bedeuten?“, erklang Mr Marner Frage als Echo.

„Keine Ahnung.“

„Ins Büro!“

Zac wischte sich über die Stirn, zog sein T-Shirt zurecht und setzte sich in Bewegung. Er biss sich auf die Unterlippe. Hatten die Bullen das Treffen mit dem Toten herausgefunden? Wussten sie, dass er den Schlüssel an die *Scorpions* geliefert hatte? Hatten sie seine Fingerabdrücke – halt! Das war es! Beinahe hätte er sich vor die Stirn geschlagen. Warum war er so blöd gewesen und hatte das Schließfach ohne Handschuhe geöffnet? Eine solche Dummheit konnte nur bestraft werden. Und das stand ihm wohl gerade bevor. Wenn die Bullen wussten, wo er sich aufhält, dann wussten es vielleicht auch schon … Nein, er wollte nicht weiterdenken. Eins nach dem anderen. Vor der Tür in das Gebäude hielt er kurz an. Er wusste, dass Mr Marner nicht weit entfernt stand und abwartete, ob er nicht doch die Flucht ergriff. Er spürte förmlich seine Blicke im Nacken. Da konnte er lang warten. Er nahm ein paar tiefe Atemzüge, um das Zittern seiner Hände in den Griff zu bekommen. Mum und Liam würden nicht wollen, dass er kniff.

Im Flur brach ihm erneut der Schweiß aus, doch er klopfte an die Bürotür und trat ohne Aufforderung ein. Ein Beamter in zivil, der andere trug eine Uniform, die ihm etwas über der Brust spannte. Die Halbglatze des Kriminalbeamten kannte er vom Bahnhofsplatz. Also ging es wirklich um die Drogen und nicht um einen Bruch, den die Bullen der Einfachheit halber ihm in die Schuhe schieben wollten.

„Mr Zachary Cohen?"

„Ja."

„Mein Name ist Richard Mc Gregor, ich bin Inspektor im Drogendezernat von Vancouver. Das ist Sergeant Higgins."

Zac nickte und setzte sich, als er dazu aufgefordert wurde. Die Beamten nahmen ebenfalls Platz. Ein kleiner, runder Tisch trennte sie voneinander.

Eine Weile schwiegen sie. Zac wurde unruhig unter den musternden Blicken. Er nahm einen Kaugummi aus der Tasche und warf das Paper auf die Tischplatte. Dann lehnte er sich lässig im Sessel zurück und kaute vor sich hin.

„Können Sie sich vorstellen, worum es bei unserem Besuch geht?"

Zac verdrehte die Augen. „Mann, ich bin nicht von gestern." Er war es leid, diese Fangfrage vor jeder Vernehmung zu hören.

„Also gut." Der Inspektor räusperte sich. „Wir haben Grund zu der Annahme, dass Sie sich am Schließfach 324 an der Pacific Central Station zu schaffen gemacht haben."

„Und?"

„Sie haben es geöffnet. Wie?"

Er schob den Kaugummi in seine Wangentasche. „Ich hatte einen Schlüssel."

„Woher?"

„Den hat mir jemand zugesteckt. Keine Ahnung, wer das war. Und keine Ahnung, warum er das gemacht hat. Er ist dann abgehauen. Ich habe später einfach mal nachgesehen, was drin ist."

„Und was war drin?"

Zac zuckte die Schultern. „Keine Ahnung. So ein Zeug in Folie verpackt."

Die Beamten tauschten einen belustigten Blick.

„Auch wir sind nicht von gestern, Mr Cohen", meldete sich erstmalig der Streifenbeamte.

„Das ist gut, dann wissen Sie ja auch, dass es nicht strafbar ist, mit einem Schlüssel ein Schließfach zu öffnen."

„Wo ist der Schlüssel jetzt?"

Mist!

„Hab ihn weggeworfen. Konnte ja nichts anfangen mit dem komischen Zeug." Zac kaute weiter und blickte auf seine Fingernägel.

„Das sollen wir Ihnen glauben?"

„Mir doch egal!" Er wackelte mit seinen Zehenspitzen.

In die Stille, die nun eintrat, platzte eine dicke Stubenfliege, die hilflos vor das Fensterglas prallte und dort auf und ab taumelte.

Endlich beugte sich Mc Gregor vor. „Nun, wo immer der Schlüssel jetzt auch ist, er ist nutzlos. Aber nicht der USB-Stick."

Obwohl er es nicht wollte, hielt sein Kiefer inne, dann kaute er hastig weiter. „Den habe ich nicht mehr. Ist mir aus der Tasche gefallen und kaputt."

Der Inspektor zuckte unmerklich zusammen, doch die Augen hielten ihn fest, unerbittlich forschend. Er musste sich zusammenreißen, um sich unbeeindruckt zu geben. Schließlich war es die reine Wahrheit.

„Haben Sie Zeugen dafür?"

„Ja. Ein Mr Bradden von dieser Fressbude *Heavens* und ein Stammgast des Restaurants, der ihn kaputt getreten hat."

„Warum hat er das getan?"

„Das Ding ist mir aus der Tasche gefallen und er ist drübergelatscht. Ich meine, so richtig mit dem Absatz."

Mc Dingsbums schloss für einen Moment seine Augen. Dann durchbohrte er ihn wieder mit seinem Blick. Doch Zac hatte das Gefühl, dass er ihm glaubte. Ihm fiel auf, dass es durchaus ein gutes Gefühl war, die Wahrheit gesagt zu haben.

„Nun, das ist nicht mehr zu ändern", seufzte der Inspektor.

Ja, leider, dachte er grimmig. Und genau deswegen stand er womöglich auf der Abschussliste der *Scorpions*.

„Wir rechnen es Ihnen hoch an, dass Sie die Ware nicht herausgenommen und verkauft haben."

„Toller Spruch für meinen Grabstein."

„Wie bitte?"

„Nichts, schon gut."

„Mr Cohen, wir haben ebenfalls Grund zu der Annahme, dass Sie beobachtet haben, wie diese Person mit dem Schlüssel von drei anderen Personen verfolgt wurde."

Die wussten ja wirklich alles. Ob der Obdachlose geplaudert hatte?

„Dieser Mann, der Ihnen den Schlüssel gegeben hat, ist jetzt tot. Ermordet", fuhr der Inspektor fort und erntete einen verwunderten Blick des Streifenbeamten, der davon wohl noch nichts wusste.

„Das tut mir leid." Und das war nicht gelogen.

„Wir möchten die Täter ausfindig machen. Dazu benötigen wir die Beschreibung von Ihnen. Sie sind dazu verpflichtet, die Polizei zu unterstützen."

„Sie haben doch andere Zeugen. Den Penner zum Beispiel."

„Der hat sie nur von hinten gesehen."

„Ich auch." Er setzte sein Pokerface auf. Niemals würde er die drei Kerle beschreiben, auch wenn er zumindest einen von ihnen ganz gut im Vorbeilaufen gesehen hatte. Im Gefängnis, wo alle Knackis in Einheitsorange leuchteten, hatte er gelernt, Gesichter unterscheiden zu können.

„Mr Cohen, ich mache Sie darauf aufmerksam …"

„Gar nichts machen Sie." Zac stand auf. Er musste raus, nur weg von diesen nervenden Visagen. Weg, bevor sein Widerstand zusammenbrach. „Wenn mir nichts angelastet wird, kann ich jetzt gehen."

Mc Gregor stand vom Sessel auf und zog seine Hose

am Gürtel hoch. „Wir könnten Sie anklagen wegen unterlassener Hilfeleistung. Wegen Unterschlagung von Beweismitteln."

„Alles an den Haaren herbeigezogen. Bitte sehr, legen Sie sich keine Hemmungen auf." Wenn er nur frech genug war, ließen sie ihn vielleicht in Ruhe.

„Wo wohnen Sie momentan, Mr Cohen?"

„Äh … Hastings Street 155."

„Nein, da wohnen Sie nur auf dem Papier."

„Bin bei einem Kumpel untergekommen. Heatley Avenue 83."

Der Streifenpolizist notierte diese Angaben.

Bobby würde nicht sehr erbaut sein, wenn demnächst Bullen vor seiner Haustür stünden. Er musste ihm Bescheid sagen, damit er entsprechend reagieren konnte. Eine Sache interessierte ihn noch.

„Wie haben Sie mich denn heute gefunden?"

„Über Ihre Sozialversicherungsnummer, die Mr Marner angeben muss. Hat ein bisschen gedauert, aber nun wissen wir ja, wo wir Sie notfalls erreichen können. Ich kann Ihnen nur raten, mit uns zusammenzuarbeiten."

„Geschenkt, Jungs. Ich muss los."

Zac drehte sich abrupt um und verließ das Büro als freier Mann. Eine Art von Triumph, doch er traute dem Braten nicht. Er ging durch den Flur, verließ das Gebäude, immer weiter, bloß weiter. Erst am hinteren Ende der Lagerhalle hielt er an, beugte sich vor und stützte sich auf seinen Schenkeln ab, weil ihm schwarz vor Augen wurde. Sein Herz tobte immer noch aufgeregt durch seine Brust.

*

Liam schloss seine Tür auf und warf einen ersten Blick durch das Appartement. Zac war nicht da – dafür seine Klamotten. Er presste seine Lippen zusammen, hängte den Schlüssel an den Haken, umrundete Zacs Turnschuhe und einen Comic, die einträchtig beieinander auf dem Parkett lagen. Als er seine Brotdose aus seiner Arbeitstasche packte, bemerkte er das Geschirr, das sich in der Spüle stapelte. Verärgerung kroch in seine Kehle und machte sie eng. Zac hatte versprochen, alles in die Spülmaschine zu räumen, bevor er zur Arbeit ging. Als Liam seine Tasche in sein Zimmer brachte, stand dort Zacs Jeans auf dem Bettvorleger, steif auf halbmast, so, wie er aus ihr herausgestiegen war. Nein, er würde jetzt nicht hinter ihm herräumen. Das sollte er mal schön selber machen. Zac war in den letzten zwei Tagen oft unaufmerksam und abwesend gewesen, auch wenn er es vor ihm zu verbergen versucht hatte. Bei Mr Marner konnte nichts vorgefallen sein, denn er arbeitete nach wie vor dort. Gestern morgen hatte er ihn selbst zur Arbeit gebracht und Mr Marner noch zugewunken. Zac hatte gute Miene zu dieser freundlichen Geste gemacht. Liam wusste, dass Zac das regelmäßige Aufstehen und die regelmäßige Arbeit nicht liebte und immer auf den Feierabend hinfieberte. Doch Liam war hart geblieben, hatte auf seine Trägheit nicht reagiert. Allmählich war es ihm egal, dass Zac morgens Frust schob.

Zac wollte heute noch seine Mum besuchen. Das vor ihnen liegende Wochenende würde spannend werden, denn Liam wollte ihn mit zu seinen Eltern nehmen und ihn als guten Freund vorstellen. Zac hatte zwar die Augen verdreht, weil er über ihr wahres Verhältnis Stillschweigen bewahren sollte, doch er war viel zu neugierig, um den Besuch abzusagen.

Fast drei Wochen wohnten sie nun zusammen. Seine Nerven hatten etwas gelitten unter ihren Reibereien, die in der letzten Woche begonnen hatten. Doch immer noch war es unbeschreiblich schön, neben Zac aufzuwachen und sein Gesicht zu betrachten, wenn er schlief. Seine Locken waren zerzaust, sein Gesicht weich. Ein paar Streitigkeiten, mein Gott, das war doch normal in jeder Beziehung. Meist ging es um Kleinigkeiten wie das pünktliche Aufstehen. Oder um die Art, wie Zac seine Laune am Concierge ausließ. Ständig spielte er ihm irgendwelche Streiche, sodass der junge Mann ihm inzwischen einen um Hilfe flehenden Blick zuwarf, sobald er mit Zac die Lobby betrat.

„Ist doch nur Spaß", hatte Zac später als Verteidigung angegeben.

Klar, es war spaßig, doch nach wie vor auf Kosten anderer. Liam schob diese unterschwellige Aggressivität auf das Leben im Gefängnis, auf die Anforderungen, denen Zac dort zu begegnen hatte. Dort waren diese Art Späße an der Tagesordnung, ja, sie waren nötig, um als cool zu gelten und sich Respekt zu verschaffen. Irgendwie hatte Zac noch nicht mitbekommen, dass er sich nun nicht mehr behaupten musste. Dass niemand ihm gefährlich wurde. Dass er frei war. Oder war er doch nicht so frei? Manchmal fragte er sich, was noch alles hinter Zacs Leben steckte außer einer kranken Mutter und einem farbigen Kumpel, der ihn bei einem kurzen Besuch misstrauisch beäugt hatte, als wäre er der Generalstaatsanwalt persönlich.

Liam stellte die Dusche an und wusch die negativen Gedanken einfach ab. Gleich würden sie zusammen ein wenig ausgehen, durch die Straßen bummeln, kurz in die Kletterhalle sehen, auch wenn Zac keine Lust dazu hatte. Als er sich abtrocknete, bemerkte er die Zahnpastaspuren im Waschbecken. Warum zum Teufel wischte Zac seinen Dreck nicht weg? Da lagen auch noch Barthaare auf der Keramik. Liam sackte zusammen, stützte sich mit den Armen am Waschbecken ab und schloss die Augen. Dann nahm er ein Wischtuch zur Hand und polierte alles, bis es wieder glänzte. Er richtete seine Zahnbürste nach Zacs Zahnbürste aus, legte den Kamm parallel zur Ablage und faltete das Wischtuch ordentlich auf, bevor er es in den Wäschekorb warf.

Er hörte das Türschloss. Da kam Zac ihm gerade recht. Sein Bedarf an Harmonie war gedeckt, er konnte ruhig etwas davon sausen lassen. Eine Ader an seiner Stirn begann zu pochen.

„Liam, bist du schon da?" Seine Stimme klang müde und doch lag in ihr eine erwartungsvolle Vorfreude.

Doch Liam unterdrückte seine aufkommende Rührung. Er ließ sich ohnehin von Zac viel zu oft um den Finger wickeln. „Ja, ich bin hier." Und mache gerade deinen Dreck weg, hätte er am liebsten noch gesagt.

Zac kam ihm ganz nah. Sein Kuss schmeckte nach Schweiß und Staub. Er strich ihm kurz über die verschwitzten Locken, doch in seinem Inneren schien sich immer noch ein Gewitter zu entwickeln.

„Ich geh kurz unter die Dusche, dann können wir los. Sollen wir auswärts essen?"

„Ich dachte, du wolltest bei deiner Mum essen."

Zac winkte ab. „Ach, das mache ich morgen. Ich denke, es geht ihr gut."

„Hast du ihr Bescheid gegeben, dass du nicht kommst?"

„Nein, warum? Das wird sie schon merken." Zac verschwand pfeifend in der Küche, um seine Tasche abzustellen.

Liam verkniff sich eine Bemerkung über die Gepflogenheit, abgesagte Besuche auch zu entschuldigen. Seine Mutter musste dergleichen wohl gewohnt sein, sie kannte Zac ja länger als er. Seine eigene Mutter stand jedes Mal bereits mit einem Bein im Polizeirevier, wenn er sich mal eine halbe Stunde verspätete.

Nachdem sie sich ausgehfertig gemacht hatten, überkam Liam plötzlich die Lust, zu Hause zu bleiben und sich einen ruhigen Abend zu machen. „Sag mal, Zac, wollen wir nicht lieber hierbleiben und uns aufs Dach verziehen?"

Die Loggia war seine kleine Sonneninsel, mit grünen Gewächsen und bequemen Liegen. Nicht zu vergessen der kleine Kühlschrank.

„Jetzt sei mal nicht so langweilig, Liam." Zac prüfte seine Lockenpracht im Spiegel. Warum er das tat, konnte Liam nicht sagen. Für ihn sah er immer gut aus, egal, ob in Arbeitskluft oder gestylt. Er gab nach und öffnete die Tür.

„Mit dem Auto?“, fragte Zac hoffnungsvoll. „Ein bisschen cruisen?“

„Nein, mit dem Bus. Ist viel vernünftiger.“

„O ja, die zusätzlichen Abgase könnten uns umbringen.“

„Idiot“, gab Liam zurück. „Ich habe keinen Bock auf Parkplatzsuche.“

„Du hast wie immer recht“, sagte Zac und trottete hinter ihm die Treppen hinunter. „Viel vernünftiger.“ Eine Nuance in Zacs Stimme sagte ihm, dass er sich gerade über ihn lustig machte. Ob Zac ihn für spießig hielt? Nachdem er Zac so durch die Lobby gelotst hatte, dass er keine Gelegenheit hatte, den Concierge anzusprechen, gingen sie die Straße hinunter. Die Bienen in den Bäumen summten noch und die Luft roch nach Süße und Staub. Ein schöner Sommerabend stand ihnen bevor. Er wusste nicht, was mit ihm los war, doch er konnte nicht gegen seine schlechte Laune ankämpfen. Seine Stimmung war aufgeladen, ein kleiner Funke hätte seinen Frust entzünden können. Ob es wirklich am anstrengenden Alltag mit Zac lag? Im Bett passte alles, dort harmonierten sie wie Yin und Yang. Doch Zacs Unbekümmertheit im täglichen Leben konnte man fast als Rücksichtslosigkeit bezeichnen. Liam war doch nicht seine Ehefrau, die ihrem Mann ein schönes, sauberes Heim bereitete und ihm den Rücken frei hielt. Dazu kamen seine coolen Sprüche und sein Imponiergehabe, wenn sie unterwegs waren. Oft ging ihm seine Art einfach nur auf die Nerven. „Sollen wir erst zur Kletterhalle?“

„Nö, ich muss erst was futtern.“

An der Bushaltestelle summte Zac ein Lied vor sich hin. Seine gute Laune ging Liam auf die Nerven. Doch er riss sich zusammen und lächelte ihn an.

Zac gab das Lächeln zurück, was ihn für eine Weile besänftigte. Er konnte so schön lächeln. Überhaupt sollte er sich nicht so anstellen, seine miese Stimmung musste er unbedingt abstellen.

Der Bus Richtung West End rollte an, alle Plätze waren belegt. Zac stand neben ihm und schmachtete ihn mit Blicken an. Liam senkte seinen Kopf, er spürte, wie seine Wangen rot wurden. Musste Zac jetzt den verliebten Schwulen herauskehren? Was, wenn ihn einer seiner Klienten oder Arbeitskollegen sah?

„He, warum so prüde?“ Zac boxte ihm auf den Arm. „Kennst du jemanden hier, der nicht wissen darf, was mit uns los ist? So wie deine Eltern?“

„Hör auf, Zac, das ist peinlich.“

„Mein Gott, bist du schräg drauf heute. Du brauchst einen Fick, dann wirst du lockerer.“

Der Mann, der neben ihnen stand und seine Zeitung las, musste unwillkürlich lächeln.

„Was grinst du so?“, raunzte Zac ihn an, worauf der Mann sich etwas abwandte.

„Zac, lass das.“

Der verdrehte die Augen. Der Bus rollte gerade durch die Häuserschluchten der Georgia Street, als Zac seinen Kaugummi aus dem Mund nahm und an eine Haltestange klebte.

„Das ist eklig. Mach das weg!“

Schweigend fummelte Zac das weiße Zeug wieder ab und ließ es auf den Boden fallen.

„Besser?“

„Was ist los mit dir, Zac?“

„Mit mir? Hör du dich mal reden! Zac, mach dieses, mach jenes. Zac, das ist blöd, das ist unvernünftig, das ist eklig. Mann, ich habe den ganzen Tag auf den Beinen gestanden, ich bin müde.“

„Wir hätten zu Hause bleiben können.“

„Nee, danke.“

„Weil du da immer aufräumen musst, nicht wahr?“

Jetzt war es heraus und es fühlte sich nicht gut an. Ihn mit diesen Kinkerlitzchen zu triezen, war nicht gerade fair.

„Ja, Mami!“ Zac wandte sich ab und ließ seine Blicke über die belegten Plätze schweifen. Dann gab er sich einen Ruck und steuerte eine ältere Frau an, die ihre Einkaufstasche auf dem Schoß hielt.

„Mach Platz!“ Er beugte sich drohend über sie.

Liams Herz begann zu klopfen. War Zac verrückt geworden?

Die Frau machte tatsächlich Anstalten, ihm seinen Platz zu überlassen. Das konnte doch wohl nicht wahr sein! In zwei Sätzen war Liam bei ihm und riss ihn am Arm zurück.

„Tut mir leid, Ma ’m, mein Freund ist heute nicht gut drauf.“

Die Frau sah mit großen Augen von einem zum anderen, bevor sie sich etwas unsicher wieder auf den Sitz sinken ließ.

„Liam, was soll das?“

„Komm jetzt, du Idiot!“

„Lass mich in Ruhe, du Held!“

Er zog Zac unerbittlich zur Tür. Die nächste Haltestellte musste bald erreicht sein. Die Leute machten ihnen automatisch Platz, sie standen fast allein vor den Stufen zum Ausstieg.

„Was das soll? Das frage ich dich!"

„Mein Gott, stellst du dich an!"

Ihr Streit war nicht gerade leise. Liam war es egal, sie hatten sich schon peinlich genug aufgeführt, daher kam es auf die Lautstärke ihrer Unterhaltung nicht mehr an.

„Bist du immer so rücksichtslos? So rüde und frech? Ganz der Bad Boy, was? Aber stell dir mal vor, die Frau vorhin wäre deine Mum gewesen. Was hättest du gesagt, wenn sie so angemacht würde?"

„Dem hätte ich die Fresse poliert!"

„Oh, du verstehst also, was ich dir sagen will."

„Ich verstehe nur, dass du dein heiliges Sendungsbewusstsein vor dir herträgst wie ein Reklameschild. Seht her, Liam, der Retter der Witwen und Waisen. Liam, der Bewährungshelfer und Menschenflüsterer."

„Und du? Du trabst durch die Straßen wie ein aufgeblasener Gockel. Seht her, Zac, der coole Typ aus dem Knast! Du bist ein Aufschneider! Glaubst du, du kannst daraus Vorteile ziehen?"

„Vorteile ziehen", äffte Zac ihn nach. „Wie kann man nur so blasiert reden? Du bist einfach nur ein Spießer, der die Welt da draußen nicht versteht. Der immer schön putzt und sich wäscht, damit alles stabil und ordentlich bleibt. Weil die böse Welt ihm ja sonst etwas antun könnte."

Der Bus hielt mit einem Ruck.

Sie standen sich wie zwei Hähne gegenüber, die Fäuste geballt, die Oberkörper vorgereckt.

Liam atmete aus und entspannte seine Hände. Das Gewitter war vorüber, er hatte keine Kraft mehr. „Der Einzige, den ich nicht verstehe, bist du, Zac. Ich würde es gern, aber – ich kann es einfach nicht."

Die Tür öffnete sich.

Zac starrte ihn an, die Augenbrauen zusammengezogen. Liam stieg die Stufen hinunter und trat auf die Straße. Nach der Hitze im Bus schlug ihm kühle Luft entgegen. Er hoffte, sie konnte ihn wieder runterbringen. Er sah sich um.

Zac stand immer noch im Bus, die Augen zusammengekniffen, den Mund verzerrt. Die Tür schloss sich mit einem Zischen. Das Letzte, was er sah, war Zacs erboster Blick. Sollte er doch zum Teufel gehen.

Weil die böse Welt ihm ja sonst etwas antun könnte. War er wirklich so komisch? Er meinte es doch nur gut.

*

Mistkerl! Blödmann! Arschloch! Lautlos krochen diese Worte über Zacs Lippen. Er trottete die West Hastings Street entlang, ohne seine Aufmerksamkeit an die Umgebung zu verschwenden. Wenn er mal hochsah, musterte er die Passanten mit bösem Blick, als wären sie für seinen Ärger verantwortlich. Zu seinen Füßen rollte sich der Asphalt auf, endlos lang. Seine Füße taten weh und sein Herz schmerzte, wenn auch nicht vom Laufen. Er war so müde. Was für ein Scheißabend. Immer wieder hörte er Liams Worte: *Aufschnei-*

der, rücksichtslos, rüde, frech.

Ja, und? Dann war er eben so. Egal! Er kam damit fabelhaft zurecht. Wenn Liam so eine Mimose war, dann sollte er doch abhauen. Was er ja auch getan hatte. Er hatte ihn einfach so stehen gelassen. Wie bestellt und nicht abgeholt. Die West Hastings wechselte in die East Hastings Street. Plötzlich kam es ihm vor, als laufe er vor etwas davon. Er blieb stehen und ließ die Fußgänger an sich vorüberziehen. Inmitten der Ameisenherde war er ein Hindernis. Man umrundete ihn, stieß gegen ihn. Die Geschäfte waren noch offen, in Down Town pulsierte das Leben. Er ging langsam weiter, ließ sich treiben und bald spülte ihn die Menschenmenge zur Seite. Er konnte sich wieder in den Schaufenstern sehen. Wieder blieb er stehen, er brauchte eine Pause. Vor dem Eingang zu einem Ärztehaus setzte er sich auf die Treppenstufe und blickte den Autos nach. Immer wieder kehrten seine Gedanken zu ihrem Streit zurück. Er musste herausfinden, was Liam gemeint hatte. Und was das jetzt für ihn zu bedeuten hatte. Liam war gegangen, nach harten Worten. Nie hatte er ihn so erbost gesehen. Im Ernst, er hatte geglaubt, dass Liam niemals so böse werden konnte. Und dann war er gegangen. Was wollte er ihm damit sagen? War er seiner überdrüssig geworden? Von jetzt auf gleich? Oder wollte er nur mal Abstand gewinnen? War es jetzt aus oder nicht? Die offenen Fragen prasselten auf ihn nieder, er fühlte sich bedrängt und umzingelt. Würde er nie wieder Liams Lippen spüren? Nie wieder in seine Augen sehen? Bei diesem Gedanken atmete er schluchzend ein. Verdammt, er würde doch nicht einem Kerl nachweinen, der ihn beleidigt hatte. Er ballte seine Faust und stand wieder auf. Einen Fuß vor den anderen setzen. Immer wieder. Keine Fragen mehr stellen. Antworten gab es ohnehin nicht.

Gleich würde er bei Mum ankommen. Hoffentlich war sie noch nicht im Bett. Er musste bei ihr pennen. Er hatte keinen Bock, Bobby Erklärungen abzugeben. Morgen müsste er seine Sachen von Liam holen, dann würde Bobby sowieso nur mit dem Kopf schütteln.

Nachdem er eine weitere Viertelstunde seine träge Unschlüssigkeit spazieren getragen hatte, stand er plötzlich vor seinem Ziel. Das Licht brannte und Stimmen aus dem Fernseher erklangen bis zur Straße. Er klopfte an die Tür.

Mum öffnete und ihr breites Lächeln suggerierte ihm, dass alles wieder gut werden würde.

„Zac, komm doch rein. Wie schön, dass du doch noch kommst."

„Hi, Mum."

Auf Mum konnte man sich verlassen. Sie war total in Ordnung. Was man von einem gewissen Liam nicht sagen konnte. Warum dachte er immer noch an ihn?

„Ich habe auf dich gewartet. Warum hast du dich nicht gemeldet?"

In seinem Kopf begann es zu pochen. „Tut mir leid."

Mehr konnte er nicht sagen. Es war wohl eine blöde Idee gewesen, ihr nicht Bescheid gegeben zu haben. Ganz wie der Herr Besserwisser es ihm aufs Butterbrot geschmiert hatte. Er sah sich um. Zu seiner Erleichterung war Vanessa nicht zu sehen.

„Ist sie aus?“ Er wies mit dem Kopf auf ihr Zimmer.

Mum nickte und lächelte.

„Wie geht es den Händen?“

„Gut, mein Junge. Ich kann sogar wieder die Fernbedienung halten und drücken.“

„Gott sei Dank, das Wichtigste klappt wieder“, rang er sich einen Scherz ab und umarmte sie.

„Schön, dass du so viel Geld hast, um mich zu unterstützen. Das kann ich nicht wiedergutmachen.“

„Das brauchst du auch nicht.“

Mit Schrecken stellte er fest, dass Liam jetzt wohl nicht mehr für Dr. Wang aufkommen würde.

„Junge, was hast du? Du siehst so traurig aus.“

Er seufzte und warf sich auf das Sofa. Er hatte noch nie mit seiner Mum über Liebeskummer geredet. Das tat man einfach nicht. Doch er war nicht *man*. Er war Zac. Er konnte alles tun, was er wollte. Auch mit ihr reden. Er spürte die schwere Last auf seiner Brust, sie wollte einfach nicht weichen. Sie kroch in sein innerstes Mark und wackelte an den Grundfesten seiner Seele. „Ach Mum, das ist eine lange Geschichte. Sag mal, glaubst du, dass ich ein Aufschneider bin?“

„Wer sagt das?“

„Nicht wichtig.“

Da sah sie ihn prüfend an, so wie früher, als er sich Geld aus ihrer Geldbörse genommen hatte. Ein Kribbeln lief über seine Haut. Er konnte diesem Blick nicht entkommen. Weder ihrem noch Liams Blick. Die Augen waren sich zu ähnlich. Mit einem Mal sehnte er sich nach dem liebevollen Strahlen aus Liams

Augen. Wenn doch alles wieder gut würde. Wenn doch dieser Abend einfach aus der Timeline gelöscht werden könnte.

„Hast du Ärger mit einem Freund?"

Er nickte.

„Etwa mit deinem Bewährungshelfer?"

Mit einem Satz sprang Zac auf. Wie um alles in der Welt …

„Mum, woher weißt du das?"

„Mr Hillerman hat mich mal besucht. Er wollte eigentlich zu dir, aber wir haben nett geplaudert."

Langsam ließ er sich wieder auf das Polster fallen. „So, nett geplaudert. Hat er einen auf Schwarm aller Schwiegermütter gemacht?"

„Er war ehrlich bemüht um dich. Hat er mich etwa getäuscht?"

Er legte seinen Kopf an die Lehne und wischte sich über die Augen. „Nein, nein, Mum. Das ist es ja gerade. Alles, was Liam sagt und tut, meint er auch so."

„Und er meint, du wärst ein Aufschneider?"

„Ja. Rücksichtslos und frech bin ich auch noch."

Seine Mutter schwieg, dann spürte er ihre Hand auf seinem Haar. Sie streichelte ihn, wie früher.

„Zac, er kann nicht verstehen, warum du so sein musst. Und er weiß vielleicht nicht, wie du in deinem Inneren wirklich bist."

„Ist da denn ein Unterschied?" Jetzt war er ehrlich verblüfft.

„Ja, natürlich. Nach außen bist du der harte Kerl, der es mit jedem aufnimmt. Aber bedenke, dass du auch mal deinen Meister finden kannst und du nicht mehr obenauf bist."

Ja, was bald geschehen wird, dachte er und erschauderte beim Gedanken an die drei Männer, die den Toten auf dem Gewissen hatten.

„Aber tief in dir bist du ein guter Junge. Du sorgst dich um mich. Du willst mich schützen. Du machst dir Gedanken um deine Zukunft. Hoffe ich jedenfalls."

Zac lächelte schwach. „Meinst du, ich sollte anders werden?"

Zugegeben, er hatte wirklich etwas übertrieben, sich wie ein Vierzehnjähriger benommen, wenn er es genau betrachtete. Dass er einem Mütterchen den Platz streitig machte – mein Gott, wie bescheuert war das denn? Eine Welle der Scham lief durch seinen Körper. Liam hatte sich zurecht beschwert. Er sah seine Mutter an. „Gut, ich habe mich daneben benommen. Und das mehr als einmal. Aber dass er gleich so einen Aufstand macht."

„Du verstehst ihn jetzt?"

Zac nickte.

„Das ist gut. Man muss immer alles von beiden Seiten betrachten. Du wirst ein anderer werden, ob du willst oder nicht. Das bleibt keinem von uns erspart."

„Mum, jetzt redest du wie Reverend Jenkins."

Lachend schlug sie sich aufs Knie. Ihrer Hand ging es wirklich wieder besser. Noch vor zwei Wochen hätte sie bei einer solchen Bewegung laut aufgeschrien. Was ihn wieder auf Liam brachte. Liam hatte mit Mum gesprochen. Dieser Menschenflüsterer meinte es wirklich ernst. Er war Liam wichtig. Na ja, wichtig gewesen. Ob er da wirklich noch etwas retten konnte?

Wollte er überhaupt etwas retten?

„Aber … was soll ich jetzt mit Liam machen?"

„Magst du ihn?"

„Dieses Arschloch?" Er atmete einmal kurz ein und aus. „Ja, ich mag ihn. Er ist super im Bett."

„Zac!"

Klar, jetzt musste Mum den Moralapostel geben. „Ist doch wahr."

Ein kurzes Lachen gluckste in ihrer Kehle.

Wider Willen musste er lächeln.

„Rauft euch zusammen. Lernt euch doch erst einmal kennen. Vielleicht kennt ihr beide nur eure Oberfläche. Sex ist nicht alles, Zac."

Er nagte an seiner Unterlippe.

Mum umfasste seine Hand. „Hast du noch Hunger, Junge?"

Ein tröstliches Gefühl spülte seine schweren Gedanken fort. Früher war immer alles gut gewesen, sobald das Steak in der Pfanne geschmort hatte. Dieser Duft nach Zwiebeln und Gewürzen, nach frisch gebrühtem Kaffee. Nichts konnte so schlimm sein, dass Mums Essen es nicht wieder richtete. „Einen Bärenhunger"

Als er ging, war er satt. Sein voller Magen strahlte auf sein Gemüt aus. Er hatte sich beruhigt. Eins nach dem anderen, diesem Wahlspruch wollte er treu bleiben. Er wollte Liam und sich eine Chance geben. Eine Aussprache. Das war es doch, worauf Liam immer wieder hinwies, schon von Berufs wegen. Er würde sich bei ihm entschuldigen. Zudem blieben seine rüden Scherze in seinem Inneren eigentlich wirkungslos. Er fühlte sich danach keinen Deut besser. Warum hatte Liam ihm nicht gesagt, dass er sich wegen seiner Unordnung im Haus so ärgerte? Zac konnte doch nicht hellsehen. Natürlich würde er ihm im Haushalt helfen. Bislang hatte er sich einfach keine Gedanken darum gemacht. Früher hatte Mum für ihn gesorgt. Dann hatte er seine kleine Zelle ganz gut in Schuss gehalten. Er hätte früher darauf kommen müssen, dass Liam alles für ihn machte. Waschen, aufräumen, kochen, spülen, staubsaugen – Dinge, auf die er nach der Arbeit einfach keinen Bock gehabt hatte. Aber Liam brauchte das nicht mehr allein machen. Von jetzt an würde er ihm helfen, das war doch klar. Erleichtert ging er weiter. Er hatte gerade die zweite ruhige Kreuzung im Block erreicht, als er Schritte hinter sich hörte. Eine einzelne Person. Ob das Liam war, der sich entschuldigen wollte? Dieser Gedanke stoppte ihn. Voller Hoffnung drehte er sich um.

Doch da warf sich ein Körper auf ihn und ließ ihn rückwärts taumeln. Eine zweite Person umfasste ihn von hinten. Warum hatte er sie nicht vorher gesehen? Er trat aus, bäumte sich im festen Griff auf. Ein Schrei kam aus seiner Brust. Jetzt war es so weit. Er musste sterben. „Mum!“, rief er wie von selbst. Die Männer rangen ihn zu Boden, das Licht der Straßenlampe fiel auf ihre Gesichter. Eines von ihnen kannte er. Kälte kroch in ihm hoch. Blut rauschte in seinen Ohren, er hörte sein Atmen, hohl und hallend. Eine Hand tastete seine Jeanstaschen ab. Ein Messer blitzte matt im Lichtschein, instinktiv reckte er sich und umklammerte das Handgelenk, das die Klinge hielt. Mit aller Kraft stemmte er sich gegen den Mann, der halb auf ihm lag.

Das Messer kam immer näher, seine Kräfte drohten nachzulassen. Heißer Atem wehte in sein Gesicht.
Mit einem Mal schrie eine Frau, laut und gellend. Ihr Hilferuf kam als Echo von den Hauswänden zurück.
Die Männer richteten sich auf, die Schwere auf seiner Brust ließ nach, plötzlich war er allein, stöhnend, schwer atmend, erleichtert.

Eine blondierte Frau beugte sich über ihn. Er stellte seine Augen auf klare Sehschärfe.

„Zac! Bist du das? Zac, hörst du mich?"

„Vanessa", flüsterte er. Sein Brustkorb schmerzte, als wäre eine Stampede über ihn hinweggegangen. Er richtete sich auf.

„Alles in Ordnung? Wer war das, Zac?"

Mum durfte nichts wissen! „Keine Ahnung. Die wollten an mein Geld", sagte er und strich sich die Haare aus der Stirn, bevor er mit wackligen Beinen aufstand.

„Komm, ich bringe dich heim!"

Sie stützte ihn. Wenn ihm jemand vor einer Woche gesagt hätte, dass er froh war, Vanessa zu sehen, hätte er ihn in Grund und Boden gestampft. „Nein, nicht zu Mum. Sie würde sich nur aufregen. Ich ruf mir ein Taxi. Dort ist ein Pub, da gehe ich eben rein."

„Wirklich? Ach Zac! Du machst mir echt Angst." Ihre Stimme klang ehrlich besorgt, sodass er sich an einem Lächeln versuchte.

„So ist das nun mal auf der Straße, das weißt du doch, Vanessa. Ich komme klar. Weißt du was? Ich rufe jetzt ein Taxi und bringe dich nach Hause. Dann sind wir beide sicher."

„Gut, wenn du meinst. Hat uns jemand gehört?“ Sie sah sich um. Die Häuser ragten still und abweisend neben ihnen auf. In einem Vorgarten stand ein altersschwacher Kinderwagen. Vor einem Garagentor, das nicht mehr ganz schloss, parkte eine Harley.

Zac zog die Augenbrauen hoch. „Glaubst du, jemand würde sich wegen eines Schreis rühren? Das rechne ich dir hoch an, Vanessa. Du hättest abhauen können.“

„Der Schrei war reiner Reflex, das hatte nichts mit dir zu tun“, sagte sie.

Da war sie wieder, die alte Vanessa. Zac grinste und sah sie an. Sie hielt sich tapfer, auch wenn sich unter ihrer Schminke Blässe zeigte. „Bitte sag Mum nichts. Ich passe schon auf.“

„Du musst es ja wissen, Zac, du warst ja immer schon ein Aufschneider.“

Seine Schultern sackten herab, doch er schwieg und holte mit zitternden Händen das Handy aus der Hosentasche. Nach einigen Minuten waren sie vor Nummer 155 angekommen. Als Vanessa sich mit einem Nicken verabschiedete, kam bereits das Taxi angefahren. Als Zac im Auto saß, atmete er auf. Er musste unbedingt in ein sicheres Zuhause. Dorthin, wo ihm ein gewisser Herr Besserwisser den Marsch blasen würde, wenn er in diesem derangierten Zustand auftauchte. Jetzt sollte er den *Scorpions* sogar dankbar sein, lieferten sie ihm doch einen handfesten Grund für seine Heimkehr. Ja, er würde sich entschuldigen und von Liam trösten lassen. Erst, als das Taxi vor dem Appartementhaus in Gastown hielt, wurde ihm schwindlig. Mit bebenden Händen kramte er nach dem Kleingeld, betrat die ruhige Lobby und stieg mit weichen Knien die Treppe hinauf.

Er richtete nun doch seine Kleidung und klopfte sich Staub und Grashalme ab, bevor er den Schlüssel aus seiner Hosentasche holte. Ob Liam wohl dort drinnen saß und schon auf seine Schritte gelauscht hatte? Vielleicht dachte er, dass er seine Sachen holen wollte. Eigentlich wollte er das. Doch das Gespräch mit seiner Mum und seine Überlegungen hatten das Blatt gewendet. Und der Überfall hatte ihm klar gemacht, dass er allein verloren war, gepeinigt von seiner Angst vor den *Scorpions*. Hoffentlich warf Liam ihn nicht hinaus. Das Leben bei ihm tat ihm nicht nur gut, die Wohnung war auch ein ganz passables Versteck. Wenn die Polizei die drei Täter von damals geschnappt hätte, würde er wieder etwas sicherer sein und konnte Liam von dem Schlüssel und dem Stick erzählen. Mit einem tiefen Atemzug schloss er die Tür auf. Vorsichtig trat er ein, er hatte ein wenig Angst vor der kommenden Auseinandersetzung.

Liam stand so urplötzlich vor ihm, dass er zusammenzuckte. Als er ihn sah, kam ihm der Gedanke, dass er ein Versteck brauchte, plötzlich völlig unwichtig vor. Er spürte, wie sehr Liam ihm gefehlt hatte. Er war ihm sogar total abgegangen. Wie konnte er nur einen Menschen so vermissen wie in den letzten drei Stunden? Er senkte den Kopf.

„Hallo, Liam."

„Zac."

Er durfte jetzt nicht in den Traktorstrahl der Scheinwerfer kommen, sie hätten sein Herz zum Bersten gebracht. Verflucht, er war wirklich verliebt. Er wollte sich andern, ja, aus Liebe zu Liam. Ein wenig mehr Rücksicht, weniger Ellbogen, das müsste er doch schaffen. Oder blieb er doch nur der, der er war?

„Liam, hör mal."

Der neigte ihm seinen Kopf entgegen. Zu Zacs Überraschung lag in seinem Gesicht keine Wut, nur ein wenig Trauer. Und seine Augen – jetzt war es doch passiert. Sie waren so wundervoll klar und sanft, es kam ihm vor, als blickten sie direkt in sein Innerstes. Er konnte seinen Blick nicht mehr von ihnen abwenden.

„Also, was ich sagen wollte …" Er wies sich auf die Brust. „Also … was du siehst, ist, was du kriegst. Ich bin so, Liam. Aber ich werde mich anstrengen, dir nicht mehr auf die Nerven zu gehen."

Dieser leckte sich über die Lippen, er schien verlegen zu sein. Dann räusperte er sich. „Ich weiß, was ich kriege. Sonst hätte ich nichts mit dir angefangen."

Zacs Herz machte einen kleinen Sprung. „Bist du mir sehr böse?"

„Und du?"

Er schüttelte den Kopf. „Ich bin dir nicht böse. Du hattest doch mit allem recht. Jedenfalls fast."

„Und was gedenkst du, dagegen zu tun?"

„Mir fällt schon was ein. Und außerdem …" Liam durfte ihn nicht rauswerfen, sonst fühlte er sich verloren und geriet auch noch in Gefahr. Er musste ihn bei seinen Eiern packen, ganz einfach. „Ich würde dabei gern deine Hilfe in Anspruch nehmen. Echt, du musst mir dabei etwas helfen. Bin im Normalsein noch etwas ungeübt.“ Er schien das Richtige gesagt zu haben, ein Lächeln glitt über Liams Mund. Zac fühlte sich zwar etwas besser, doch ob er seine Absicht wirklich durchführen konnte, wusste er nicht so genau. Versuchen wollte er es. Er konnte nicht immer so weitermachen wie im Bus, das war einfach blöd gewesen. Ob er wirklich ein anderer werden konnte? Und wollte er das wirklich? Er fühlte den Druck, der nun auf ihm lag. Liam erwartete jetzt Wohlverhalten und Rücksichtnahme. Liam hatte viel für ihn getan. Sehr viel. Was war er selbst doch für ein Arschloch.

Liam zog ihn an sich, presste ihn an seine Brust. Es tat ihm gut, die Arme um Liams Hüfte zu schlingen, es tat ihm gut, sich in seine Arme fallen zu lassen. Er glaubte, seinen Herzschlag spüren zu können. Ganz eng presste er sich an ihn, verharrte in einer tröstlichen Ruhe, wie nur Liam sie ausstrahlte.

„Ach, Zac. Ich habe dich so vermisst.“

„Ich dich auch.“ Keine Lüge. Er hatte sich wie amputiert gefühlt, seitdem Liam aus dem Bus ausgebüxt war. Er atmete tief ein und sog Liams Geruch, seine Gegenwart und Zuneigung ein, was seinem Bauch mit wohliger Wärme füllte. Sie küssten sich, ein wenig scheu und verlegen noch. Doch dann strich Liam ihm über die Locken. Das tat er gern. Dabei lächelte er und seine Augen tasteten sein Gesicht ab. O Mann, er war so in Liam verknallt. Er legte den Kopf an seine Schulter, lauschte eine Weile in sich hinein. Er war dem Tod von der Schippe gesprungen, das wurde ihm jetzt erst richtig klar. Wenn Vanessa nicht geschrien hätte, würde er nun Liam von Wolke sieben beim Trauern zusehen.

Liam atmete gleichmäßig in seinen Nacken. Die sanften Luftströme kitzelten. Zac seufzte. „Ich bin so müde.“

*

Es war Sonntag. Zac rappelte sich vom Bett auf, um einen Blick in den Himmel zu werfen, der sich verhangen und grau präsentierte. Er betrachtete seine nackten Zehen, dann bemerkte er, dass Liam ein großes Badelaken aus dem Schrank nahm.

„Willst du schon wieder duschen?“, fragte Zac, dann schrak er auf und presste seine Lippen zusammen. Ups!, nur nicht auf seinen Waschzwang ansprechen, sonst war er vielleicht beleidigt.

Tatsächlich blickte Liam ihn misstrauisch an, als wollte er prüfen, ob eine scharfe Antwort nötig war.

„Weil …, ich wollte eigentlich auch duschen. Da könnte ich doch mitkommen.“

Wie erwartet schüttelte Liam den Kopf. Sie hatten noch nie gemeinsam unter der Brause gestanden. Das Bad war Liams Reich, sein Rückzugsort. Gestern hatte er dreimal geduscht, was Zac alles andere als normal vorgekommen war. Klar, sie hatten sich oft geliebt in den letzten zwei Tagen, aber eine solche Sauerei hatten sie ja nun nicht veranstaltet. Zac seufzte und legte sich wieder ins Kissen.

„Ich bin schnell fertig“, murmelte Liam und kramte

seine Wäsche heraus.

Wer's glaubt. Zac fühlte sich zurückgesetzt. Liam vertraute ihm nicht. Gott, er konnte doch schrubben und waschen, so oft er wollte, er würde ihn doch nicht dabei stören. Aber nein, er durfte nicht ins Bad.

Liam stand vor dem Bett und wirkte ein wenig verlegen. „Du denkst daran, dass wir bei meinen Eltern essen, ja?"

„Ach ja, das hätte ich beinahe vergessen."

Da ließ Liam seinen Blick durch das Zimmer schweifen. Zac erschrak. Seine Kleidung, die er gestern Abend achtlos im Raum verteilt hatte, alles lag noch herum. Liams aufgefaltete Sachen auf dem Herrendiener schienen ihn vorwurfsvoll zu mahnen. Schnell sprang er auf und sammelte Socken, Unterhose, Hose und Shirt ein, um es in den Weidenkorb für die Wäsche zu werfen. Mist, das hatte er verbockt. Sein Lächeln missglückte, doch Liam gab ein ebenso falsches Lächeln zurück, bevor er ins Bad ging.

Zac biss sich auf die Lippe. Ob alles gut war zwischen ihnen? Mitnichten. Nicht einmal hatten sie richtig über ihren Streit im Bus gesprochen. Das war ja das Problem. Nein, es war nicht alles gut zwischen ihnen und er hatte das Gefühl, als wartete jeder von ihnen auf das nächste Gewitter. Das Bett war ihre Zuflucht vor der eigenartigen Verlegenheit, die sie manchmal befiel, wenn es nichts zu sagen gab. Oder, wenn sie sich mit prüfenden Blicken musterten. Jeder bemühte sich um Freundlichkeit und zuvorkommendes Verhalten. Gerade eben war ihm das jedoch misslungen. Zac schüttelte den Kopf. Das war auf die Dauer anstrengend. Immer aufpassen, was man sagt. Immer auf die Reaktion des anderen achten. Und doch konnte und wollte er Liam nicht verlassen. Er genoss die gemeinsamen Stunden viel zu sehr. Nie zuvor hatte er so viele gemütliche Stunden vor dem Fernseher verbracht. Einer von ihnen war immer am Pennen. Doch es war ein großartiges Gefühl, in Liams Armen aufzuwachen oder zu spüren, wie er wegdämmerte, geborgen an seiner Brust. Das waren die Momente, in denen er glücklich sein sollte. Seitdem er dem Überfall entkommen war, schien er sich fester an sein neues Leben zu klammern als je zuvor. Auch deshalb machte er Liam alles recht: aufräumen, staubsaugen, Müll runterbringen, duschen, wohlgemerkt nur einmal täglich. Ob das ausreichte? Ob Liam so häufig duschte, weil er ihn nicht mehr haben wollte? Um sein Unbehagen und die Spannung vor dem Rauswurf wegzuwaschen? Bei diesem Gedanken lief es ihm kalt über den Rücken.

Nun kam Liam halb nackt aus dem Bad. Seine Haut glänzte, zwischen den Schulterblättern waren einige Wassertropfen dem Handtuch entwischt. Er sah toll aus mit seinen muskulösen, geschmeidigen Gliedern. Er griff nach Liams Hand und zog ihn heran.

Liam gab zu seiner Freude nach und ließ sich quer über das Bett fallen. Zac beugte sich vor und küsste seinen Bauchnabel. Er duftete herrlich. Seine Augen waren geschlossen und er lächelte. Kein Zweifel, das Duschen hatte Liam entspannt und er atmete heimlich auf. „Hast du schon Hunger?"

„Höchstens auf dich", gab Liam sanft zurück und zog seinen Kopf zu sich heran. Sie küssten sich, doch selbst in diesem zarten Kuss glaubte Zac, so etwas wie Zurückhaltung zu spüren. Trauer breitete sich in seinem Bauch aus und legte sich schwer auf seine Seele. Was konnte er tun, um in Liams Kopf zu sehen? Was wollte Liam? „Muss ich bei deinen Eltern etwas Besonderes machen? Blumen mitbringen?“

„Nein, nur nicht rülpsen oder so.“ Liam grinste.

Etikette, das fehlte noch. Liam wollte ihn wohl mit aller Gewalt zu einem netten Lover Boy machen. Das war ja der reinste Trainingslauf. Womöglich waren auch drei verschiedene Gläser und Bestecke aufgelegt, sodass er sich unweigerlich zum Trottel machen würde, weil er nicht wusste, wie man die Serviette benutzte.

„Und wenn es Sushi oder Schnecken zu essen gibt?“

„Quatsch“, erwiderte Liam. „Wir sind doch keine Snobs oder so.“

„Nicht?“, spottete er und wich Liams spielerischem Schlag aus.

Eigentlich war er neugierig auf Liams Sippschaft, besonders auf den reichen Herrn Vater, den berühmten Ralph Hillerman. Welche Autos wohl in der Garage standen? Er sah sich schon mit Liam im Ferrari sitzen und durchs West End flitzen. Wenn er noch der alte Zac gewesen wäre, hätte er gleich die Gelegenheit zu einem Einbruch ausgekundschaftet, aber das war vorbei. „Dann muss ich jetzt aufstehen.“ Er seufzte.

„Raus aus den Federn“, befahl Liam und stand auf, um ihn hochzuziehen, direkt in seine Arme. „Und putz die Fliesen in der Dusche gleich ab. Das habe ich noch nicht getan.“ Liam sah ihn nicht an, sondern starrte auf das Paar Socken, das er gleich anziehen wollte. Nur ein kurzer Seitenblick kam, mit einem fast entschuldigenden Ausdruck.

„Ja, Massa …" Zac verstummte. Nur nicht dran rühren. Wenn Liam es so haben wollte, dann tat er es. War doch selbstverständlich. Wieder etwas gelernt. Zac lächelte und beeilte sich, ins Bad zu kommen.

*

Die Fahrt über schwiegen sie. Liams Antennen sagten ihm, dass Zac ein wenig nervös war. Immer wieder kratzte er sich an der Stirn und befeuchtete seine Lippen. Er war gespannt, welchen Eindruck sein Freund auf seine Eltern machen würde. Zac sah heute zum Niederknien aus. Er trug seine Jeans, hatte aber auf eines seiner albernen Gangster-Shirts verzichtet und trug ein kurzärmliges Leinenhemd, in dem er ein bisschen wie ein junger Indiana-Jones wirkte. Er hatte bemerkt, dass Zac das Hemd nicht gern angezogen hatte, doch inzwischen hatte er sich damit abgefunden. Hoffentlich merkte seine Mutter nicht, dass es sich um sein Hemd handelte, das ihm ein wenig zu eng geworden war.

Seitdem Zac reumütig in seiner Wohnung erschienen war, schien er ein wenig zurückhaltend und scheu zu sein. Ob alles in Ordnung war zwischen ihnen? Er hatte nicht das Gefühl. Hatte er übertrieben mit seiner Forderung, sich mal etwas zusammenzunehmen? Wollte Zac ihn vielleicht gar nicht mehr? Setzte er ihn zu sehr unter Druck? Ihm war inzwischen eigentlich egal, ob da Taschentücher auf dem Boden lagen, Hauptsache, er konnte Zacs Lächeln sehen. Etwas lief gerade aus dem Ruder, und das machte ihn ebenso nervös wie Zac.

Zacs Locken flatterten im Fahrtwind, das Fenster stand offen. Die Luft war trotz des grauen Himmels schwül.

„Feine Gegend", sagte Zac, als sie den Mount Seymour Parkway verlassen hatten und in die ruhige Wohngegend eintauchten. „War früher öfter hier und hab mich umgesehen. Du weißt schon."

„Oh, bitte nicht. Vergiss diesen Teil deines Lebens einfach", bat er.

Zac sah ihn verblüfft an. „Warum?"

„Na, weil dieser Teil vorbei ist."

„Deswegen gehört er doch zu meinem Leben", gab Zac in gereiztem Ton zurück.

„Ja, natürlich. Ich meine ja nur. Brauchst ja nicht gleich damit ins Haus fallen, dass ich einen Ex-Knacki zum Lunch mitbringe."

„Hast du denn sonst noch Freunde, die du zum Lunch mitbringst?"

Der beißende Unterton machte ihn unruhig. Er umklammerte das Lenkrad und setzte den Blinker. „Du bist mir der Liebste", wich er aus und setzte ein beruhigendes Lächeln auf, das Zac sanft zu stimmen schien, denn er lehnte sich mit einem Seufzer in den Sitz zurück.

Die letzten Kiefern vor der Einfahrt zum Haus glitten an ihnen vorüber. Eine innere Stimme sagte ihm, dass er sich gerade auf eine Gratwanderung begab, die nur in einer Katastrophe enden konnte. Vielleicht war seine Einladung etwas voreilig gewesen. Es sollte eigentlich eine Vorstufe zu seinem Outing sein, doch jetzt zweifelte er an seiner Idee.

Als Zac aus dem Wagen stieg und sich über das Haar strich, kam es ihm vor, als hätte er sich verkleidet und eine Maske aufgesetzt.

„Liam, schön, dass du da bist."

Mum war ans Gartentor gekommen und umarmte ihn. Ihre Alkohol-Fahne verdrängte er, es gab andere Klippen zu umschiffen. „Hallo Mum. Das ist ein Freund von mir, Zachary Cohen."

„Hallo, Mr Cohen."

Sie gab Zac, der ihm in den Vorgarten gefolgt war, die Hand.

„Nennen Sie mich Zac, Ma 'm."

Liam atmete auf. Auf dem Weg ins Haus kreuzte ein Streifenhörnchen ihren Weg.

Mum lächelte und hielt ihnen die Tür auf.

„Schicke Bude, Mrs Hillerman", gab Zac zum Besten, als er sich im Salon umgesehen hatte, der in gedeckten Tönen gehalten war. Die Sonne stahl sich hinter den Wolken hervor und brachte eine chinesische Bodenvase zum Glänzen.

„Freut mich, wenn es Ihnen gefällt", sagte Mum.

„Wo ist Dad?"

Sie verdrehte die Augen. „Du weißt doch, wie er ist. Nie kann er einen privaten Termin einhalten."

Das schien Zac zu amüsieren. „Privater Termin. Sollte ich auch mal einführen."

Seine Mutter blickte etwas irritiert drein. „Setzt euch

doch. Wir nehmen schon mal den Aperitif."

Sie wandte sich dem gläsernen Beistelltisch zu.

Zac sah ihn fragend an.

„Ein Drink vor dem Essen", flüsterte Liam und wies auf den üppig gedeckten Tisch. Dort blitzten die Gläser mit den Tellern um die Wette. Auf der Stelle verstand Liam, worum es Zac ging.

„Ich helfe dir. Mach einfach das, was ich mache."

Ihm fielen die kleinen Schweißperlen auf Zacs Stirn auf, sein Atem flog. Er boxte ihm aufmunternd auf die Brust.

Zac lächelte schief und nahm das Martini-Glas von seiner Mutter entgegen. Er betrachtete misstrauisch die Olive, die in der klaren Flüssigkeit schwamm, bevor er in Liams Glas blickte, als wollte er sichergehen, dass der Inhalt mit dem seinen übereinstimmte.

„Die brauchst du nicht zu essen", sagte Liam leise. Zac nickte. „Zum Wohl."

Sie tranken, dann setzte sich seine Mutter an den neuen quadratischen Tisch, an dem vier Personen gut sitzen konnten. Seitdem er ausgezogen war, waren sie ja nur noch zu zweit, abgesehen von gelegentlichen Besuchen seiner Schwester und deren Kinder. Er wies Zac seinen Platz zu und setzte sich ebenfalls.

„Zac, haben Sie Liam bei der Arbeit oder beim Studium kennengelernt?"

„Ähm, bei der Arbeit, Ma 'm. Er ist echt gut in seinem Job."

Ein sanftes Lächeln erschien auf Mums Gesicht.

Liam fiel ein Stein vom Herzen.

„Das freut mich, zu hören. Gute Arbeitskollegen

sind sehr wichtig, nicht wahr?“

„O ja“, sagte Zac. „Sie können einem schon mal den Arsch retten.“

Liam konnte sich gerade noch beherrschen, ihm einen liebevollen Blick zu schenken.

„Hm, ja, in der Tat“, sagte seine Mutter zurückhaltend.

Erst jetzt fiel ihm Zacs unpassende Wortwahl auf. „Haha, da hast du recht“, sagte er rasch und grinste. Hoffentlich kameradschaftlich genug. Seine Eltern sollten erst später erfahren, wie er wirklich zu Zac stand.

„Wir warten nicht länger auf deinen Vater. Es ist schon weit nach eins. Selbst dran schuld, nicht wahr?“

Liam nickte, worauf sie das Hausmädchen rief.

Als diese die Suppe reichte, legte Liam sich die Serviette auf den Schoß. Zac beobachtete ihn und tat es ihm gleich. Den Löffel fand er auf Anhieb.

Als seine Mutter das Martiniglas mit einem geübten Schluck austrank, kniff Zac seine Augen ein wenig zusammen und beobachtete sie genau. Beim Fisch leerte sie ihr Weinglas in einer Geschwindigkeit, die fast die Grenzen der Etikette überschritt. Zac nickte vor sich hin, als wäre ihm etwas klar geworden. Dann beobachtete er, wie der Fisch filetiert wurde. Zac war wohl etwas grobmotorisch veranlagt. Deshalb nahm sich das Fischbesteck in seinen Händen ein wenig seltsam aus.

Angestrengt versuchte er, die schuppige Haut zu lösen, als ihm in einer hektischen Bewegung das Messer aus der Hand fiel. Beim Auffangen stieß er an ein leeres Glas, das mit einem Klirren gegen den Teller fiel. Er stellte es schnell wieder richtig hin und murmelte eine Entschuldigung.

„Nichts passiert“, gab Mum kühl zurück.

Zac atmete tief ein.

Liam brach der Schweiß aus. Schweigend aßen sie weiter. Das Hausmädchen servierte den Rinderbraten, der in hauchdünne Scheiben geschnitten war. Hier fühlte Zac sich anscheinend wohler, er langte herzhaft zu.

„Nur ein wenig Hausmannskost“, sagte Mum. „Ich hoffe, es schmeckt Ihnen trotzdem.“

„Wie bei Muttern“, gab Zac kauend zurück. Mum sah Liam über den Tisch hinweg ein wenig verwirrt, fast vorwurfsvoll an, doch er zuckte nur mit den Schultern.

„Was genau machen Sie bei Ihrer Arbeit, Zac?“

Musste Mum jetzt unbedingt ihr Verhör fortsetzen? Er setzte mit ergebener Miene das Weinglas an seine Lippen.

„Ach, nichts Besonderes. Ich bediene die wenigen Kunden, die nur Französisch können.“

Um ein Haar hätte er den Rotwein quer über den Tisch gespuckt. Schnell würgte er den Schluck hinunter und trocknete seine Lippen mit der Serviette, bevor er Zac einen bösen Blick zuwarf.

„Sie sprechen Französisch?“ Die Augen seiner Mutter leuchteten. „Eine wunderschöne Sprache, nicht wahr?“

„Bien sur“, sagte Zac und räusperte sich. Dann füllte er schnell seinen Mund mit Salat, sodass ihnen weitere

Proben seiner Sprachkenntnisse erspart blieben.

„Und ansonsten?"

„Ansonsten bin ich im Archiv. Akten und so. Hinter Gittern und ohne Tageslicht. Wie im Knast." Er warf Liam einen vielsagenden Blick zu.

„Ach, das tut mir leid", drückte Mum ihr Mitgefühl aus.

Dieser verdammte Kerl.

Zac hob lässig die Achseln. „Gehört zu meinem Leben."

Mum nickte, doch er musste jetzt einfach die Augen verdrehen. Wenn Zac nicht aufhörte, mit dem Feuer zu spielen, würde es bald einen Knall geben.

Zac grinste verschlagen.

„Teilen Sie eigentlich Liams Hobby, das Klettern?"

„Ich fange gerade erst an. Es liegt mir noch nicht so. Sichern kann ich auch nicht, weil ich zu leicht bin."

„Ach, ich sehe es nicht gern, wenn Liam mit David losgeht. Ich mache mir immer Sorgen."

„Das Vorrecht einer Mutter", sagte Zac.

Das waren die ersten vernünftigen Worte, die er in diesem Haus geäußert hatte.

„Ich würde jetzt gern woanders herumklettern", flüsterte Zac ihm zu, als seine Mutter kurz mit dem Hausmädchen sprach.

Liam stieß ihn mit dem Ellbogen an. „Halt den Mund."

„Ehrlich, Liam, sind wir bald fertig?"

Ein kurzer Blick zeigte ihm, dass Zac nahezu erschöpft aussah. Er strich unter dem Tisch kurz über sein Knie.

„Du machst das gut, Zac." Ja, alles in allem hatte er sich ordentlich geschlagen, auch wenn er ihn auf die Palme gebracht hatte. Nur noch ein Stündchen, dann konnten sie verschwinden, ohne dass es unhöflich wirkte. In diesem Moment hörte er die gut gelaunte Stimme seines Vaters.

„Hallo zusammen. Habt ihr schon mit dem Essen angefangen?" Sein Vater erschien im Esszimmer, legte sein Sakko ab und drückte es dem Hausmädchen in die Hand. Liam winkte ihm zu.

„Hallo, Dad. Darf ich dir meinen Freund vorstellen? Das ist …"

Doch sein Vater unterbrach ihn rüde.

„Was zum Teufel …"

*

Bevor Zac bis zwei zählen konnte, hatte er den Mann erkannt. Der Kerl vom *Heavens*, der dank seiner zänkischen Geliebten dafür gesorgt hatte, dass er dort rausgeflogen war. Eigentlich sollte er Mr Hillerman dafür dankbar sein. Aber er hatte auch den Stick zertreten. Durch seinen harten Absatz hatte er ihn ganz schön in die Scheiße geritten.

Liams Vater umschiffte gerade gekonnt seine Überraschung, indem er auf die verwunderten Blicke seiner Familie reagierte. „Entschuldigt meine Worte, mir ist nur gerade eingefallen, dass ich eine Kundenakte vergessen habe. Das ist also Mr …, wie heißt er gleich, Liam?"

„Das ist Zachary Cohen, Dad."

„Liams Arbeitskollege", ergänzte seine Frau.

Mr Hillermans Augenbrauen zuckten kurz nach oben, bevor er knapp lächelte und Zac die Hand reichte. „Also ein Arbeitskollege. Wer hätte das gedacht?"

Ihre Blicke kreuzten sich. In Hillermans Augen stand eine Warnung. Zac könnte ihn und seine Geliebte vor der Familie auffliegen lassen, doch dann wäre seine Lüge über seine Arbeit herausgekommen und Liam würde sowieso alles in den falschen Hals kriegen. Ihm zuliebe wollte er schweigen. Also maßen sie sich stumm. Sie mochten sich immer noch nicht, doch sie nickten sich in stiller Übereinkunft zu.

Während sie die Eisbecher auslöffelten, machte Mr Hillerman sich über den Braten her. „Sicher verstehen Sie etwas vom Essen, Mr Cohen, und haben gemerkt, dass meine Frau eine hervorragende Köchin ist." Er strich ihr über den Handrücken.

Sie rührte sich nicht.

Eine Anspielung auf seine Küchendienste? Was Liams Vater konnte, konnte er auch.

„Das stimmt. Aber sicher kennen Sie auch gute Restaurants. Liebe geht ja bekanntlich durch den Magen, nicht wahr?", erwiderte er und leckte seinen Löffel ab.

Mr Hillerman war ein wenig blass geworden.

„Mum hat immer schon toll gekocht", sagte Liam unschuldig. „Schade, dass ich das nicht von ihr geerbt habe."

„Ich habe es nie ausprobiert", sagte Zac, nur um etwas zu sagen. Erst jetzt fiel ihm die dezente Musik auf. Er kam sich in der Tat vor wie in einem Restaurant.

Als Mr Hillerman seinen Teller geleert hatte, servierte das Hausmädchen den Kaffee, den sie zu seiner Erleichterung im Salon einnahmen. Endlich fort vom steifen Tisch.

„Was macht die Arbeit, mein Junge?"

„Alles gut, Dad. Läuft ohne Probleme."

„Es geht doch nichts über einen erfüllenden Beruf, nicht wahr, Mr Cohen?"

Wieder das Messer in den Rücken. Allmählich reichte es ihm. Er setzte sich hin. „Liam, warum erzählst du deinem Vater nicht, was du mir letzte Woche gesagt hast", sagte er ruhig, „dass du keinen Bock mehr hast auf die Verwaltung von Elend. War das nicht dein Ausdruck? Und dass du deine Arbeit lieber ganz anders aufziehen möchtest und so."

Warum sah Liam ihn so schockiert an? Besprach man so etwas nicht mit seinen Eltern?

„Weil es nur so eine Idee war, Zac. Nichts Wichtiges." Seine Stimme zitterte ein wenig.

„Noch einen kleinen Absacker?" mischte sich Mrs Hillerman ein. Ihre Augen glitzerten.

„Gute Idee, Moira." Hillerman schenkte am Beistelltisch ein Getränk ein, das Zac nicht kannte.

Liam und er lehnten ab, doch seine Mutter, die das erste Glas in einem Zug geleert hatte, hielt ihrem Mann bereits wieder unauffällig das Glas hin.

„Hier, meine Liebe."

Dieser Umgang mit Alkohol erfüllte ihn mit Skepsis. Eine innere Stimme sagte ihm, dass er das Maul halten sollte, doch da platzte es schon aus ihm raus. „Respekt, Mrs Hillerman, Sie stecken ganz schön was weg."

Er bemerkte, dass Liam blass wurde und sich die Hände in einer Waschbewegung rieb.

„Ich meine, für eine so zierliche Person“, setzte er entschuldigend fort.

„Ja, Moira ist hart im Nehmen“, raunte Mr Hillerman und durchbohrte ihn mit seinem Blick.

„Muss sie sicher auch“, sagte er trocken. Verdammt, warum konnte er nicht einfach alles auf sich beruhen lassen? Hillerman kam vom Tischchen auf ihn zu und baute sich vor ihm auf. Seine Frau saß in ihrem Sessel und starrte gleichgültig vor sich hin.

„Wie bitte?“ Er legte die Hand auf ihre Schulter und sah ihn drohend an. „Wollen Sie etwas in Bezug auf meine Frau andeuten?“

Ein Kloß stieg in seinem Hals auf. Er betrachtete die Hillermans, die hier so einträchtig einen auf Familie machten. Er fühlte förmlich die Mauern, an denen sie sich entlangtasteten, um sich in Sicherheit zu wiegen. Eine trügerische Sicherheit. So viel Heuchelei und Falschheit konnte er einfach nicht ertragen. Mrs Hillerman mit ihrem Alkoholkonsum, Mr Hillerman mit seinem Hang zu jüngeren Frauen und schließlich Liam mit seinem nervenden Waschzwang, mit dem er sich von allen Problemen freimachen wollte. In diese Welt wollte Liam ihn einführen? Zac schüttelte unmerklich den Kopf, ihm wurde plötzlich so warm, dass er die Tasse auf den Tisch stellte und sich erhob. Alle Blicke folgten ihm, als er einige Schritte zur Tür hin machte. Er musste raus hier, weg von diesem kranken Spießertum, das ihn zu erdrücken drohte.

„Wohin, Zac?“ Liams Stimme klang belegt, als steckte auch ihm ein Kloß im Hals.

„Heim."

Liam sprang auf, Mrs Hillerman musterte ihn, als sei er ein exotisches Tier.

Doch als Mr Hillerman sichtlich aufatmete, brannte in seinem Kopf eine Sicherung durch. „Klar, Sie sind froh, mich loszuwerden, nicht wahr? Damit Ihr Geheimnis schön gewahrt bleibt."

„Zac!" Liam wurde tatsächlich laut. Er wandte sich ihm zu.

„Hör doch auf, Liam. Du weißt doch, was hier alles falsch läuft."

Stille. Eisernes Schweigen. Natürlich, das hätte er sich denken können. Das Geheimnis war eigentlich gar keines mehr. Jeder schwieg, jeder vertuschte seine Gefühle. Er wandte sich an Mrs Hillerman. „Tut mir leid, Ma 'm, das mit Ihrem Alkoholproblem. Sicher nehmen Sie die Geliebte Ihres Mannes als notwendiges Übel hin. Wäre es nicht besser, endlich die Konsequenzen zu ziehen?"

„Zac, hör auf!"

„Du verdammter Tellerwäscher, ich stopfe dir das Maul!" Liams Vater stob auf ihn zu wie ein wilder Stier, die Fäuste geballt.

Doch Liam stellte sich ihm in den Weg. „Vater, bitte!"

„Ob Daddy auf dich hört, Liam? Deine Talente sind vielleicht verschwendet an diesem Ehebrecher. Er will ein nettes Heim und lecker Essen und gleichzeitig eine knackige Tussi für sein Bett. Damit fährt er doch seit einem Jahr ganz gut, nicht wahr?"

Mrs Hillerman stieß ein Schluchzen aus und hielt ihre Hand vor den Mund. Sofort eilte ihr Gatte zu ihr. „Moira, du glaubst doch nicht diesem daher gelaufenen Kerl. Das ist alles nicht wahr.“

Zac verdrehte die Augen.

Liam blickte hektisch von einem zum anderen, als wüsste er nicht, wem er zuerst zu Hilfe kommen sollte. Seine Lippen zitterten.

Zac tat sein unbeherrschter Ausbruch leid. „Komm, lassen wir die beiden allein.“

„Lass mich!“ Liam stieß ihn plötzlich an der Brust zurück. Der Stoß kam unerwartet. Er erschrak. Liams Scheinwerfer leuchteten aggressiv.

„Wenn du glaubst, du könntest hier hereinspazieren und meine Familie kaputt machen, hast du dich getäuscht.“

Ein bitteres Lachen kroch in ihm hoch. „Kaputt machen? Ich? Es ist doch schon alles kaputt. Du hättest mir vorher sagen können, welche Leichen hier im Keller liegen, dann hätte ich mich darauf eingestellt.“

„Und du hast nicht andeutungsweise den Anstand, dich zurückzuhalten und deine Meinung für dich zu behalten?“ Liams Wangen waren rot angelaufen.

Er schluckte. So wütend hatte er ihn nie gesehen, nicht einmal im Bus.

„Tut mir leid“, sagte er, obwohl er es nicht so meinte. „Bei uns zuhause herrschte oft dicke Luft, aber meine Mutter hat sich nie etwas gefallen lassen. Sie hat Dad hochkant rausgeschmissen und ich rate deiner Mutter, das Gleiche zu tun.“

Liam packte ihn, bugsierte ihn zur Haustür und stieß

ihn in den Vorgarten hinaus.

Unter anderen Umständen hätte Zac jetzt Prügel ausgeteilt, aber sein Freund schien nicht bei sich zu sein, da konnte er noch so auf ihm herumschlagen.

Liam schloss das Auto auf. „Rein mit dir! Es geht zurück."

„Nur, weil du andere Erfahrungen gemacht hast, gilt das doch nicht für alle", setzte dieser seine Tirade fort, kaum dass Zac auf dem Beifahrersitz saß.

„Ich weiß, aber ich musste ja erst einmal eure Schale knacken. So verknöchert, wie ihr alle in den Umständen festhängt, das hält ja keiner aus."

Liam überschritt gerade die Höchstgeschwindigkeit. Sie sausten so schnell über die Memorial Bridge ins südliche Vancouver hinein, dass ihm fast schlecht geworden wäre.

„Oh, dann hast du uns also einen Gefallen getan. Danke sehr!"

„Bitte, gern geschehen."

„Woher weißt du überhaupt, ich meine, dass mit der Geliebten."

„Mann, hast du Angst, es auszusprechen? Dein Vater hat eine blonde Geliebte namens Lydia. Ich habe sie vor dem *Heavens* zusammen gesehen. Sie stritten sich."

Er kreuzte seine Arme über der Brust und schwieg eisern für den Rest der Fahrt, während Liam immer wieder etwas vor sich hinzischte, das sich gefährlich und bösartig anhörte.

Die Straßen waren an diesem Nachmittag nicht voll, sodass sie nach zwanzig Minuten in ihrem Viertel angekommen waren.

Liam stapfte vor ihm her und Zac hatte nicht einmal Lust, den Concierge anzupflaumen, der blöd glotzte. Das war ein schlechtes Zeichen. Er wurde nervös, als Liam den Schlüssel auf den Tisch warf, anstatt ihn wie sonst ordentlich an den Haken zu hängen. Liam ging ins Schlafzimmer, öffnete den Schrank, holte die Sporttasche heraus und begann, Zacs Sachen aus den Schubladen zu holen.

Er erstarrte. Das meinte Liam doch nicht ernst! „He, was machst du da?" Seine Kehle war rau.

„Es reicht. Du kannst dich wieder benehmen, wie es dir gefällt. Sei wieder so ein Idiot, der sich über andere lustig macht. Mir ist das egal. Aber wenn du glaubst" – ein T-Shirt flog in die Tasche –, „dass ich mit einem ungebildeten Aufschneider", gefolgt von Socken und Wäsche, „der nicht einmal weiß, was ein Fischmesser ist und der sich, wie ein Elefant im Porzellanladen bewegt", seine Schuhe dazu, „zusammenleben werde, dann hast du dich wieder einmal getäuscht! Geh zu deinen Kumpels zurück und schnauz Passanten an. Vielleicht fühlst du dich dann besser. Bei mir hast du es ja nicht ausgehalten."

Ssst, der Reißverschluss war zu. Das war nicht fair. Wo war der liebevolle, hilfsbereite Liam, der sonst immer über alles reden wollte? Seine Worte taten ihm verdammt weh. „Bisher hast du dich nicht über mein Bildungsniveau beschwert." Wut stieg in ihm auf. Er stemmte die Arme in die Hüften.

„Nein, habe ich nicht. Im Bett warst du ja auch super."

Jetzt machte Liam tatsächlich Anstalten, das Kopfkissen abzuziehen.

„Du hast mein Rasierzeug vergessen. Und du warst auch super im Bett. Man merkte gar nicht, dass du ein neurotischer Sesselpupser bist, der nicht wahrhaben will, dass er eine verkorkste Familie an den Hacken hat."

Liam ließ das Kissen fallen und fuhr zu ihm herum. „Es ist nun mal meine Familie. Meine allein!", rief er mit einem wilden Ausdruck.

Zac trieb es einen Schauder über den Rücken.

„Ich muss mit ihr fertig werden, nicht du, du toller Sohn, der seiner Mutter immer nur Sorgen gemacht hat."

„Immerhin liebe ich meine Mum und sie mich. Was man von eurem Verein ja nicht gerade sagen kann."

Liams Augen wurden traurig, sein Gesicht schimmerte fahl im Licht des Nachmittags. „Ich liebe sie doch", sagte er leise.

Treffer, Schiff versenkt. Liams Schmerz zerriss ihm das Herz. Ein verlassener Welpe stand vor ihm, den Kopf gesenkt, die Schultern eingezogen. Dieser Moment war der richtige, um vor ihm niederzuknien, die Arme um seine Hüfte zu schlingen und um Verzeihung zu bitten. Wenn da nicht sein Stolz gewesen wäre, sein verdammter Stolz, der ihn gerade umklammert hielt wie ein Krake. Er ließ den Augenblick ungenutzt verstreichen.

Liam fasste sich und richtete sich auf. „Zac, wenn ich nur das kriege, was ich sehe, dann will ich dich nicht."

Die Worte trafen ihn ins Mark und nahmen ihm die Luft. Sein Stolz verflüchtigte sich, gerade jetzt, wo er sich daran hätte festhalten können.

Liam nahm die Tasche, holte das Rasierzeug aus dem Bad und stellte alles vor die Wohnungstür. Dann ging er ins Schlafzimmer, ohne ihn eines weiteren Blickes zu würdigen, und schloss die Tür ab.

Für einen Moment stand Zac ganz still. Es war vorbei. Das Gewitter hatte sich in einen Tsunami verwandelt und ihn vor die Tür gespült. Schluss, aus, Ende. Er atmete tief ein, der Schmerz tobte in seiner Brust. Sein Herz wollte aus ihm heraus, zurück zu Liam. Er hatte so ziemlich alles falsch gemacht, was man falsch machen konnte. Aber es war doch seine Art. Was sollte er denn machen? Sich verstellen? Er konnte nicht gutheißen, was er vorhin gesehen hatte. Doch er hätte es anders anpacken müssen. Nun war es zu spät. Krampfhaft suchte er nach einer Rechtfertigung, nach ein bisschen Wut und Zorn. Ja, er war ein ungehobelter Klotz, doch dass Liam seine soziale Überlegenheit so ausnutzte, war nicht fair. Nun gut, er hatte sich das genommen, was er von Liam kriegen konnte. War ja klar, dass es nicht ewig so weitergehen konnte. Sie passten nicht zusammen, so einfach war das. Automatisch hob er seine Sachen auf und legte seinen Hausschlüssel auf die Kommode, die im Flur stand. „Machs gut, Liam. Es war toll mit dir."

Verdammt, es tat so weh. Der Druck auf seiner Brust nahm zu, er beeilte sich, zum Aufzug zu kommen.

Als er den Concierge aus seinem Kreuzworträtsel

riss, wurde dieser blass wie die Wand.

„Ich ziehe aus. Nichts für ungut. War nicht persönlich, sorry."

Der junge Mann nickte mit offenem Mund.

Zac drehte sich um und verließ eilig das Haus. Die Straße lag vor ihm, die Straßenbahn rumpelte gerade vorbei und im Hafen erklang das Horn einer Fähre. *Vancouver, ich komme!*

Doch in ihm war alles seltsam leer und kalt, als trüge er nur verödete Adern in sich. Nicht einmal die Aussicht auf die *Scorpions* schreckte ihn. Was soll's? Sollten sie doch kommen, ihm war alles egal. Die Tür fiel langsam ins Schloss. Er konnte nie wieder zurück.

Kapitel 7

Liam stand vor seinem Bett, das er sich vier Wochen mit Zac geteilt hatte. Seitdem die Wohnungstür verdächtig leise ins Schloss gefallen war, harrte er hier aus. Zac war ohne Wut gegangen, einfach so, ohne einen Kommentar abzugeben. Das war ungewöhnlich.

In Liams Inneren tobte ein Kampf zwischen Wut und Sehnsucht. Hin und her wogten die Gedanken, ohne dass er zu einem Schluss kam. Er strich über die Matratze, die er mit einem sauberen Laken bezogen hatte, als wollte er sichergehen, dass nichts mehr von Zac übrig geblieben war. Er musste ihn aus seinem Herzen aussperren. Dieser Idiot. Warum konnte er nicht einmal seine Klappe halten? Warum mischte er sich in alles ein? Er zog alles in den Dreck, stampfte alles nieder, um sich selbst besser zu fühlen. Der große Zachary. Wenn er sich auf der Straße mit jemandem anlegte, war es ihm egal, doch seine Familie war tabu. Die Familie ging nur ihn etwas an. Sie war alles, was er hatte. Er hatte sich immer für sie verantwortlich gefühlt. Das war der Grund, warum er Zac rausgeworfen hat. Um sie zu schützen, und weil es ihm reichte. Natürlich war er vor einem halben Jahr dahintergekommen, dass sein Vater eine Geliebte hatte. Wenn er sich recht erinnerte, hatte sein Waschzwang damals begonnen. Zac hatte etwas von einem Streit gesagt. Ob Dad zur Vernunft gekommen war? Und natürlich wusste er seit Langem, dass seine Mum zu viel trank. Sie war einsam. Doch bestimmt würde alles wieder gut werden. Zac war ja wohl der Letzte, der seiner Familie irgendwelche Vorwürfe machen konnte. Er sollte erst einmal vor der eigenen Haustür kehren. Liam hatte sich was vorgemacht. Sie passten einfach nicht zusammen. Zac war unfähig, sich zu ändern. In den letzten zwei Tagen waren sie umeinander herumgeschlichen, voller Skepsis und abwartender Zurückhaltung. Zurecht, wie sich heute herausgestellt hatte. Zac war einfach unmöglich. War besser, dass er weg war. Heute Abend würde er ohne ihn ins Bett gehen und sich erst mal richtig ausbreiten. Lesen, bis er einschlief. Keine Klamotten mehr aufheben. Keine Zahnpasta mehr aus dem Waschbecken wischen. Keinen stolzen Gockel mehr neben sich herumlaufen haben. Das Fernsehprogramm selbst aussuchen. Das war doch herrlich! Vielleicht sollte er mit David eine neue Klettertour verabreden. Er musste etwas unternehmen, sonst spürte er den Schmerz wieder. Er holte das Handy aus der Hosentasche und wählte Davids Nummer.

David meldete sich schwer atmend.„Ich hoffe, du hast einen guten Grund, mich jetzt zu stören."

„Oh, tut mir leid", sagte er rasch. „Ist nicht weiter wichtig. Mach einfach weiter."

„Okay", keuchte David und legte auf.

Er starrte perplex auf das Telefon und warf es auf das Bett, als ekelte er sich davor. Dann ging er ins Wohnzimmer. Ob er noch irgendein Anzeichen von Zac fand? Der Fingernagelknipser lag auf dem Tisch. Er setzte einen neuen Beutel in den Staubsauger und saugte die Wohnung. Dreckiges Geschirr gab es nicht, auch der Wäschekorb war leer. Gut so. Dann wusch er sich lange die Hände. In seiner Brust war es hart und schwer. Erst als er sich abtrocknete, fühlte er sich etwas wohler. Was seine Eltern wohl gerade taten? Sprachen sie miteinander? Oder hatte Dad sich in die nächste Bar verzogen? Er fühlte sich hilflos. Er konnte ihnen doch nicht bei seinen Eheproblemen helfen. Das mussten sie schon selbst machen. Vielleicht taten sie es ja gerade und alles würde gut werden. Er setzte sich aufs Sofa und starrte auf den dunklen Fernsehbildschirm. Er sah nichts, hörte nichts. Ein dumpfer Wattebausch hielt ihn gefangen und lähmte ihn. Er war so müde. Mühsam erhob er sich und legte sich auf das Bett. Es war noch hell und doch fielen ihm immer wieder die Augen zu. Er wollte schlafen, sehr lang nichts mehr spüren und denken.

*

„Sie sind der Beste, Mr Marner“, beteuerte Zac und warf seine Sporttasche auf die Matratze, die auf dem Boden lag.

„Jetzt hör auf, sonst überlege ich es mir noch“, brummte dieser und gab ihm den Schlüssel zur Abstellkammer, die innerhalb der Getränkehalle lag. Sie hatte sogar ein vergittertes Fenster in Richtung Hafen. Da fühlte er sich ja direkt wieder heimisch.

„Den Hallenschlüssel hast du?“

„Ja, Mr Marner. Ist ja nur für ein paar Tage.“

Mr Marner schlurfte davon. „Ja, ja, das sagen sie immer.“

Zac fiel ein Stein vom Herzen. Dieser Platz war optimal. Niemand würde ihn hier vermuten. Nach Hause konnte er nicht und Bobby wollte er nicht unnötig gefährden. Es reichte, wenn er hin und wieder mal anrief und ihnen Bescheid sagte, dass alles in Ordnung war. Vanessa hatte ihm am Telefon erklärt, dass immer wieder eine Rostlaube durch die Straßen fuhr. Fuck! Die Jungs waren echt nachtragend. Die Sache war doch gegessen, abgeschlossen, fertig. Sie hatten verloren. Na ja, das kratzte an ihrem Stolz. Jemand sollte dafür büßen und dieser jemand war er. Immer noch und so lang, bis auch er gegessen und abgeschlossen war. Mist, verdammter. Warum tat die Polizei denn nichts? *Idiot, weil sie deine Beschreibung nicht haben.* Er hockte sich auf die Matratze und dachte nach. Sollte er wirklich zu den Bullen gehen und die Jungs beschreiben? Es herrschte schließlich Krieg zwischen ihnen, da musste er eben zu allen Mitteln greifen. Seine Situation war beschissen. Er fühlte sich unbehaglich, angreifbar und verletzlich. Nicht nur äußerlich. Seinen Kampfgeist hatte er erst mühsam wieder anfachen müssen. Das ging am besten, wenn er Hunger hatte. Dann musste er ja etwas tun. Also hatte er sich einen Burger gekauft, war zu Mr Marner gegangen und hatte ihn um einen Schlafplatz gebeten. Die Matratze lag schon länger hier, daran hatte er sich erinnert. Er würde allein sein in seinem Versteck, wie in einer Klausur oder so. Ohne Liam, ohne irgendjemandem. Vielleicht tat ihm das sogar gut. Jetzt konnte er seinen doppelten Burger essen, und etwas zu trinken gab es nebenan in Mengen. Vielleicht wurde ja alles wieder gut. Irgendwie. Ein Bad Boy wie er gab nicht auf. Mit einem Seufzer packte er den Burger aus, doch weder dessen Duft noch sein Selbstzuspruch konnten ihn trösten. Er biss hinein, spürte das warme Fleisch, das Brot, die Remoulade. Doch es gab ihm nichts. Widerwillig kaute und schluckte er. Der Kloß in seinem Hals war sperrig. *Zac, du musst etwas essen*, rief er sich zur Ordnung. *Gleich geht es dir besser und du hast eine zündende Idee. Du bist bestimmt nur unterzuckert. Du bist sowieso zu dünn.* Plötzlich begannen seine Lippen zu zittern, der Burger entglitt seiner Hand und verteilte sich auf dem Boden. Liam hatte mal gesagt, er könne seine Rippen zählen. *Ach, Liam.* Er wischte sich mit dem Handrücken über die Augen. Verdammt, wo kamen die Tränen her? Hastig hob er das Brot auf, kratzte das Fleisch vom Boden und setzte den Burger wieder zusammen. Sicher nur unterzuckert. *Jetzt iss endlich!*

*

Liam hatte ein schlechtes Gewissen. Er wollte seine Klienten nicht im Stich lassen. Sie vertrauten darauf, die bestmögliche Beratung zu erhalten. Er hatte kaum zugehört, kaum reagiert, bewegte die Maus nur widerwillig in seiner Hand, die Blätter raschelten träge.

Zwei Tage waren vergangen. Immer wieder dachte er daran, was Zac wohl gerade tat. Er wollte nicht bei Mr Marner anrufen. Wie sah das denn aus? Und überhaupt, er wollte Zac doch gar nicht zurückhaben. Es war besser so. Zumindest versuchte er, davon überzeugt zu sein. Die Gespräche mit den Klienten berührten ihn kaum. Eigentlich wollte er an nichts denken. Weder an Zac noch an die traurigen Gestalten, die vor seinem Schreibtisch saßen. Das Händewaschen war zwanghaft geworden, das kam ihm nun mit aller Macht zum Bewusstsein. Seine Hände zitterten, sobald er eine Akte anfasste. Schlafentzug? Zac-Entzug? Was auch immer, er war scheiße drauf. Morgens biss er ins Kissen, um seinen Schmerz zu verdrängen. Niemand lag neben ihm. Zac war fort und mit ihm sein schönes Lächeln. Die Lebendigkeit, die er ausstrahlte. Die raue Stimme, die zärtliche Worte in sein Ohr flüsterte. Sein Lachen, das seinen bizarren Witzen folgte. Nie wieder würde er Zacs bewundernden Blick sehen, wenn ihre Augen sich fanden. Liam würde fortan stumm und träge – ja, dahinvegetieren. Das war das richtige Wort. War es normal, dass man sich immer nur an die guten Dinge erinnerte? Dass man sich ständig fragte, ob Zacs schlechten Seiten denn wirklich so tragisch gewesen waren? Dass die Sehnsucht in einen sickerte wie bei einem undichten Dach? War es normal, dass er jeden Abend masturbierte, mit der Erinnerung an Zacs Körper, um einschlafen zu können? Das war doch verrückt. Doch noch verrückter war, dass er morgens das Waschbecken nach Zahnpastaspuren und Barthaaren absuchte, während seine Tränen hineintropften. Das Essen schmeckte ihm nicht mehr, selbst der Kaffee von *Starbucks* konnte ihn nicht trösten. Seine Eltern hatten sich noch nicht gerührt. Kein Anruf, nichts. Alles konnte dort hinter den dicken Mauern passieren, er würde es nicht merken. Vielleicht war Mum ins Sauf-Koma gefallen. Vielleicht hatten sie sich gegenseitig erschossen und lagen steif im Salon. *Hör auf, Liam! Warum schaust du nicht einfach nach?*

Mit einem Mal richtete er sich auf und starrte seinen Klienten an, einen hageren Mann mit schütterem Haar, der erschrocken seinen Monolog unterbrach.

„Nein, nein, schon gut, Mr Petracci. Mir ist nur gerade etwas eingefallen."

Der kleine Betrüger beruhigte sich und schwor erneut, in Zukunft ein ehrbares Leben zu führen, ohne in die Portokasse zu greifen.

Liam scharrte mit den Füßen unter dem Schreibtisch. Nur noch Mr Petracci, dann war sein Vormittagspensum vorüber, und er konnte zwei Stunden pausieren.

Als sein Klient sich gestenreich verabschiedet hatte, sprang Liam auf und wusch sich die Hände. Sorgfältig, aber nicht zu lange. Er biss die Zähne zusammen, trocknete sich ab. Warum hatte er nicht eher daran gedacht? Seine Eltern waren nun zu Hause. Sie hatten einen Termin mit dem Steuerberater, sofern er das Datum richtig in Erinnerung hatte. Diese Gelegenheit musste er ausnutzen. Wer weiß, wann er die beiden wieder zusammen erwischen würde. Kein Feigling mehr sein, nicht mehr die Dinge einfach laufen lassen, weil es ja so bequem war. Er hatte sich wirklich gut eingerichtet in seinem Schneckenhaus. Doch damit musste nun Schluss sein. Er fuhr mit dem Bus zurück zu seinem Block, holte seinen Wagen aus der Tiefgarage, ohne vorher das Appartement zu betreten, und fuhr nach Norden.

*

„Der Junge will nicht aussagen? Kann ich ihm nicht verdenken. Aber dass der Stick kaputt ist – ich kann es nicht glauben." Donald Grover setzte sich mit einem Ächzen wieder aufs Sofa, während Inspektor Mc Gregor in einem Sessel Platz nahm und sich in der Wohnung umsah.

Die Sonne schien durch die Fenster, die mit dezenten Gardinen geschmückt waren.

„Seit wann bist du aus dem Krankenhaus entlassen?"

„Seit zwei Tagen. Bin immer noch etwas steif und es tut auch noch weh in der Brust. Aber besser hier als in diesem stickigen Krankenzimmer."

„Kreislauf in Ordnung? Schwindel?"

„Nein." Donald grinste. Er war es nicht gewohnt, dass sich jemand um ihn sorgte. Immerhin hatte er über ein halbes Jahr in gefährlicher Umgebung selbst auf sich achten müssen. Sein Inspektor lehnte sich beruhigt ins Polster und kam auf das Thema zurück, das ihn hergeführt hatte. „Tja, dein Zachary Cohen hat Schiss vor den *Scorpions*. Und ich habe diesen Mr Bradden zu dem Vorfall gefragt. Zachary hatte einen Hilfsjob im Restaurant. Der Küchenleiter hat ihn nach zwei Tagen rausgeworfen, nach einem Streit mit einem Stammgast. Er will tatsächlich auf dem Hof etwas liegen gesehen haben, was ein Stick hätte sein können. Er hat sich noch gefragt, ob der Stammgast ihn verloren hat. Hätte ja etwas Wichtiges drauf sein können."

Don stützte seinen Kopf in den Händen, dann zuckte er die Achseln. „Tja, da kann man nichts machen."

Er blickte wieder auf. „Und du hast tatsächlich verschwiegen, dass ich noch lebe?"

„Warum denn nicht? Umso größer sind vielleicht sein Schuldgefühl und die Motivation, doch eine Beschreibung der Schläger abzugeben."

„Ob das funktioniert?" Er wies in Richtung Küche. „Möchtest du Kaffee?"

„Nein, bin ja gleich wieder weg."

Don lächelte. „Ich wollte sagen, dann mach dir einen."

„Idiot. Deinen Humor hast du jedenfalls nicht verloren. Aber was soll ich jetzt mit diesem Kerl machen? Da war vor ein paar Tagen gegen Abend ein Überfall in der Hastings Street. Ein Zeuge hat gesehen, dass ein Mann zu Boden gestoßen wurde. Erst, als eine Frau dazukam, sind die Täter abgehauen. Der Zeuge hat ein Messer erkennen können."

Don zog seine Augenbrauen zusammen. „Du meinst, das war ein Anschlag auf Cohen?"

Der Inspektor wiegte seinen Kopf und schürzte die Lippen. „Es war die Beschreibung, die mich darauf gebracht hat. Ein drahtiger, etwas kleinerer Mann ging mit der Frau davon. Wohin, konnte der Zeuge nicht sehen. Aber das ist Cohens Gegend. Es wurde keine Anzeige erstattet, nicht mal die Streife gerufen, außer vom Zeugen. Wir haben Cohens Arbeitgeber herausgefunden, wenn die *Scorpions* das auch rauskriegen, ist er geliefert."

„Beschatten", befahl Don kurzerhand.

Mc Gregor nickte langsam. „Schutz oder Köder?"

Don seufzte. Ihm war nicht wohl bei dem Gedanken, dass er den Jungen, den er in die Sache hineingezogen hatte, auch noch als Köder missbrauchte. Doch er wollte die Schweinehunde erwischen, die ihn so übel zugerichtet hatten, dass er nachts immer noch Albträume bekam.

„Köder. Es geht nicht anders. Selbst mit Cohens Beschreibung kämen wir nicht viel weiter. Doch wenn wir die Schläger auf frischer Tat mit Cohen ertappen, können wir sie einbuchten. Wir müssen diesen Drogenring auffliegen lassen, sonst war meine Arbeit vergebens. Das ist unsere Chance, etwas aus ihnen herauszuholen, bevor wir sie wegen versuchten Mordes an Zac Cohen und mir anklagen. Der Laden wird auf einige Zeit lahmgelegt werden. Wir müssen darauf achten, welche Gang deren Geschäfte übernimmt."

„Du bist ja ziemlich optimistisch. Du weißt, dass wir gegen Windmühlen kämpfen."

„Wer soll sonst kämpfen außer uns, Dick?" Er blickte seinem Partner tief in die Augen, unter die sich schattige Ringe gelegt hatten.

„Also Köder, geht klar", sagte Dick nach einer Weile des Nachdenkens. „Tagsüber ist es kein Problem, wenn er bei der Arbeit ist. Mal sehen, wo er nachts unterkommt."

„Pass gut auf den Jungen auf, Dick. Er soll nicht für meinen Fehler büßen müssen."

Mc Gregor nickte mit ernstem Gesichtsausdruck. Als plötzlich sein Handy klingelte, schrak er auf. „Hallo? Was? Auf dem Revier? Und er will aussagen?" Er lauschte eine Weile.: „Ich komme sofort. Bringt ihn in den Verhörraum."

Als er das Handy eingesteckt hatte, stand er auf. „Wir haben uns geirrt. Zachary Cohen hat mehr *cochonos*, als wir dachten. Er ist da und will Beschreibungen abgeben.“

Don zog grinsend die Augenbrauen hoch. „Dann hat deine Taktik funktioniert. Trotzdem bleibt er unser Köder.“

*

„Mum? Dad?“ Liam sah sich in der Vorhalle um. Das Auto seines Vaters parkte vor der Garage, als sei alles in bester Ordnung. Da schoss seine Mutter vom Sofa hoch, auf dem sie gelegen hatte.

„Oh, hallo Liam. Hm, Dad ist im Arbeitszimmer.“

„Ich wollte dich nicht wecken.“ Er trat näher.

„Hast du nicht.“ Sie richtete ihr Kleid, wirkte trotz ihrer gefassten Haltung jedoch unsicher.

Liam hätte darauf wetten mögen, dass ihr jetzt nach einem Sherry zumute war.

Sein Vater, der offenbar seine Stimme gehört hatte, betrat den Raum. Er sah sich misstrauisch um und musterte ihn daraufhin mit zurückhaltendem Ausdruck.

„Liam.“

„Dad.“

Die Luft schien zu Eis zu gefrieren. Ihm fröstelte und er ertappte sich dabei, sich die Oberarme zu reiben.

„Geht es gut?“ Dad räusperte sich.

„Ja, geht so. Ich wollte mit euch sprechen“, sagte er

ruhig.

„Worüber?“ Der Ausdruck seines Vaters war verärgert.

Mum zupfte an ihren Haaren. „Ich muss mal ins Bad. Sprecht ruhig.“

„Mum!“, rief er protestierend, doch sie war schon in die Tiefen des weitläufigen Hauses geflohen.

Sein Vater lud ihn mit einer Handbewegung zum Sitzen ein, als wäre er ein Kunde. „Und jetzt sag mir mal, wo du diesen unsäglichen Kerl aufgegabelt hast. Der ist ja wohl kaum ein Arbeitskollege. Wieso dieses Verwirrspiel?“

Liam musste seine Worte sorgfältig wählen, um die größtmögliche Sachlichkeit auf diesem gefährlichen Terrain zu gewährleisten. „Zac ist ein Klient von mir, der seine Strafe für Einbruchdiebstahl abgesessen hat, und wir …“

„Da nimmst du diesen Kerl mit hierher? Damit er einen neuen Einbruch planen kann? Bist du wirklich so naiv?“

„Dad, wir sind befreundet. Glaubst du wirklich, ich hätte ihn mitgenommen, wenn ich ihm so etwas zugetraut hätte?“

„Du bist zu vertrauensselig und lässt dich leicht vereinnahmen.“

Stimmt, dachte Liam. Seine Sachlichkeit verabschiedete sich. Er hatte sich viel zu lang von seinen Eltern vereinnahmen lassen. „Dad, ich bin schwul“, platzte es aus ihm heraus. Nun war es geschehen. Er dachte nicht daran, sich zu verstellen. Weg mit der Lüge über seine One-Night-Stands, weg mit Bridget und allen anderen Schwiegertöchtern, die sie ihm vorstellten.

„Unsinn!“, polterte sein Vater. „Du hast Freundinnen gehabt [illegible].“

„Die ihr nie gesehen habt. Das waren alles Notlügen.“

Das Gesicht seines Vaters verzerrte sich, er starrte ihn ungläubig an und schüttelte den Kopf, als wolle er die Wahrheit nicht hören. Dann verzog er die Augenbrauen und senkte den Kopf.

Plötzlich erklang hinter ihnen leises Schluchzen. Liam stand auf und ging die zwei Stufen hinauf, die den Salon vom Rest des Hauses trennten. Seine Mum stand im Flur, verborgen hinter der Wand, an der die Garderobe hing. Sie wischte sich über die Augen und wirkte so verwirrt und hilflos, dass es in ihm weich wurde. „Mum“, sagte er zärtlich und zog sie an sich in der Hoffnung, dass sie ihm das Geständnis nicht übel genommen hatte. Geständnis – das war es nicht. Er hatte sich schließlich nichts vorzuwerfen.

Sie zog die Nase hoch und ließ sich umarmen. Er führte sie fürsorglich zum Sofa, während sein Vater bereits mit einem gefüllten Glas parat stand.

„Hier, Moira, trink das. Alles wird gut. Liam hat es nicht so gemeint.“

Mit einem Ruck fuhr Liam herum und stieß seinen Vater vor die Brust. Allmählich dämmerte es ihm, was Zac an seinen Eltern so gestört hatte. Nichts hören, nichts sehen, nichts sagen. Wie konnte Dad ihr jetzt Alkohol anbieten? Warum hatte er nicht schon früher verhindert, dass sie immer wieder ihr Glas füllte?

„Wenn du ihr jetzt einen Drink gibst, dann hau ich

dir eine runter. Das meine ich ernst, Dad. Wag es nicht!“ Er richtete sich auf und ballte seine Faust.

Sein Vater wich zurück, blickte von einem zum anderen und knallte das Glas auf den Tisch.

„Liam, was fällt dir ein? Wie behandelst du uns? Was ist nur in dich gefahren?“ Er wurde gemustert wie ein Tier im Zoo. „Sollen wir Dr. Nolen anrufen? Eine Beruhigungsspritze wird dir sicher helfen.“

Da ließ Liam sich in den Sessel sinken und stützte seine Stirn in die Hände. Er rieb seine Augenbrauen, in seinem Kopf pochte und hämmerte es.

„Liam, ist dir nicht gut?“, flüsterte seine Mutter, die sich über ihn beugte.

Er legte ihr schnell die Hand auf den Unterarm. „Mir geht es bestens, Mum. Was man von euch nicht behaupten kann.“

Sie schwieg. Sie sahen sich an, als hätten sie sich nie zuvor gesehen. Instinktiv spürte er, dass seine Mutter auf seiner Seite war.

Doch die Kiefer seines Vaters mahlten fast und sein Brustkorb hob und senkte sich schnell.

„Dad, beruhige dich.“

„Ich soll mich beruhigen? Mein Sohn sagt mir gerade, dass er schwul ist, dann bedroht er mich, weil ich meiner Frau beistehen will, und ich soll mich beruhigen?“

„Ja. Hör auf!“ Liam starrte ihn düster an. „Ich habe dich nicht bedroht, ich habe dich gewarnt. Weil ihr offensichtlich die Augen verschließt. Mum muss in Therapie! Und du weißt es. Du weißt von ihren Problemen und hast dich bisher einen Scheißdreck darum gekümmert. Im Gegenteil. Immer wieder hast du es ihr leicht gemacht."

Wieder begann seine Mutter, leise zu schluchzen, während sein Vater die Worte mit einer unwilligen Handbewegung beiseite wischte.

„Und warum hast du bisher geschwiegen? Du wusstest es doch auch."

Er musste schlucken. Zac hatte seine Kruste durchstoßen. Einfach so mit seinem großen Mundwerk. Immer wieder hatte er die Lage seiner Mutter verdrängt, bis Zac ihn im Nacken gepackt und mit der Nase draufgestoßen „Das war ein Fehler", seine Stimme bebte, „und Zac hat mich darauf aufmerksam gemacht."

„Zac, Zac, hör mir auf mit diesem Knacki."

„Wir waren zusammen, Dad. Ich habe ihn gern gehabt."

Nach diesen Worten schien sein Vater erst einmal zu überlegen, wie er sich ihr Zusammensein vorstellen sollte. Seine Augen verengten sich zu Schlitzen, dann sah er irritiert zu Boden. „Du meinst, ihr … ihr habt zusammen …"

„Ja, wir waren ein Paar. Ich habe ihn euch vorgestellt, weil ich mich endlich outen wollte. Was ich hiermit getan habe. Ich lasse euch jetzt allein, damit ihr darüber nachdenken könnt. Wenn ihr das wollt. Bestimmt seid ihr enttäuscht, bestimmt seid ihr durcheinander, aber das konnte ich euch nicht ersparen."

„Enttäuscht und durcheinander, das kann man wohl sagen! Nach allem, was ich für dich getan habe, Liam."

Wie er diesen Satz hasste. In seinem Inneren wurde

es heiß. Er stand auf und ging auf seinen Vater zu.

Dieser wich nicht zurück, sondern erwartete ihn mit stechendem Blick.

„Das, was du für mich getan hast, Vater, ist hoffentlich aus Liebe geschehen. Ich bin dein Sohn, Dad, und nicht ein wichtiger Kunde, den man sich warmhalten muss, damit man an ihm tüchtig verdient. Ich hoffe, dass du nicht die Vorteile berechnet hast, als du etwas für mich getan hast, sondern es einfach aus Fürsorge und Zuneigung geschehen ist. Oder irre ich mich da?"

„Was?" Sein Vater war blass geworden.

Ob er ihn verstanden hatte? Es war ihm egal. Ihm ging es nun besser. Seine Eltern sahen sich an, vorsichtig, abschätzend. In Mums Blick lag Ängstlichkeit, Dad kaute an seiner Unterlippe.

„Wie auch immer. Ihr müsst mich nehmen, wie ich bin. Bin ja auch nicht anders als letzte Woche oder so. Nur wisst ihr jetzt mehr über mich. Ich denke, das ist nicht schlecht. Mehr über einen zu wissen, meine ich. Ich lasse euch jetzt allein."

Als er sich zur Tür wandte, erhob sich seine Mutter und folgte ihm. „Liam!" Sie blieb vor ihm stehen. Ihre Hände zitterten, als sie ihm über das Haar strich. „Fahr vorsichtig."

Er küsste sie auf die Stirn. „Ja, Mum. Aber du musst jetzt reden. Mit ihm. Und dann auch mit mir. Ich werde dir helfen. Ruf mich an."

„Aber … aber…"

Ihre Sprachlosigkeit machte ihn traurig. Er nahm sie fest in den Arm und spürte das Zittern ihres Körpers.

Sie holte tief Luft. „Ja. Du hast recht." Tapfer nickte

sie und sah ihn mit einem wehmütigen Ausdruck an.

Er hörte, wie sein Vater im Salon auf und ab ging. „Soll ich bleiben, Mum?“

„Nein. Ich werde reden. Nicht heute. Aber morgen. Geht es dir wirklich gut, Liam? Ich meine, mit deinem Schwulsein? Ich habe es immer geahnt, weißt du? Du bist den Mädchen immer aus dem Weg gegangen.“

Das überraschte ihn. „Mum, warum hast du nie …“ Etwas gesagt. Tja, daran krankte es in dieser Familie, definitiv. „Mir geht es soweit gut. Aber Zac und ich haben uns getrennt.“

„Er hatte was. Und hübsch ist er auch.“

„Ich vermisse ihn. Ziemlich heftig. Ist mir noch nie passiert.“

„Alles wird gut, Liam.“

„Ganz bestimmt, Mum. Ich drücke dir und euch die Daumen.“

Kapitel abgeschlossen, Mission erfüllt. Plötzlich überfiel ihn eine unerwartete Melancholie. Würde es wieder so werden wie früher, als sie eine normale vierköpfige Familie gewesen waren? Er hatte seinen Eltern viel zu verdanken.

„Danke, Mum.“

Ob ein solcher Dank ausreichte? Sein Vater hatte ihm drei Appartements gekauft, ein Auto geschenkt, sein Studium finanziert. Was erwartete er jetzt von seinem Sohn? Dass er alles wieder reinholte? In Dollar und Cent?

„Danke für alles, Dad“, sagte er, zu ihm gewandt. „Ich habe euch lieb.“

Bevor ihm die Tränen in die Augen stiegen, drehte

er sich um und ging zu seinem Wagen zurück. Nachdem er eingestiegen und fünfhundert Meter gefahren war, hielt er am Straßenrand an.

Das Seitenfenster stand offen. Ein Greifvogel schrie.

Liam putzte sich die Nase und legte den Kopf auf das Lenkrad. Er war völlig erschöpft.

*

Tagsüber schuftete er sich die Seele aus dem Leib. Er trank sieben oder acht Flaschen Wasser, um den Schweiß zu kompensieren. Immer nur stapeln, sortieren, packen, fegen. Nur nicht an Liam denken, an diesen geliebten Mistkerl, und nicht an die *Red Scorpions*. Seine zündende Idee war gewesen, nach einer kurzen Beratung mit Bobby tatsächlich die Bullen zu besuchen und ihnen das Tattoo eines der Schläger zu beschreiben sowie die Gestalten und, soweit er sich erinnern konnte, die Gesichter der Männer. Man hatte ihn zu dem Überfall auf ihn befragt, doch er hatte wahrheitsgemäß angegeben, dass er die beiden Angreifer kaum gesehen hatte. Natürlich glaubte dieser Inspektor Mc Gregor ihm nicht. Aber das war ihm egal. Er hatte seine Bürgerpflicht erfüllt und war wieder gegangen. Einerseits ein klein wenig erleichtert, andererseits voller Sorge wegen eines Vergeltungsschlages der Gang. Er war jetzt seit gut vier Wochen aus dem Knast raus und hatte einiges erlebt. Bei Mr Marner konnte er sich gut verbergen. Niemand würde ihn hier vermuten. Er hatte seinen abschließbaren Raum und das Grundstück war von einem hohen Zaun umgeben.

Eliza hatte ihm erzählt, dass ihr letzter Wachhund an Altersschwäche gestorben war und dass sie planten, sich einen neuen Hund anzuschaffen. Überhaupt waren alle Marners nett zu ihm, wenn man sich von der Knurrigkeit des Chefs nicht irritieren ließ. Zac fühlte so etwas wie Dankbarkeit. Das war neu. Sogar für Liam empfand er Dankbarkeit, denn Mum hatte ihm erzählt, dass Dr. Wang sie für weitere fünf Stunden behandeln würde. Liam hatte im Voraus bezahlt. Er, mit seinem Helfer-Syndrom. Zac vermisste ihn unglaublich.

Er lag auf seiner Matratze und starrte durch das Fenster in den Himmel. Er dachte an den Strand, an dem Liam und er sich so unverhofft getroffen hatten. An die Felswand, an der Liam eine so gute Figur gemacht hatte. An die Stunden im Bett, an ihre Leidenschaft und an dieses verdammte Gefühl der Verbundenheit, das sie aneinandergekettet hatte. Bis Liam einen Rappel bekommen hatte. Dieser Idiot. Er wusste eben nicht, was gut für ihn war.

Draußen verebbte der Verkehrslärm, die Wolken schoben sich vor den halben Mond. Er stellte sich vor, die letzten drei Tage hätten niemals stattgefunden. Was wäre geschehen, wenn er sich gut benommen hätte? Nein, es tat zu weh, daran zu denken. Lieber an nichts denken. Dabei fielen ihm die Augen zu.

Er erwachte, als ein metallisches Geräusch ertönte. Das Rolltor? Die Bürotür? War Mr Marner gekommen, um eine letzte Runde zu drehen? Rasch sah er aus dem Fenster. Draußen war tiefste Nacht, der

Mond war über den halben Himmel gekrochen. Das Handy bestätigte ihm, dass es bereits drei Uhr war. Da – ein helles Kichern und das Geräusch eines Stoßes. Kamen die *Scorpions*, um ihn zu holen? Schweiß trat auf seine Stirn. Was sollte er tun? Sie würden die ganze Halle nach ihm absuchen. Das Fenster! Nein, es war ja vergittert. Mist! Wieder der laute Krach und das Kichern. Moment mal. Würden die Jungs so komisch kichern? Brach da vielleicht jemand die Bürotür auf? Im Nu sprang er auf, zog seine Jeans an und schloss leise die Tür auf. Er schlich auf den Flur hinaus. Die hohe Halle lag bald vor ihm. Das Summen der Kühlung hallte leise von den Wänden, Luft zirkulierte um sein Gesicht. Irgendwie unheimlich. Als er um die Ecke spähte, atmete er auf.
Das Licht einer Taschenlampe schimmerte, zwei schmale Gestalten standen vor der Tür zum Büro. Eine von ihnen hob den Fuß und trat mit aller Macht vor das Schloss. Nach einem Knirschen schwang die Tür auf und die beiden Fremden traten ein.

Zac wollte mehr sehen. Er schlich näher und linste in den Raum. Zwei Jugendliche, fast Kinder, harmlose Gestalten ohne Waffen. Mann, die jagten ihm einen solchen Schrecken ein. Er nahm sich eine Flasche aus einem Kasten, bemüht, ein Klirren zu vermeiden. Gleichzeitig tastete er nach dem Taschenmesser, das er sich nach dem Überfall gekauft hatte. Er stellte sich in den Türrahmen und knipste mit einem Finger das Hallenlicht an. Blendende Helligkeit flutete das dunkle Büro.

Die Kerle fuhren herum. Theatralisch schlug er die

Bierflasche an der Wand kaputt und hielt ihnen den abgebrochenen Flaschenhals und das Messer entgegen. Wie er wohl aussah, als dunkle Gestalt im Gegenlicht? „Stehen bleiben! Rührt euch nicht!"

Er sah genauer hin. Ein Junge und ein Mädchen, etwa siebzehn Jahre alt. Er trug schwarze Gothic-Klamotten, das Mädchen sah mit ihren strähnigen blonden Haaren ein wenig aus wie ein weiblicher Kurt Cobain. Erschrocken starrten sie ihn an.

Langsam ging er auf sie zu.

Der Junge stellte sich vor das Mädchen, sie schlang die Arme um seine Hüften. Wie süß.

„Bonny und Clyde, was?", sagte er.

„Hä?" Der Kerl blickte irritiert drein.

Zac verdrehte die Augen. „Mann, ihr seid echte Anfänger. Habt ihr nicht vorher herausgefunden, dass die Tageseinnahmen mitgenommen werden? Oder wart ihr wirklich nur auf die Portokasse scharf? Oder auf den Computer?"

Sie wirkten verwirrt, verängstigt. Der Junge zuckte mit den Schultern und nagte an seinen Lippen.

Das Mädchen fasste sich ein Herz und trat vor. „Bitte, wir wollten nichts Böses. Können wir das Ganze nicht vergessen?"

„Ja, Mann, was willst du? Wir haben nichts geklaut", meldete sich der Junge und versuchte, cool auszusehen. „Sie hat nichts damit zu tun." Mit dem Kopf wies er auf das Mädchen, das eifrig, aber mit verzweifeltem Ausdruck nickte.

Ein Stich fuhr ihm durch das Herz. Ein Ritter in schimmernder Rüstung, wie niedlich. Er setzte sich auf den Schreibtisch, das Messer hielt er noch in der Hand, doch den Flaschenhals warf er in den Papierkorb. „Ihr habt ganz schönen Schaden angerichtet. Die Tür ist im Eimer. Und der Zaun? Wie habt ihr das gemacht?“

„Bolzenschneider“, gab der Junge zu und sah sich verstohlen um, als suchte er eine Fluchtmöglichkeit.

Diese Idioten taten ihm fast leid. Hatte er nicht selbst so angefangen? „Wolltet ihr Stoff kaufen mit dem Geld?“

Das Mädchen schluckte. Er trat zu ihr hin, wollte sich ihre Arme ansehen. Oder in ihren Augen erkennen, ob sie Koks genommen hatte. Pickel hatte sie keine, ihre Haut war rein und sie war nicht untergewichtig, also waren noch keine anderen Straßendrogen im Spiel.

Doch bevor mehr erkennen konnte, trat ihr Beschützer weiter vor und fixierte ihn mit einem Blick aus grünen Augen. „Lass sie. Geht dich einen Scheißdreck an, was wir damit machen wollten.“

Der Junge war frech und verdiente eine Lektion. Mal sehen, wie weit es mit seiner Liebe ging. Er setzte einen lüsternen Blick auf, mit dem er das Mädchen von Kopf bis Fuß betrachtete.

Sie wurde blass wie die Wand und knautschte ihr T-Shirt am Hals zusammen.

„Wenn sie mit mir schläft, drücke ich ein Auge zu. Mein letztes Angebot.“

„Was!?“ Auf der Stelle machte der Junge sich groß, reckte sich vor und ballte die Fäuste. Aus seinen Augen sprühten Funken.

„Vergiss es. Wenn du sie anrührst, bist du tot!"

Die Lippen des Mädchens zitterten. „Ethan, nein. Ich könnte doch … ich mache das, für dich."

„Nein, Susan, nur über meine Leiche!"

Das reichte aus. Er hob die Hand. „Wow, bei diesem Schmalzgesülze vergeht einem ja die Lust. Ich will sie nicht mehr." Er drehte sich um und suchte nach einem Bleistift. „Ihr seid mir zwei Helden. Wartet mal." Er nahm sich einen Zettel vom Block und notierte Liams Namen und die Anschrift seiner Behörde. Dann überreichte er ihn dem Mädchen, die ihm verständiger schien als die Dumpfbacke mit dem Hundehalsband.

„Hier, geht dorthin, beide. Der Typ dort wird euch helfen. Er leidet nämlich am Helfer-Syndrom. Das müsst ihr unbedingt ausnutzen. Sonst landet ihr eines Tages im Knast, wie ich."

Die beiden sahen ihn mit aufkommendem Interesse an und wechselten einen Blick. Wahrscheinlich hatte er jetzt bei ihnen einen kleinen Stein im Brett.

Der Junge las den Zettel, zog aber höhnisch die Augenbrauen hoch. „Du glaubst doch nicht im Ernst, dass wir da hingehen."

Mit einem Satz war Zac bei ihm und knallte ihm die Faust gegen den Kiefer.

Der Junge ging mit einem Aufschrei zu Boden.

Das Mädchen warf sich auf Zac und schlug mit kleinen Schluchzern auf ihn ein. Als er sie abschüttelte, wich sie an die Wand zurück, während ihr Freund sich aufrappelte und sich das Kinn rieb.

Schnell nahm Zac ihn mit einem Arm in den Schwitzkasten und zog ihm die Geldbörse aus der

Jeans. Dann stieß er ihn von sich, der Junge stolperte wieder und fiel zu Boden. Er war leicht wie eine Feder gewesen und sollte mal lieber in eine Mucki-Bude gehen, anstatt den Helden zu spielen.

Zac packte das Mädchen im Nacken. „Papiere, aber zackig!“

Sie krampfte zusammen und tastete hastig über ihre Jeans.

Zac nahm ihren Führerschein entgegen, dann ließ er sie los und griff wieder nach seinem Messer. Für den Fall, dass sie jetzt stinkig waren. „Ich muss euch wohl zu eurem Glück zwingen, was? Ihr werdet eure Papiere erst wieder erhalten, wenn ihr bei Mr Hillerman wart. Der wird sie so lange für euch aufbewahren. Los, raus hier. Und hört mit diesen blödsinnigen Einbrüchen auf. Es geht auch anders, klar?“

Das Paar rappelte sich auf und verließ das Büro, ohne ihm noch einen Blick zu schenken.

„He!“, rief er noch.

Sie drehten sich widerwillig um.

„Ihr liebt euch also wirklich?“ Warum wollte er das wissen? Es war doch gar nicht wichtig.

Die beiden sahen sich an, dann nickte das Mädchen.

„Dann lasst niemals zu, dass euch etwas trennt.“

O Gott, jetzt mutierte er schon zu einem Paar-Therapeuten. Warum machte er plötzlich einen auf verständnisvoll? Weil er das Gefühl hatte, etwas wiedergutmachen zu müssen? Er seufzte, löschte das Licht und schloss sich in seinem Raum ein. Mr Marner würde toben, wenn er den Schaden bemerkte. Wie sollte er aus der Nummer herauskommen? Er konnte vorgeben, eine Schlaftablette genommen und nichts gemerkt zu haben.

„Du hast was!?“

„Mr Marner, ich habe die beiden laufen lassen. Das waren nur Kinder aus dem Hafenviertel. Die waren so wie ich früher. Ich habe sie zu einer Beratungsstelle geschickt.“ Er wollte ihn nicht belügen. Er hatte so oft gelogen, dass er für den Rest seines Lebens die Wahrheit sagen wollte. Es machte ihm sogar Spaß, sich selbst zu beobachten, wie er mit seinen Problemen fertig wurde. Die Bullen hatte er bedient und nun war Mr Marner dran.

Doch dieser schien sein weiches Herz zu missbilligen. „Beratungsstelle? Sind wir hier bei der Heilsarmee?“ Mr Marners Gesicht war rot angelaufen.

„Hören Sie, Chef, Sie waren bei mir doch auch so nett und haben damals keine Polizei geholt. Und dass es immer mehr Kids werden, die seit den Werksschließungen hier herumlungern, haben Sie neulich selbst gesagt. Ich habe die Führerscheine der beiden an einen Sozialarbeiter geschickt. Wenn die sich nicht bei der Beratungsstelle melden, können wir sie immer noch anzeigen.“

Mr Marner blies die Luft aus seinen Backen und sackte zusammen. „Und der Schaden?“

„Den können sie mir vom Lohn abziehen.“

„Dann bekommt du drei Monate keinen Lohn.“

Zac erschrak. So viel kostete das Ausbessern des Zaunes? „Hm, kann ich nicht dafür sorgen, dass der Zaun repariert wird? Ich habe da ein paar Kumpel, die können dabei helfen.“ Bobby könnte Maschendraht organisieren, umsonst, versteht sich. Und Eddie war Schlosser.

„Nein, Zac, nein!“ Mr Marners Geste war eindeutig. „Ich habe genug von deinen Hilfsaktionen und angeblichen Freunden. Den Zaun lasse ich reparieren und dann sehe ich nach, ob meine Versicherung dafür aufkommt.“

„Danke. Dann sind Sie mir nicht länger böse?“

Sein Chef kniff die Augen ein wenig zusammen und betrachtete ihn misstrauisch. Trotzdem hatte er das Gefühl, alles richtig gemacht zu haben.

Dann seufzte Mr Marner und winkte ab. „Hau ab, Zac, und mach Fotos vom Zaun und von der Tür. Eliza hat die Kamera. Außerdem ist eine neue Lieferung gekommen. Du weißt, wohin sie gehört.“

„Okay, Chef.“ Er machte sich aus dem Staub. In seinem Inneren herrschte eine ungewohnte Leichtigkeit. Ob das auch daran lag, dass er Kontakt zu Liam aufgenommen hatte? Die Führerscheine lagen nun in seinem Briefkasten, zusammen mit einem Zettel. Er hatte geschrieben:

Lieber Liam, die Papiere gehören einem jungen Paar, das bei Mr Marner eingebrochen hat. Sie werden sich bei dir melden. Die sind irgendwie süß. Kannst du ihnen helfen, damit sie nicht auf die schiefe Bahn kommen? Gibt es da nicht Jugendhilfen und so?

Liebe Grüße, Zac.

Lange hatte er am Text herumgefeilt, denn er sollte weder aufdringlich noch weinerlich klingen. Einfach nur ein paar Zeilen, damit Liam wieder an ihn dachte. Und vor allem besser von ihm dachte. Er wollte zeigen, dass er nicht nur der ungehobelte Holzklotz war, sondern durchaus fürsorglich handeln konnte. Sein Herz klopfte bei der Vorstellung, dass Liam jetzt den Zettel entfaltete, seine Scheinwerferaugen über das Papier huschten und wie er dann leise lächelte. Bei diesem Gedanken brach ein schwerer Seufzer aus seiner Brust heraus und trampelte seine gute Laune nieder. Wie lange konnte er die Sehnsucht noch ertragen? Würde es überhaupt einmal besser?

*

Liam las die Nachricht noch einmal und faltete das Blatt wieder zusammen. Es war schon ganz knitterig vom vielen Lesen. Wenn er sich vorstellte, dass Zacs Finger dieses Blatt berührt hatten, wurde ihm schwindlig. Er strich über das Papier, dann schrak er auf und betrachtete die beiden Jugendlichen, die vor ihm saßen. Ihre Mienen schwankten zwischen Trotz und Zerknirschung.

„Und eure Eltern sind arbeitslos geworden?"

„Ja", sagte Ethan. „Schon seit einem Jahr. Die Stütze reicht nicht. Wir wollten da raus. Mum ist eh nur noch am Heulen."

„Schule ist auch nicht so dein Ding, habe ich vom Schulleiter gehört."

Ja, er hatte sich schon richtig reingehängt in diesen Fall, für den er von fachlicher Seite nicht zuständig war.

„Na ja, Susan geht noch zu Schule. Ich habe sie geschmissen."

Er musterte das Mädchen, was nicht einfach war, da

ihr ständig blonde Strähnen im Gesicht hingen. „Deine Noten sind nicht schlecht, Susan."

Sie zuckte die Schultern.

„Nur noch ein Jahr, dann kannst du eine Ausbildung machen. Ich hoffe, du willst nicht Friseurin werden." Ups!, war die Anspielung nicht zu deutlich? Er grinste in sich hinein. Einen solchen Witz hätte er sonst von Zac gehört. Vielleicht hatte er auf ihn abgefärbt.

„Friseurin? Bin doch keine Pussy!" Sie reagierte mit Vehemenz und warf ihre Haare zurück.

Endlich konnte er ihre blauen Augen und die schön geschwungenen Lippen erkennen. „Wie wäre es mit Design, Mode oder Medien?"

Sie legte den Kopf schief und dachte offensichtlich nach.

„Wie dem auch sei. Ich habe einen Termin für euch bei Mr Davidson vereinbart, der leitet eine Jugendhilfe. Ihr könnt euch gern dort umsehen. Dort werden Workshops angeboten, ohne Kosten. Es gibt zum Beispiel eine Theatergruppe. Solche Sachen eben. Es ist nicht einfach, dort einen Platz zu ergattern, aber Mr Davidson wird euch gern empfangen, und dann sehen wir weiter. Morgen um halb vier."

Die Begeisterung der beiden hielt sich sichtlich in Grenzen.

„Im Gegenzug könnt ihr, sobald ihr dort wart, eure Papiere bei mir abholen. Sind wir im Geschäft?"

„Aber der Typ hat uns gesagt, wir bekommen die Papiere jetzt bei Ihnen", ereiferte sich Ethan und kaute an seinem Lippenpiercing herum.

„Kleine Planänderung, tut mir leid. Ihr habt eine

Straftat begangen. Das wird man nicht einfach wieder los, indem man eine Viertelstunde hier hockt."

Natürlich schrammte das an der Legalität entlang. Er rückte sich den Hemdkragen zurecht. Anders konnte er ihnen nicht helfen.

Die beiden sahen sich an, dann nickten sie. „Also gut. Auf einen Termin mehr oder weniger kommt es jetzt auch nicht mehr an."

Er atmete auf. „Übrigens, wie war dieser Mann, also mein Bekannter, so drauf? Wie wirkte er auf euch?"

Verwunderte Blicke, dann ein Schulterzucken.

„Weiß nicht", sagte Ethan. „Der war irgendwie, na ja, seltsam."

O ja, das war eine treffende Beschreibung.

„Der schien uns irgendwie auf die Probe zu stellen", erklärte Susan und erhielt ein Nicken ihres Freundes. „Und geprügelt hat er auch."

Liam schluckte. „Wie kam es dazu?"

„Na, er wollte unsere Papiere haben. Er hat sie uns abgenommen, regelrecht abgepresst." Susan gestikulierte heftig.

„Ja, das war Erpressung! Nötigung!" Ethan war nicht der hellste Stern am Himmel, wenn ihm das erst jetzt auffiel.

„Der Zweck heiligt die Mittel", murmelte er. Ohne Prügel keine Papiere und ohne Papiere kein Druckmittel.

„Hä?" Ethan runzelte die Stirn.

„Schon gut. Ihr könnt jetzt gehen." Liam erhob sich und reichte ihnen die Hand. Diese Geste erschien den beiden wohl seltsam oder ungewohnt, doch brav schüttelten sie seine Hand. Er sah ihnen nach und bemerkte, dass sie Händchen haltend den Flur entlanggingen. Zac hatte recht. Sie waren irgendwie süß.

Er kehrte an seinen Schreibtisch zurück und schloss die Augen. Seine Arbeit hier war okay. Aber es war nicht das, was er sich für sein Leben wünschte. Wie beneidete er Mr Davidson, der mitten im Leben stand und seine Träume verwirklichte. Er kämpfte zwar täglich um Geld, um Spenden, um Sponsoren, weil die öffentlichen Mittel für die Jugendarbeit bei Weitem nicht ausreichten. Und doch erhielt er täglich ein Lächeln von den Jugendlichen, die er betreute. Er hörte ihr Lachen und Kreischen, wenn sie Sport machten. Er spornte sie an, sich einzubringen, scharte Helfer und Gleichgesinnte um sich, erhielt öffentliche und private Anerkennung. Er sah einige seiner Schützlinge scheitern, doch anderen verschaffte er durch Praktika und Arbeitsplätze eine Zukunft. So etwas wollte er machen. An der Wurzel, in der Jugend ansetzen, so wie Zac es getan hatte. Das sah ihm gar nicht ähnlich.

Er richtete sich auf. Warum hatte Zac diese Kids zu ihm geschickt? Jedenfalls war er froh gewesen, zu erfahren, dass er seine Stelle noch nicht verloren hatte. Steckte doch mehr in ihm, als er dachte? Hatte er ihn etwa falsch eingeschätzt?

Als sich plötzlich seine Bürotür öffnete, zuckte er zusammen. Als sein Vater eintrat, brach eine kribbelnde Unruhe in ihm aus. Zwei Tage waren seit ihrem Streit vergangen. Er sprang auf, während sein Vater stehen blieb. Sie starrten sich an, dann gab er sich einen Ruck.

„Dad, ist etwas passiert? Komm, setz dich." Er wies auf den Stuhl und ließ sich auf seinen zurückfallen, seine Knie wurden weich.

„Nein, nein, alles ist gut. Ich wollte, nun, ich wollte nur mal nach dir sehen."

Er trat näher, setzte sich in den Besucherstuhl und sah sich um.

„Du bist noch nie hier gewesen, Dad."

„Nein, stimmt. Weil du ja immer Besucher und Termine hast. Ich wusste nicht, wann es passt. Heute habe ich es einfach versucht."

„Gut."

Sie schwiegen. Die Luft um sie herum schien dicker zu werden. Liam blickte zum Waschbecken, wo er kühles Wasser bekommen würde. Da fiel ihm auf, dass er sich seit ihrem Streit nicht mehr so häufig die Hände gewaschen hatte. Als er heimgekommen war, hatte es noch eine Dusch-Orgie gegeben, als hätte er seine Erregung über den Besuch abwaschen wollen, doch seitdem hatte sein Zwang nachgelassen. Aber jetzt würde er sich gern waschen. Was wollte Dad von ihm?

„Hör mal, Liam, ich wollte dir nur sagen, dass ich dich jetzt nicht verachte oder so. Wegen deiner Homosexualität." Sein Vater verstummte und sah ihn an.

Er atmete innerlich auf, schwieg aber, um ihn weiter zum Sprechen zu animieren.

„Ich habe ja nichts gegen Schwule. Aber es war ein Schock, ehrlich. Wir hatten uns eben andere Vorstellungen gemacht über die Zukunft unserer Familie. Na ja, zum Glück haben wir schon Enkel, aber es ist trotzdem schade."

„Das verstehe ich, Dad. Ich kann euch nur adoptierte Enkel bieten oder von einer Leihmutter."

Sein Vater winkte ab. „Ach, das ist nicht weiter wichtig. Hauptsache, es geht dir gut dabei."

Das hatte Mum ihn auch schon gefragt. „Natürlich geht es mir gut dabei. Ist doch das normale Leben, oder? Mit all seinen glücklichen und unglücklichen Liebesgeschichten. Wie sieht es aus mit deinen Liebesgeschichten?"

Diese Frage schien seinem Vater peinlich zu sein. Er rückte auf dem Stuhl vor und zurück.

„Nun ja, die Sache mit Lydia habe ich auf Eis gelegt."

Was für ein Ausdruck! Ärger kroch in ihm hoch. „Auf Eis? Willst du erst ausrechnen, welche deiner Frauen dir mehr Vorteile bringt?"

Seine Stimme musste schärfer geklungen haben als beabsichtigt, denn sein Vater zuckte zusammen.

„Was? Ach nein, ich meine, ich habe ihr den Laufpass gegeben. Es ist aus und vorbei. Sie war ohnehin nervig."

„Wie passend."

Die Augen seines Vaters funkelten.

„Spar dir deinen Sarkasmus, Liam. Deine Mutter und ich haben genug daran zu knabbern."

„So muss es sein", sagte er knapp, dann fügte er versöhnlicher hinzu: „Aber gut, dass ihr darüber sprecht."

„Ja, das haben wir. Und ich habe deiner Mutter auch Drinks gemacht, damit sie sich überhaupt konzentrieren konnte. Ausnahmsweise, Liam. Du hast recht in dieser Sache. Wir haben vor allem die Augen verschlossen. Aber Moira hat eingewilligt, in eine Suchtklinik zu gehen, bevor sie zu Carol gezogen ist. Für ein paar Tage, um abzuschalten."

Diese Nachricht haute ihn um. Sie war zu seiner Schwester gezogen, hatte ihn verlassen.

„Ich habe sie gerade besucht, um ein paar Prospekte von Privat-Kliniken zu studieren."

Liam schloss die Augen und wartete die Welle der Erleichterung ab, die ihn durchlief. Das Zerwürfnis war nicht so schlimm wie befürchtet. „Dad, das ist gut. Ehrlich gesagt hätte ich nicht gedacht, dass ihr euch so schnell mit der Situation auseinandersetzt. Und dass ihr etwas tut."

Sein Vater stützte sich mit den Ellbogen auf den Knien ab und presste seine Hände zusammen, bis die Knöchel weiß wurden. „Liam, ich bin dir zu Dank verpflichtet. Du hast mich erst darauf gebracht, wie wichtig mir Moira ist. Sie ist meine Frau, die Mutter meiner Kinder und sie hat euch gut erzogen. Ich bin daran schuld, dass sie nicht mehr malt. Dabei war es doch das, was mich so angezogen hat. Ihre Lebendigkeit, ihre Kreativität. Ich hielt das Malen später für, sagen wir, unpassend. Damit habe ich ihr etwas genommen, was sie am Leben erhalten hat."

„Du hast es ihr verboten, weil es unpassend war?" Was sein Vater ihm erzählte, war neu für ihn. Er freute sich, dass er sich ihm öffnete, auch wenn es ihm doch einen Schock bereitete, dass er seiner Mutter einfach etwas verbot, was sie liebte. Hatte sie sich denn nicht dagegen gewehrt? Es war seltsam, dass ein Kind so wenig von seinen Eltern wusste.

„Maler haben ja so einen Ruf von Exaltiertheit und Schrulligkeit. Und ihr ganzer Bekanntenkreis damals, das waren alles verrückte Typen. Ich als frischer Makler und bereits Millionär hatte einen Ruf zu verlieren. So dachte ich damals. Ich habe mir eine brave Hausfrau erzogen, Liam, die mir den Rücken frei hält und an Charity-Veranstaltungen teilnimmt. Das hat Moira kaputt gemacht. Sie hat es mir vorgestern an den Kopf geworfen. Einfach so, aus heiterem Himmel.“ Sein Vater seufzte schwer. „Ich war ganz schön durcheinander. Es hat sich eine Menge aufgestaut zwischen deiner Mum und mir. Deshalb bin ich heute zu dir gekommen. Um dir zu sagen, dass wir dran arbeiten. Getrennt zwar, aber manchmal auch zusammen.“

„Fühlst du dich jetzt besser?“

Sein Vater biss sich auf die Lippen. Seine Augen glänzten, als würde er gleich in Tränen ausbrechen. Nein, das wollte er nicht. Sein Vater war doch stark. Doch dieser Gedanke war kindisch. Sein Vater war ein Mensch, der auch weinen durfte.

„Ja“, flüsterte er und zog die Nase hoch. „Ich fühle mich jetzt besser. Ich danke dir.“

„Du solltest dich bei Zac bedanken. Er hat unsere Schale aufgebrochen. Ich hätte mich ohne ihn erst viel später geoutet. Ich hätte ohne ihn auch nicht so zu euch gesprochen.“

„Ja, dein Freund hat eine verdammt heftige Art an sich.“

„Ex-Freund.“

„Ach ja. Tut mir leid. Fehlt er dir?“ Die Augen seines Vaters forschten in den seinen.

Er konnte nur nicken. „Wir passen nicht zusammen.“ Seine Stimme war heiser. Da fiel ihm ein, dass auch er versucht hatte, seinen Partner zu ändern. Ihm vorzuschreiben, wie er sich zu verhalten hatte. Zac wäre zu seinem zweiten Ich geworden, dabei wollte er das nicht. Es war genau wie bei seinen Eltern, Zacs Unabhängigkeit, sein Kampfgeist und sein Witz, der ihn fasziniert hatte.

„Tja, ihr seid ziemlich verschieden.“

„Wie eine flippige Malerin und ein konservativer Makler.“

Da grinste sein Vater und wiegte den Kopf. „Das Leben ist voller Überraschungen.“ Er schlug sich auf die Schenkel. „Nun will ich dich aber nicht länger von der Arbeit abhalten.“

Doch bevor er aufstehen konnte, streckte Liam seine Hand aus. „Warte, Dad. Ich habe noch etwas wegen meiner Arbeit mit dir zu besprechen.“

„Nur heraus damit.“ Sein Vater lehnte sich zurück und sah ihn erwartungsvoll an.

Liam lief ein Schauder über den Rücken. Jetzt stürzte er sich in das Abenteuer seines Lebens. Einfach so. Weil ihm gerade ein Gedanke gekommen war, der ihn erbeben ließ. *Mach es, mach es genau jetzt*, schrie eine Stimme in ihm. Schon früher hatte er von einer solchen Möglichkeit geträumt, doch immer wieder diese Pläne in seine hintersten Gedanken verdrängt. Hatte Zacs Mut und Lebendigkeit auf ihn abgefärbt? Die ganze Sache war nicht einfach, da er zuvor die Einwilligung seines Chefs brauchte. Vielleicht musste er sogar kündigen, aber das war es ihm wert.

„Sag mal, Dad, hast du eine zentral gelegene Halle oder einen mehrstöckigen Lagerraum in deinem Portfolio?“

Die Augen seines Vaters weiteten sich. „Wozu brauchst du denn eine Halle?“

*

Als Zac kurz nach Feierabend in die Halle gehen wollte, erregte eine Gestalt an der hinteren Einfahrt seine Aufmerksamkeit. Dort lungerte jemand herum, ging hin und her, spähte um sich. Sein Herz rutschte in die Hose, doch bei genauerem Hinsehen krabbelte es wieder aus seiner Deckung heraus und begann, immer heftiger zu klopfen. Das war kein Gangmitglied. Es war Liam, der sich suchend auf dem Gelände umsah. Zac leckte sich über die sich plötzlich trocken anfühlenden Lippen und ging auf das Tor zu. Es war bereits abgeschlossen. Er besaß keinen Schlüssel. Ja, es war Liam, der ihn nun gesehen hatte und seine Hände an die Gitterstäbe legte. Immer schneller zog es ihn zu ihm hin. Einen Schritt noch und er könnte seine Hände umfassen, sein Gesicht ergreifen und zu sich ziehen.

Mach langsam, Zac, du willst ihn doch nicht mehr. Oder besser, er will dich nicht mehr. Er blieb stehen, nur ein Meter trennte sie. Seine Knie wurden ganz zittrig, als er Liam betrachtete. Er schien dünner geworden zu sein. Seine Augen, nein, jetzt hatte er ihm in die Augen gesehen. Sie waren immer noch so verführerisch schön und schwächten seinen Widerstand. Er schluckte verlegen und trat näher.

„Hallo Zac."

Er nickte. „Was führt dich denn her?"

Liam blickte neben ihn auf den Boden, als läge dort etwas Interessantes herum.

„Wollte nur mal sehen, ob du noch hier arbeitest."

„Das hätte dich nur einen Anruf bei Mr Marner gekostet."

„Der Anrufbeantworter ist schon an", erklärte Liam.

„Bullshit. Und da kommst du extra her?"

„Na gut, offensichtlich bist du ja noch hier angestellt. Dann gehe ich mal wieder." Liams Blick war hart und kühl geworden.

Sollte ihr Streit etwa hier und jetzt weitergehen?

„Warte!" Mit einem Schritt war Zac jetzt vor ihm und umfasste seine Finger, die noch um die Stäbe lagen.

Liam zuckte zusammen. Seine Hände waren warm und rau.

Zac atmete hastig ein und aus, als hätte er Luftnot. Sie starrten sich an, fixierten sich mit Blicken, hingen aneinander wie siamesische Zwillinge. Liam sah jetzt aus, als würde er Schmerz verspüren oder Wehmut. Da war sie wieder, die alte Verbundenheit, die Sehnsucht, die – nein, es war keine Liebe. Oder doch? Verdammt, was sollte er tun? Was er gern tun wollte, war klar. Liam die Lichter ausküssen. Doch das durfte er nicht, sie waren nicht mehr zusammen. Seine Gedanken sprangen hin und her, er war völlig verwirrt. Liams Nähe brachte ihn um, längst hatte ihn eine wundervolle Erregung gepackt. Schnell steckte er seine

Unterarme durch das Gitter und zog Liams Kopf zu sich. Er spürte das Eisen an seinen Wangen, doch er klammerte sich in seine Haare und holte sein Gesicht zu sich heran.

Liam stieß einen verwunderten, kehligen Laut aus, doch dann fanden sich ihre Lippen durch die Gitterstäbe. Liams Mund öffnete sich und Zac umspielte dessen Zunge mit aller Kraft und Leidenschaft, zu der er fähig war. Liam hatte die Augen geschlossen, er gab den Kuss zurück, atmete leise dabei. Liams Arme krochen in seinen Nacken, ein wohliger Schauder fachte seine Leidenschaft an. Er spürte seine Härte und drückte sich an die Gitterstäbe in der Hoffnung, Liams Unterleib berühren zu können. Sie pressten sich aneinander, küssten sich immer noch, rieben sich an den Stangen, die sie trennten. Verdammtes Tor.

Sie lösten sich voneinander.

„Zac", flüsterte Liam, „Zac." Pure Leidenschaft lag in seiner Stimme.

„Verdammt, Liam, mach weiter!"

Wieder küssten sie sich, seine Lippen taten fast weh vom Druck. Er strich mit dem Daumen über Liams Wange, hörte wieder das wundervolle Stöhnen und spürte die Hände, die zärtlich seinen Hinterkopf streichelten. Sie passten nur bis zu den Ellbogen durch das Gitter, doch gerade diese Trennung machte sie verrückt vor Begierde. Er wollte Liam, er wollte jetzt kommen, er wollte ihn auffressen. Als er sich von ihm löste und ihm in den Schritt packte, fühlte er seine Erektion.

Doch da schüttelte Liam den Kopf. Sein Blick wurde

traurig. „Nein, Zac. Merkst du es nicht? Es ist nur der Sex, der uns zusammenhält.“

„Ja, das merke ich gerade. Na und?“ Besser Sex als diese verdammte Sehnsucht im Herzen.

„Wir würden uns nur wieder wehtun.“

Zac presste wieder seinen Unterleib an die Stangen.

Liam strich ihm fest über das harte Glied, sodass er aufstöhnte. „Ein bisschen Schmerz gehört doch dazu. Oder gibt es noch einen Grund, warum du deine Hände nicht bei dir lassen kannst?“, keuchte er.

Liam wich zurück, doch Zac hielt seine Hände fest, zog sie durchs Gitter und küsste sie. Einfach so. Er hatte noch nie einem Mann die Hände geküsst, als wäre er ihm unterworfen. „Außerdem glaube ich nicht, dass es nur der Sex ist“, sagte er.

Liams Lippen zitterten ein wenig. Wieder hielten sie sich mit den Augen fest, tauchten tief in die Seele des anderen.

„Was sollte es sonst sein?“

„Du hast mich vermisst“, stellte Zac fest.

„Du mich auch. Na und? Einen tollen Sexpartner vermisst man schon mal.“

Als hätten sie sich abgesprochen, näherten sich ihre Gesichter wieder an. Sie berührten sich, dieses Mal behutsam, sanft und liebevoll. Als Liam über sein Gesicht strich, wären ihm fast die Tränen gekommen. Von wegen Sexpartner. Ja, er hatte ihn vermisst, jedoch mit allen Sinnen und mit allen Fasern seines Herzens. Zart küssten sie sich, lehnten ihre Stirn aneinander, soweit das Tor es zuließ.

„Dieses Ding stört. Hast du keinen Schlüssel?“,

raunte Liam und küsste ihn auf den Mundwinkel.

O Mann, das Kribbeln floss durch seinen ganzen Körper. Warum tat Liam etwas so Liebevolles, wenn er doch nur auf Sex scharf war?

„Nein, hierfür nicht."

Liam lehnte seinen Kopf ans Tor. Eine Weile schwiegen sie.

Zacs Gedanken befanden sich im Unterleib, sein Kopf war leer.

„Ist vielleicht besser so. Ich weiß nicht, warum ich hergekommen bin. Doch, ich wollte mich gern bei dir bedanken. Für alles, was wir zusammen hatten. Beruflich tut sich vielleicht etwas bei mir. Ich muss mich jetzt darauf konzentrieren. Aber jetzt hau ich ab, sonst streiten wir uns nur", kündigte Liam mit belegter Stimme an.

„Aber du willst mich doch. Du hast nur Schiss vor einem weiteren Versuch."

Liam sah ihn an, ein wenig verärgert, wie es schien. „Ich brauche keinen weiteren Versuch. Es hat sich nichts geändert. Im Bett passen wir toll zusammen, nur im Leben nicht, trotz allem. Und da wir nicht von morgens bis abends ficken können, vergessen wir das Ganze besser."

„Aber, vielleicht hin und wieder … Liam, bitte." Wie konnte er ihn überzeugen, sich hin und wieder zu sehen? Sie durften nicht so einfach auseinandergehen.

Doch dieser tippte sich an die Stirn. „Nein, das fangen wir erst gar nicht an."

„Ach ja, dafür hast du ja David", sagte er bissig. „Ist er so viel besser als ich?

„Siehst du, schon fängt es an."

„Quatsch! Du bist nur viel zu empfindlich."

„Und du hast die Empathie eines Nashorns."

„Die was? Ich bin doch so ungebildet." Wenn er Streit wollte, dann konnte er ihn haben. Aber bitte mit Versöhnung.

Doch dazu würde es anscheinend nicht kommen, denn Liam wandte sich um und winkte ab. Diese Geste verletzte ihn. Er fühlte sich zurückgesetzt, allein gelassen. Das hatte er nicht nötig. Er reckte sich vor. „Wovor hast du eigentlich Angst? Bist du so ein Feigling, dass du mir keine zweite Chance geben willst? Weißt du was? Ich bin nicht auf dich angewiesen. Ich brauche keine zweite Chance."

Liam drehte sich um. Die Scheinwerfer leuchteten grell. „Leck mich, Zac."

„Das willst du ja nicht!" Er warf sich vor die Stangen, wütend, enttäuscht. Er streckte seine Hand durch das Gitter und zeigte ihm den Stinkefinger. „Du kannst mich mal. Warum bist du überhaupt gekommen? Ach ja, um mir wehzutun. Hau bloß ab."

Liam ging mit sicheren Schritten davon.

Er trat vor das Eisen und fluchte über den Schmerz, der in seinen Fuß schoss. Doch das war gut so, er überlagerte den Schmerz in seinem Herzen.

*

Liam ging in normalen Schritten, damit sein Abgang nicht wie eine Flucht wirkte und Zac irgendeine Genugtuung spüren konnte. Seine Kehle war wie zugeschnürt und in seiner Seele tobte ein Kampf zwischen Stolz und Sehnsucht. Er stieg in seinen Wagen, den er in einer Nebenstraße abgestellt hatte, und schloss die Augen. Auf seinen Lippen brannten die Küsse, an seinen Fingern fühlte er noch Zacs weiche Locken. Verdammt, was hatte er überhaupt hier gesucht? Seine verfluchte Sehnsucht hatte ihm einen Streich gespielt.

„Zac“, flüsterte er. Wie wundervoll sein Name klang. Doch es hatte keinen Sinn. Gerade hatte sich gezeigt, dass sie nur darauf warteten, sich zu verletzen. Ja, er hatte Zac wehgetan. Vielleicht sogar absichtlich. Konnte es sein, dass er Angst vor der eigenen Courage bekommen hatte? Kaum küssten sie sich, wollte er ihn mit aller Macht zurückhaben. Doch dann bekam er Schiss und wies ihn ab. War er wirklich ein Feigling? So wie immer, wenn er etwas Wichtiges tun sollte? Er legte den Kopf an die Stütze. Durch das Fenster drang der Geruch von Salzwasser und Öl, der ihn an seine Kindheit und Jugend erinnerte, als sie noch im Zentrum der Stadt gewohnt hatten. Alles war wie früher. Wenn es darum ging, Probleme zu erkennen und zu lösen, steckte er den Kopf in den Sand und wusch sich lieber fünfzigmal am Tag die Hände. Die Hände in Unschuld waschen. Ja, sein Waschzwang hatte dazu geführt, dass er sich besser fühlte und die Probleme in seiner Familie ignorierte. Doch das war jetzt anders. Immerhin hatte er sich geoutet. Immerhin hatte er mit seinen Eltern über ihre Ehe gesprochen. Und heute hatte er sich noch nicht mal grundlos die Hände gewaschen, sondern einen Plan entworfen, wie er seinen beruflichen Traum verwirklichen konnte. Für all das hatte er sich heute bedankt. Doch es musste ohne Zac weitergehen. Bei seinen Plänen würde er nur stören oder ihn ablenken. Er nickte und drückte den Startknopf. Der Motor sprang mit einem sanften Grölen an, das Auto rollte durch die Straßen.

Nach einer Viertelstunde kam er in Gastown an. Als er die Lobby betrat, bemerkte er, dass der Concierge ein versteinertes Gesicht machte. Was für eine Laus war ihm über die Leber gelaufen? Als er ihn ansprechen wollte, tauchte ein Schatten hinter ihm auf. Er wandte sich um, doch da hielt jemand ihn fest und nahm ihn mit einem groben Ruck in den Schwitzkasten.

„He …“ Ein stinkender Lappen verschloss seinen Mund, er hielt instinktiv die Luft an. Mit aller Kraft zerrte er an den Armen, die ihn hielten, er trat um sich und traf etwas Hartes. Die Wand oder ein Bein? Er wusste es nicht. Seine Lungen brannten, er musste Luft holen, er hustete, doch da spürte er schon, wie sich sein Blickfeld verdunkelte und alles in gähnender Leere versank.

*

Zac ging langsam durch den Portside Park und sah auf das Wasser, das sich in der Abendsonne spiegelte. Kleine Fischerboote und rostige Seelenverkäufer lagen an den Kais, hinter denen sich kleine Lagerhallen erhoben. Er hatte nicht in seine Zelle zurückkehren können, er war zu aufgewühlt und innerlich zerrissen. Lieber machte er einen kleinen Spaziergang. Auf der

Waterfront Road sausten die Fahrzeuge vorbei. Er trat einen kleinen Stein fort und betrachtete die Berge im Norden. Liams Küsse waren so schön gewesen. Er wollte mehr, viel mehr von ihm. Die Sehnsucht saß fest in seiner Seele und grub sich in sein Herz.

„O Mann, Liam“, seufzte er und zog die Nase hoch. Wie schön sein Name klang. Er wollte ihn immer wieder aussprechen. Und ihm in die Strahleaugen sehen, die er so liebte. Scheiß auf seinen Stolz. Worauf konnte er denn stolz sein? Diese Augen hatten ihn immer als den gesehen, der er wirklich war. Als den Ex-Knacki, der seinem Leben hinterherrannte und im Vorbeilaufen nur Blödsinn anstellte. Trotzdem hatte sich Liam um ihn gekümmert. Ihn vom Straßenstrich geholt. Ihm Arbeit verschafft. Ihm Liebe gegeben. *Tja, Liam kann sich solchen Luxus leisten*, sagte das Teufelchen auf seiner Schulter. *Er ist reich und kann in seinem Luxus-Bunker jede Menge von sich verschenken, ohne dass es ihm wehtut.* Zac schüttelte den Kopf, was ein Obdachloser, der gerade an ihm vorbeischlurfte, verwundert betrachtete.

„Verpiss dich, Alter“, sagte Zac. Mann, nicht mal ungestört nachdenken konnte er hier. Ein weiterer Mann in zerrissener Jeans und altem T-Shirt ging an ihm vorüber. Er führte seinen Gedanken fort. Nein, Liam tat das wirklich aus Nächstenliebe, wie es schien. Er hatte so hohe Mieteinkünfte, dass er nicht arbeiten musste und sich ein schönes Leben machen konnte. Und doch saß er in dem miefigen Zimmerchen und hörte sich die Geschichten seiner Klienten an. Da war nichts Gönnerhaftes an ihm, sondern seine Mitmenschen lagen ihm wirklich am Herzen. Deshalb war Liam auch so ausgerastet, als er die Omi von ihrem Sitzplatz im Bus vertreiben wollte. Da fielen ihm Bonny und Clyde ein. Ob sie schon bei ihm vorstellig geworden waren? Er lächelte in Erinnerung an das erschrockene Gesicht des Jungen. Ihnen hatte er vielleicht helfen können. Helfen, das war unbewusst geschehen. Liam hatte vielleicht auf ihn abgefärbt. Es war ein schönes Gefühl, helfen zu können, auch wenn es nicht nur für Mum war. Gab es da noch mehr Gefühle? Noch andere? Dann kam ihm ein Gedanke und er blickte sich um. Der Penner war weitergegangen und hatte sich auf die übernächste Bank gesetzt, um in seinen Tüten zu kramen. Zac musterte ihn. Eine hagere Gestalt, an denen die viel zu großen Klamotten herabschlabberten. Die speckige Mütze musste ihn doch zum Schwitzen bringen, es waren weit über zwanzig Grad an diesem schönen Abend. Er stand auf und ging auf ihn zu. Vorsichtig, schön behutsam, damit der Mann keinen Herzkasper erlitt.

Dieser hob seinen Kopf und sah ihn an mit einer Mischung aus Furcht und Neugier. Seine Haut war rau und stark gebräunt. Auf seinen Wangen erhoben sich einige Pickel, so groß wie Krater. Was für billigen Stoff zog er sich wohl rein?„N 'Abend"

Der Mann umfasste misstrauisch seine Taschen.

„Alles klar bei dir?"

Ein Nicken als Antwort. Immer noch beäugte er ihn misstrauisch, was Zac nicht wunderte. Er bot ihm eine Zigarette an, die er mit zitternden Händen nahm. Dann ließ er sich neben ihm auf der Bank nieder und hielt ihm die Flamme des Feuerzeugs hin.

Der Mann beugte sich vor, die Zigarette glühte auf.

Zac sah genauer hin. Der Typ war noch gar nicht so alt. Er hatte ihn erst auf fünfzig Jahre geschätzt, doch seine Augen waren so jung und das Gesicht wies kaum Falten auf unter dem ganzen Dreck. „Schon länger auf Achse?“

„Warum?“, sagte der Mann mit rauer Stimme. „Willst du was von mir? Ich hab nichts. Bist du so ein Schläger, der unsereins kaputt haut?“

„Quatsch, nein. Ich habe Langeweile.“

Dieses Argument schien bei dem Mann anzukommen. Er lehnte sich etwas zurück und rauchte genussvoll, hielt die Zigarette vorsichtig zwischen seinen Fingern und betrachtete sie, als wollte er messen, wie lange er noch etwas von ihr hatte.

„Wie alt bist du?“

Der Mann sah ihn kurz an und pustete den Rauch von sich. „32.“

Ein Schauder lief über Zacs Rücken. 32 Jahre. In acht Jahren könnte er auch so aussehen, wenn er Pech hatte. Vorausgesetzt, er würde den *Scorpions* entkommen. Er seufzte und trat seinen Stummel auf dem Schotterweg aus. „Im Knast gewesen?“

„Sicher.“

„Ich war in *Maple Ridge*.“

Der Mann wiegte seinen Kopf. „Ist doch nett da. Zuchtstation, Becken sauber machen, Laub harken.“

O ja, er kannte sich aus. „Na ja. Seitdem hasse ich Fische.“ Weil sie so kalt und gleichgültig waren. Niemand war ihm dort zu Hilfe gekommen. Die Augen der Fische hatten keinen Funken Mitgefühl signalisiert. Gut, dass es vorbei war. Er spürte einen Hauch von Zuversicht. Er konnte es schaffen. Einfach fleißig weiter arbeiten. Vielleicht einen Zweitjob annehmen, damit er sich eine kleine Wohnung leisten konnte. Hin und wieder mal ausgehen. Mum und Vanessa besuchen. Vanessa war am Telefon immer noch sarkastisch und schnippisch, doch etwas in ihrer Stimme zeigte ihm, dass sie sich allmählich auf Versöhnungskurs befanden. Er wollte Frieden schließen. Noch mehr Grabenkämpfe konnte er nicht ertragen. Ach Liam. Er seufzte wieder.

„Was 'n los mit dir? Ist dir nicht gut?" wollte sein neuer Bekannter wissen.

Selbst dieser abgewrackte Typ schien ein Herz in der Brust zu haben. Gab es noch mehr Gefühle, wenn er sich auf ihn einließ? Was trieb Liam an? Konnte er das auch? Ihm kam eine Idee. Vor Experimenten hatte er sich noch nie gescheut. Er schob sich näher an ihn heran und nahm den Mann in den Arm, nur ganz leicht. Er roch nach Alkohol und Schweiß. Aber es tat nicht weh. Er spürte dessen Atemzug. Als er sich von ihm löste, blickte ihn zwei Augen verwundert an. Zac spürte, dass sich plötzlich ein Knoten in seiner Brust löste. Er hatte einen Penner umarmt, dem er vor sechs Wochen nur zum Spaß noch Tritte in den Hintern versetzt hätte. War dies seine Absolution für all die kleinen Gemeinheiten, die er begangen hatte? Etwas in seiner Brust fühlte sich seltsam an, aber nicht unangenehm. Rührung? Mitleid? Er senkte den Kopf und scharrte mit einem Fuß im Schotter herum. „Muss jetzt los. Pass auf dich auf, Alter."

„Ja, du auch. Komm mal wieder her." Der Mann saß auf der Kante der Bank, als wolle er zum Abschied aufstehen.

„Mal sehen."

Zac stand auf und marschierte über die gepflegte Rasenfläche. Die Sonne ging gerade unter und warf ein gleißendes Rot über das Wasser. Die Berge leuchteten. Wie schön es hier war, hier in seinem Vancouver. Und wie leicht seine Schritte plötzlich waren. War das Experiment gelungen? Ein Hauch von Erkenntnis streifte ihn. Er hatte das Ende eines Fadens in der Hand, er brauchte ihn nur festhalten und aufwickeln, dann konnte er nachvollziehen, warum Liam oft zuerst an andere dachte. Plötzlich wurde er gewahr, dass sich der Mann in der zerrissenen Jeans, den er eben gesehen hatte, immer noch in seiner Nähe befand. Er stand an einem Baum gelehnt und spielte mit seinem Handy. Wurde er verfolgt?

Als plötzlich sein Handy klingelte, zuckte er zusammen. Die Nummer kam ihm bekannt vor. Liam! „Hallo?"

„Hallo, Zac." Eine heisere Stimme, dumpfe Hintergrundgeräusche. Ein Stöhnen.

„Wer ist da?", fragte er, doch dann traf ihn die Erkenntnis wie ein Blitz. Die *Scorpions*! Wieso hatte sie Liams Handy?

„Das kannst du dir doch denken, oder? Schließlich hast du etwas, was uns gehört."

Er umfasste das Telefon mit beiden Händen. Die Finger waren schweißfeucht.

„Nein, ich habe nichts damit zu tun. Die Bullen haben alles geholt, bevor ich ran konnte."

„Ja, den Stoff. Aber du hast noch etwas anderes. Etwas, das die Bullen nicht bekommen haben."

Der Stick. Siedend heiß kamen ihm Bilder des zerstörten Datenträgers vor die Augen. Jetzt musste er schon wieder die ganze Geschichte erzählen.

„Den habe ich nicht mehr. Der ist kaputt."

„Ah, du weißt also, worum es geht. Das ist gut. Wir treffen uns und dann reden wir über die Sache."

Wie meinte der Kerl das? Hatte er nicht zugehört?

„Aber ich habe den Stick nicht mehr", schrie er ins Telefon.

„Ja, ja, verstanden. Nette Lüge."

Sein Atem ging immer schneller, doch dann riss er sich zusammen. Er war doch nicht deren Hampelmann.

„Also, warum sollte ich euch dann überhaupt treffen?"

„Wenn du jetzt genau hinhörst, taucht ja der Stick vielleicht wieder auf. Ich rufe in einer Stunde noch mal an."

Wieder dumpfe Geräusche, dann ein lautes Atmen. „Zac, bist du das? Zac, es tut mir leid."

In seinem Kopf explodierte etwas und alles, was ihn aufrecht hielt, zerbarst in tausend Stücke. „Liam!", schrie er auf. „Liam, wo bist du?"

Stille, die Leitung war tot. Er schüttelte das Handy, starrte darauf, als könnte er es zum Leben erwecken. „Liam! Liam!" Er schluchzte laut und knetete sich die Nasenwurzel. Das Telefon entglitt seiner Hand.

Schwindel setzte ein, alles drehte sich um ihn. Er schnappte nach Luft und streckte seine Hand aus, um sich an einem Baumstamm festzuhalten. Seine Knie gaben nach, er fand sich auf dem Boden wieder, den Oberkörper nach vorn gebeugt, um überhaupt Luft holen zu können. Die Tränen kamen jetzt im Sekundentakt. Sie flossen an seinen Wangen hinunter. Er weinte nicht, er schluchzte nicht und trotzdem liefen ihm das Wasser aus den Augen. Als er den Kopf tiefer zur Erde senkte, fielen die Tropfen von seiner Nasenspitze.

„Liam!" Sein gequälter Ruf versickerte im Gras. Es tat ihm leid, o mein Gott! Was sollte ihm denn leidtun? Es war doch alles seine Schuld.

„Junge! Was ist denn? Dir ist ja doch schlecht." Eine Hand legte sich auf seinen Rücken. In seinem Kopf hämmerte es und mit aller Kraft drehte er sich um.

Der Penner stand bei ihm, beugte sich über ihn. Er kämpfte um Haltung, ballte seine Hand.

„Liam", krächzte er. „Sie haben ihn. Die *Scorpions*."

Das Gesicht des Mannes wurde blass unter der Dreckschicht, er trat einen Schritt zurück. Auch er wusste es. Alle wussten es.

Liam war so gut wie tot. Seinetwegen.

*

„Mann, wie kann man nur so blöd sein?" Ein etwa 30-jähriger, stämmiger Mann schrie zwei seiner Kumpel an. Er raufte sich das kurze Haar und wanderte einmal im Kreis herum.

Liam zwang sich, die Augen offen zu halten. Er lag in der Ecke einer Lagerhalle, der Betonboden kühlte seine Stirn, seine Hände waren auf dem Rücken gefesselt. Hier und dort standen Holzkisten auf Paletten, an einer Wand Metallregale. Was war passiert? Warum war der Boss, denn offensichtlich war er der Anführer dieser Truppe, so verärgert? Sie hatten ihn geschnappt und wollten doch sicherlich seinen Vater erpressen.

Was war schiefgelaufen?

„Was an *dunkle Haare, drahtiger, mittelgroßer Typ* ist so schwer zu verstehen?"

„Aber Marc, der da hat auch fast dunkle Haare", wagte einer der in dunklen Hosen und weißen Shirts gekleideten jungen Männer zu entgegnen. „Wir haben schließlich herausgefunden, dass der Gesuchte in Appartement 213 wohnt."

Liam hörte diese Worte und wunderte sich. Seine Adresse war ja nun kein Geheimnis. Was musste man da großartig herausfinden?

„Und der Concierge hat den Mann draußen gesehen und uns gesagt, das wäre der Mann von 213. Also haben wir ihn schon in der Lobby geschnappt."

Soweit richtig, befand Liam und versuchte, seinen Herzschlag zu verlangsamen. Immer schön langsam atmen. In seinem Kopf war alles schwer und seine Gedanken kamen nur mühsam hervor, was wahrscheinlich noch an der Betäubung lag.

„Aber den Falschen! Ihr Idioten! Das ist der Lover dieser schwulen Sau!"

Er hob den Kopf, horchte auf. Den Falschen? Wollten die etwa …? Mit einem Stöhnen ließ er den Kopf wieder auf den Boden sinken. Zac! Sie wollten Zac haben, nicht ihn. Eine Verwechslung. Was hatte Zac nun wieder angestellt, dass er sich eine Gang, dem Tattoo am Handgelenk nach die *Red Scorpions*, zu Feinden gemacht hatte? Er schloss die Augen. Warum hatte er nie darauf bestanden, dass Zac seine Fragen beantwortete?

„Concierge? Habt ihr euch wenigstens vermummt?"

Die beiden Männer nickten. Doch er wusste es besser. Sie waren nicht vermummt gewesen. Der Concierge konnte sie sicher beschreiben. Hoffentlich ging den beiden Kerlen nicht auf, dass sie den armen Mann deshalb umbringen mussten.

„Mann, dabei hat es schon so lange gedauert, bis ihr ihn aufgespürt habt. Immer wieder ist er euch entwischt und untergetaucht. Ihr seid echt Pfeifen, wisst ihr das?"

Schuldbewusst senkten die zwei Männer ihre Köpfe. Liam fiel ein, dass er diese beiden Männer beobachtet hatte, die Zac zum Wagen seines Freiers gefolgt waren. Also waren das tatsächlich Gangmitglieder gewesen, auf der Jagd nach Zac.

„Wer ist das denn nun?", fragte der Mann, der Marc genannt wurde, und wies auf ihn.

„Liam Hillerman, seinen Papieren nach", mischte sich ein weiterer Mann ein, der die ganze Zeit wie ein Schatten hinter Marc gestanden hatte.

„Hillerman, sagt dir der Name etwas?"

Er riss seine Augen auf. Jetzt war es so weit. Jetzt würden sie herausfinden, dass sein Vater Millionär war. Verdammt! Oder gut? Vielleicht würde er etwas länger leben. Vielleicht würde er sogar überleben. Sein Herz klopfte wieder etwas lebhafter. Sein Kopf wollte zerbersten und die Fesseln aus Plastikbändern schnitten ihm in die Gelenke. Die Männer sprachen leise weiter, sahen immer wieder zu ihm herüber. Gespannt wartete er, bis sie ihr Gespräch beendet hatten und auf ihn zukamen.

Marc stieß ihn mit dem Fuß in die Rippen.

Der Schmerz schoss in seinen Brustkorb. Er krümmte sich.

„He du, ist dein Vater dieser reiche Makler?“

Er sagte nichts. Seine Zunge war trocken. Sollte er bejahen? Er wollte leben, nur noch ein bisschen. Wieder ein Tritt, der ihn den Atem raubte. Hitze schoss in seinen Körper. „Ja“, presste er hervor.

„Und natürlich kennst du Zac Cohen?“

„Nein!“

Der Fuß traf ihn in den Magen. Er keuchte auf und versuchte, die Sterne vor seinen Augen zu ignorieren.

„Habt ihr sein Handy?“

Man reichte ihm das Telefon. Mit zielgerichtetem Tippen suchte Marc seine Kontakte durch.

„Da, Zac.“ Höhnisch grinsend beugte er sich über ihn. „Dann wollen wir deinen Freund mal anrufen. Und dann deinen Vater.“

Der Schrei kam wie von selbst aus seiner Kehle. „Nein! Was wollt ihr von Zac? Lasst ihn in Ruhe! Ihr habt doch mich.“

Da lächelte der Mann und rieb sich das glatt rasierte Kinn. Er sah mit seinen funkelnden Schweinsaugen eher aus wie der nette Nachbar und nicht wie ein

Gang-Boss, obwohl seine Muskeln stattlich und sein Brustkorb breit waren.

„Weißt du, dein lieber Freund wird kommen. Da bin ich mir sicher. Und er wird sterben. Da bin ich mir auch sicher."

„Nein, lasst ihn, bitte", hauchte er. Seine Lippen zitterten. Warum konnte das alles nicht nur ein blöder Albtraum sein? Zac! Er würde kommen, weil er ihm nicht gleichgültig war. Ach, wenn Zac doch einmal ein richtiger Bad Boy sein könnte und ihn im Stich ließ. Dann wäre er sicher. Sein Dad würde ihn schon hier rauspauken mit seinem Geld. Gespannt sah er zu, wie der Mann auf das Display tippte und sich das Handy ans Ohr hielt. Zac, geh nicht ran, geh nicht ran, dachte er immer wieder und biss die Zähne zusammen.

„Hallo Zac."

Kapitel 8

Zac rutschte auf dem Stuhl hin und her. Er wagte nicht, sich umzusehen. Seitdem er den Park verlassen hatte, fühlte er sich beobachtet. Spürte die Blicke im Nacken. Die *Scorpions* ließen ihn beschatten, damit er nicht entkam. Wie sie ihn aufgespürt hatten, wusste er nicht, aber dieser Typ mit der Jeans war eindeutig hinter ihm her gewesen und hatte sogar den Penner mit Fragen belästigt. Das hatte er beim Fortgehen gesehen, wenn auch nicht wirklich wahrgenommen. Schließlich tobten andere Dinge in ihm. Doch jetzt fiel es ihm wieder ein. Und sie hatten von ihren Spionen erfahren, dass der Stick nicht in den Händen der Polizei war. Die wussten wirklich alles.

Bobby saß ihm gegenüber, die Ellbogen auf den Tisch gestützt. Sie saßen im hinteren Teil eines *Diners* in der Powell Street, nicht weit vom Portside Park entfernt. Ein Garderobenschrank schützte sie vor den Blicken der anderen Gäste.

„Geht es?", fragte sein Freund, als ein Schütteln durch seinen Körper fuhr. Das Grauen hatte ihn immer noch nicht verlassen. Was würden diese Mistkerle mit Liam machen? Die Schuld nagte an seinem Herzen.

„Nein, es geht nicht", sagte er und spielte mit einer Serviette, bevor er sich an die Lehne zurückwarf.

„Was wollen die von mir? Das war doch nur so dahergesagt. Mit mir reden werden sie bestimmt nicht. Die werden mich umbringen, wenn sie merken, dass ich den Stick nicht habe. Und weil ich die Kerle beschrieben habe und als Zeuge aussagen könnte."

„Vielleicht wissen die das ja noch gar nicht. "

„Pah! Die wissen alles. Ich werde verfolgt, das habe ich dir doch gesagt."

„Sie können aber nicht uns alle verfolgen", erwiderte Bobby und verzog seine Augen zu Schlitzen.

„Wie meinst du das?" Er horchte auf.

„Ich trommle die Jungs zusammen. Wir folgen dir und hauen euch beide da raus."

Zac gab ein bitteres Lachen von sich und schüttelte den Kopf. Er legte die Hand auf Bobbys Arm.

„Das artet in ein Massaker aus. Das will ich nicht, Bobby. Du bist ein echter Freund und ich danke dir für das Angebot. Aber der Plan ist scheiße!"

„Sagst du."

„Ja. Ihr seid Einbrecher, Taschendiebe, keine Killer. Du bist doch der Einzige, der eine Waffe hat, oder?"

Bobby schwieg, seine Augen irrten auf der Tischplatte umher.

Zac schluckte. Er bedauerte es, sich mit ihm getroffen zu haben. Er allein war das Ziel. Alles in seinem Dunstkreis würde nur leiden. Wenn Bobby sich den *Scorpions* in den Weg stellte, würde sie ihn wegpusten wie eine Fliege. Er wehrte sich gegen eine Erkenntnis, die seit dem Anruf in ihm aufkeimte, doch sie wurde übermächtig. *Stell dich wie ein Mann, Zac. Reiß nicht noch mehr Leute rein. Geh auf ihre Forderungen ein. Rette Liam und stirb einfach. Es ist zu spät. Zu spät für ein Leben, wie du es dir vorgestellt hast. Zu spät für ein Leben mit Mum oder Liam. Liam wird dich jetzt hassen für all die Angst und die*

Schmerzen, die er erleiden muss. Du hast alles versaut. Nein, eigentlich hatte der Typ mit dem Schlüssel alles versaut.

„Zac, hörst du mir zu?“

Er schrak auf und blickte direkt in Bobbys fragende Augen.

„Was?“

Bobby umfasste seine Hand. „Du kannst mich nicht davon abbringen, meinen Freund zu retten. Wer es auf dich abgesehen hat, muss erst an mir vorbei. Du bist Adams Freund gewesen.“

Zac räusperte seine Rührung fort und blinzelte gegen die Tränen an. Er war doch keine Heulsuse.

„Ach Bobby, ich bin so durcheinander. Gleich rufen die wieder an. Was soll ich sagen?“

„Warte es ab.“ Bobby zog sein Handy hervor. „Ich gebe jetzt Alarm. In einer Viertelstunde sind die Jungs hier und kümmern sich um deinen Schatten. Du gehst nicht, ohne von uns überwacht zu werden. Klar?“

Ergeben ließ er seinen Kopf hängen und deutete ein Nicken an.

„Wer von den Gästen hier könnte dich verfolgt haben?“, fragte Bobby und spähte über seine Schulter hinweg in den Gastraum.

Zac verdrehte die Augen. „Mann, ich weiß nicht, ob der hier ist. Aber wenn ich mich jetzt umdrehe und dir den Typen zeige, dann weiß er doch, dass er entdeckt ist. Das müsst ihr schon selbst herausfinden. Er hatte eine zerrissene Jeans und ein Shirt an.“

Die Bedienung brachte den nächsten Kaffee, von dem Dampf aufstieg. In Zacs Magen brannte und gärte es. Vorhin hatte er seine Angst erst einmal zum Klo gebracht. Doch er nippte nun an der Tasse, um überhaupt etwas zu tun.

„Wir könnten den Beschatter schnappen und ihn gegen dich und Liam austauschen."

„Ein Austausch …" Er rieb seine Fingerspitzen aneinander und legte den Kopf schief. „Das würde gehen. O Mann, das ist alles so verrückt."

In seiner Brust zerrten leise Hoffnung und Resignation an einem Strick, der sein Herz zusammenzog.

Plötzlich vibrierte das Handy auf dem Tisch. Ein Kribbeln lief ihm über die Haut, seine Hand bebte. Er starrte das Telefon an, als wollte er es entmaterialisieren. Wenn es sich doch einfach in Luft auflösen könnte. Wenn das alles doch nur ein blöder Traum wäre. Sein Kopf tat weh, der Schmerz bohrte ihm in die Augen.

„Willst du nicht drangehen?"

Er riss das Handy an sich und strich mit dem Daumen über das Display.

„Ja?"

„Hallo Zac." Die Stimme war immer noch kalt und gehässig.

Er holte tief Luft. „Wie geht es jetzt weiter?"

„Hast du den Stick wiedergefunden?"

„Äh, ja, habe ich." Die rettende Idee. Ein Stick konnte Liams Leben retten. Gab es hier irgendwo ein Elektronikgeschäft?

„In einer Stunde Scotia Street Ecke BC Parkway. Du weißt, wo das ist?"

Das war vom Park aus eine weite Strecke, er würde den Bus nehmen müssen.

„Ja, ungefähr."

„Warte dort."

Stille. Das Gespräch war beendet, die Anspannung fiel von ihm ab, er knetete seine Nasenwurzel, um der Kopfschmerzen Herr zu werden.

„Und?" Bobbys Augen blitzten hell in seinem dunklen Gesicht.

„Scotia Street Ecke BC Parkway. In einer Stunde."

„Wo ist das denn?"

„Südlich vom Pacific Central."

„Perfekt. Wir haben Zeit genug. Die Jungs kommen gleich, dann geht es deinem Schatten an den Kragen."

„Wo die mit mir hinwollen? Da ist doch nichts außer Hinterhöfen und Lagerhallen."

„Sie holen dich vielleicht mit dem Auto ab und bringen dich woanders hin. Wir werden da sein, auf jeden Fall. Auch wenn du uns nicht siehst, klar?"

„Danke, Bobby."

Wenn er ehrlich war, hätte er Bobby lieber nicht vor Ort gehabt. Es war einfach eine dumme Idee. Doch sein Freund brannte ja geradezu darauf, den Helden zu spielen. Ein wenig fühlte es sich so an wie früher, als sie als Jugendliche die Kämpfe unter den Banden verfolgt hatten. Sie hatten mit Bierdosen vor Imbissbuden oder Discountern gesessen und darüber gesprochen, wer Oberhand behalten würde, wer an Boden und Einfluss verlor, wer bestraft würde. Es war, als wäre er nun mitten in einer solchen Geschichte und man redete über den Kampf zwischen ihm und Marc Daniels. Ein toller Kampf. Wenn er Glück hatte, würde es eine Sache werden wie die von David und Goliath oder wie der hieß. Als wenige Minuten später Eddi und zwei weitere Kumpel eintrafen, überkam ihn eine Art Galgenhumor. Er würde ohnehin sterben, es war alles egal. Hauptsache, er konnte Liam noch einmal sehen und ihn um Verzeihung bitten für den Schlamassel, den er ihm eingebrockt hatte.

Er stand auf, klatschte seine Freunde ab. „Morituri te salutant."

„Hä?" Bobby sah ihn verwundert an.

Und ich soll ungebildet sein, dachte er. „Ach nichts. Ich muss jetzt einen USB-Stick kaufen, der so aussieht wie der alte. Als Ablenkung."

Bobby wies mit dem Kopf in eine unbestimmte Richtung. „Zwei Straßen weiter ist ein Computergeschäft."

Zac atmete auf. Zeitlich würde er es schaffen. Er sah sich unauffällig im *Diner* um, doch der Fremde aus dem Park war nirgendwo zu sehen. Bobby erklärte seinen Freunden, was ablief. Er hörte kaum hin, wollte es gar nicht so genau wissen. Nach einer Weile lehnte er seinen Kopf an die Fensterscheibe und schloss die Augen. Wann wohl sein ganzes Leben an ihm vorüberziehen würde? In gut einer Stunde? Wenn er das Entsichern der Waffe hörte? Oder jetzt schon? Bilder tauchten auf. Mum und Dad mit ihm am Strand. Mum in der Schule, wo er sie manchmal abgeholt hatte. Mum! Er schrak auf. Schweiß quoll auf seine Stirn.

„Was hast du?" Bobby hatte sich zu ihm herumgedreht.

„Ihr müsst auf Mum achten. Bobby, sie ist dann ganz allein."

Sein wahrscheinlicher Tod bekam plötzlich eine andere Dimension. Der Gedanke, dass er Mum zurücklassen würde, war unerträglich. Sein Ende wurde realer, schmerzhafter. Wie gern wäre er jetzt in ihren Armen untergetaucht. Er konnte sich im Fensterglas sehen. Seine Lippen waren verzerrt, sein ganzes Gesicht war schief vor Schmerz. Er sah einfach fürchterlich aus. Und so fühlte er sich auch. Wie ausgekotzt. Da kam Bobby auf ihn zu und umarmte ihn, wie man eben einen Kumpel umarmt. Nein, noch etwas intensiver, wie einen Bruder. „Klar, Mann. Aber das wirst du selbst können, glaub mir."

Die warmen Hände lösten sich von seinem Rücken. Er richtete sich auf.

„Ich rufe sie an", sagte er und griff zum Handy. Wie sollte er sich verabschieden, ohne dass sie etwas von seinem Dilemma mitbekam?

„Mum, geht es dir gut?" Er stand in einer Seitengasse und hielt sich das freie Ohr etwas zu, um den Verkehrslärm zu dämpfen. Mum hatte sich klar und munter gemeldet, sodass ihm das Gespräch ein wenig leichter fiel.

„Ja, Zac. Die Behandlungen helfen mir sehr. Kommst du gleich zum Abendessen? Ich habe mir mal schönes Roastbeef geleistet."

Er schloss die Augen, fühlte den Geschmack von Zwiebeln und Soße auf seiner Zunge und holte den betörenden Duft der Küche aus seinen Erinnerungen. Denn nichts weiter würden diese Eindrücke sein, nur Erinnerungen. Er seufzte und sah sich um. Er war allein. Er hätte jetzt einfach abhauen können. Doch mit der Gewissheit, Liam zum Tode zu verurteilen, hätte er nicht weiterleben können. Die Straße war leer. Bobby wollte ihm etwas Vorsprung geben, damit seine Kumpel ausmachen konnten, ob und von wem er verfolgt wurde.

„Nein, ich habe leider etwas vor. Ich denke nicht, dass ich das schaffe. Aber falls ich komme, dann feiern wir richtig. Ich bring mal was Starkes mit."

„Oh, was gibt es denn zu feiern? Hat Liam dich dummen Jungen wieder aufgenommen?"

Der Name schnitt ihm tief in die Seele. Er starrte auf die kahle Wand eines Geschäftshauses. „Nein, Mum, das wird nichts mehr, glaube ich. Wir feiern einfach nur so, denke ich. Aber sei nicht traurig, wenn ich nicht kommen kann. Du darfst überhaupt nie traurig sein." Er legte all seine Liebe in diese Worte. Die Rührung drohte seine Stimme zu ersticken.

„Was ist denn, Zac? Hast du was auf dem Herzen?"

Wie so oft roch sie den Braten. Tja, sie war eben seine Mum. Vor ihr konnte er so gut wie nichts verbergen. „Lange Geschichte, Mum. Ich hab dich lieb. Muss jetzt los."

„Zac, ich hab dich auch lieb. Pass auf dich auf, Junge."

„Und du auf dich." Er beendete das Gespräch, bevor er noch zu heulen begann. Es gab noch so viele Dinge, die er mit ihr besprechen wollte. Dinge, über die sie einfach mal reden mussten. Über Dad. Über ihn und sein Leben, das wohl nur noch ein paar Stunden dauern würde. In diesem Augenblick zog es an ihm vorbei. Die helle Wand war seine Projektionsfläche.

Sein Fahrrad stand im Vorgarten. Adam hielt es am Lenker fest, er hatte es gefunden und zurückgebracht. Nun winkte er fröhlich zum Fenster herein.. Er hörte Mum und Dad streiten und ging mit Adam davon. Seit jenem Tag waren sie Freunde gewesen. Adam zeigte ihm die Welt der Straße, die so ganz anders war als sein gemütliches und doch manchmal fremdes Heim. Die Straße war Freiheit und Nervenkitzel. Die Jungs waren ihm unheimlich und zugleich cool. Sie nahmen ihn mit. Sein erstes Mal: Der Obdachlose schlief. Er zog mit einem Ruck die Geldbörse aus der Tasche und rannte davon. Die Menschen wurden zu Opfern ihrer kleinen Übergriffe. Er fühlte sich gut und stark. Dann der Tag, an dem Mum nicht mehr zur Arbeit ging. Sie war zu Hause, als er aufstand. Er hatte sie einfach zurückgelassen in der Küche, in der die Staubkörner in den Sonnenstrahlen tanzten, und war zu Adam gegangen. Nicht in die Schule. Er war frei. Adam lachte und bot ihm Koks an. Bobbys versteinertes Gesicht an seinem Grab. Mums tröstende Hände auf seinem Kopf. Sein erster Fick, mit einem hübschen Jungen aus einer Bar. Seine Geilheit, die er ungehemmt auslebte, solange er Geld für die Clubs und Bars hatte. Dann in die Parks und auf die Cruisingzonen der Stadt. Reiche Beute. Ein toter Lover, der an Aids gestorben war. Sein klopfendes Herz, als er seinen ersten Bluttest machte. Die Erleichterung. Bobby nahm ihn mit zu Brüchen, bald arbeitet er allein. Die Freiheit der Straße fand ein jähes Ende. Der Knast, die Vergewaltigung, die Blödmänner, die Wachen, die Fäuste, seine in ihm wohnende Wut, sein jäh aufflammender Zorn. Und jetzt Liam. Sein Geliebter mit den klaren, durchdringenden Augen. Wie gern hätte er ihn jetzt geküsst, sich in seine Arme geworfen, ihn geliebt.

Er schrak auf. Die ganze Zeit hatte er sich mit der Stirn an der warmen Wand gelehnt. Feine Putzkörnchen klebten auf seiner Haut, er strich sie fort. Sein Herz schlug schnell, er musste jetzt gehen. Weitergehen, immer weitergehen, seinem Ziel entgegen. Zu Liam.

Er vernahm nichts außer sein Atmen. Die Läden und Tankstellen zogen an ihm vorbei, die kleinen Häuser, die Autos, die Reklametafeln. Da hörte er Schritte hinter sich. Er zwang sich, nach vorn zu sehen. Nur nicht umdrehen. Bobby war ihm bestimmt auf den Fersen. Da, dort war das Computergeschäft. Er trat ein, die Türglocke bimmelte. An der Wand hingen verschiedene Sticks. Er betrachtete sie und suchte sich den aus, der dem zerstörten Stick am ähnlichsten war. Die Kasse, das gelangweilte Gesicht des Kassierers, es war ihm egal.

Da kam Eddi herein, ging an ihm vorbei, als würde er ihn nicht kennen. Bobby hatte sich wohl zurückfallen lassen, es bestand die Gefahr, dass der Verfolger sie beide im *Diner* gesehen hatte.

Eddi dagegen hatte ein Allerweltsgesicht, er nickte Zac kurz zu.

Sie hatten also die Fährte des Verfolgers aufgenommen. Er musste weiter, immer weiter. Ihm war heiß, die Sonne schien immer noch vom Himmel und der

Staub der Straße stob mit jedem Fahrzeug empor. Es hatte seit vier Wochen kaum geregnet. Die Hitze flirrte trotz der Abendstunde auf dem Asphalt, wie in einem Western. *High Noon*. Der einsame Rächer gegen sieben Gegner, unterstützt nur von ein paar Freunden. Er lächelte grimmig. Ja, er würde notfalls in den Tod gehen. Wenn Liam nur überlebte. „Morituri …“, murmelte er vor sich hin. Die Bushaltestelle kam in Sicht. Wieder Schritte hinter ihm. Da kam auch schon der Bus, er hatte Glück gehabt. Sonst hätte er sich ein Taxi nehmen müssen. So viel Geld hatte er nicht bei sich.

Der gelbe Bus verlangsamte seine Geschwindigkeit, die Bremsen kreischten, die Räder hielten still. Mit einem Zischen öffnete sich die hintere Tür. Zac stieg als Letzter ein. Seine Beine gehorchten automatisch seinem Willen, er fühlte sich wie ein Roboter. Wo waren Bobby und seine Mannschaft? Niemand war ihm in den Bus gefolgt, daher konnte er sich ungestört vorbeugen und durch das Rückfenster auf den Bürgersteig blicken. Da waren sie.

Ein Mann hatte seine Hand gehoben, es war tatsächlich der Typ aus dem Park, der nun dem Busfahrer ein Zeichen gab, dass er noch einsteigen wollte. Er hatte dunkelblonde Haare. Irgendwie sah er nicht nach Gang aus.

Da kam Bobby heran, hielt ihn fest, schlug ihm freundschaftlich auf die Schulter und tat so, als hätten sie sich jahrelang nicht gesehen. Eddi schob den Typen beiseite, die anderen drängten sich mit freudigem Gesichtsausdruck um sie. Jedermann hätte glauben können, dass sich hier alte Freunde zufällig wiedertrafen. Der Mann war hinter ihren Köpfen und Schultern verborgen, die Gruppe driftete jetzt zur Seite, hinter das Werbeschild eines Reifenhandels.

Der Bus fuhr an.

Zac merkte, dass er die ganze Zeit den Atem angehalten hatte. Bobby hatte es geschafft: Er hatte eine Geisel zum Austausch gegen Liam und ihn. Er schnappte nach Luft, die Anspannung wich von ihm und seine Knie wurden weich. Er ließ sich auf einen freien Sitz fallen und wischte sich über die Augen. Seine Zunge war trocken, er hatte Durst. Zu viel Kaffee gesoffen. Egal, es musste weitergehen, immer weiter. Aufmerksam sah er auf die Straße hinaus. Der Bus überquerte die Hastings Street, ließ Chinatown hinter sich und fuhr über die Mainstreet. Von Weitem sah er den Bahnhof, in dem alles seinen Anfang genommen hatte, dann entschwand das helle Gebäude aus seinem Sichtfeld. Immer wieder hielt der Bus an, Fahrgäste stiegen ein und aus. Quälende Unruhe machte sich in ihm breit, die ständigen Verzögerungen raubten ihm den letzten Nerv. Wenn es doch nur schon vorbei wäre. Nun bog das brummende Ungetüm auf den Great Northern Way ein. Er hatte heimisches Terrain verlassen. Bobby würde mit dem Auto nachkommen und ihn beobachten. Er knetete seine Finger, nagte an seinen Lippen. Seine Kopfhaut juckte und ein Kribbeln im Nacken erinnerte ihn an die unterschwellige Angst in seinem Inneren. Er riss sich zusammen. Mann, er war doch Zac, der coolste Bad Boy von Vancouver. „Liam, ich komme“, flüsterte er und rang sich ein kleines Lächeln ab, das seine Haut fast schmerzhaft verzog. Der Bus hielt auf seine Anforderung, er sprang auf den Bürgersteig. Den Rest der Strecke musste er zu Fuß gehen. Er sah auf sein Handy. Er hatte noch eine Viertelstunde Zeit.

Der Bus fuhr an, sein letzter Schutz hatte ihn verlassen. Nun umgaben ihn kleine Gewerbetriebe und langweilige Reihenhäuser, die Straße war belebt. Er suchte nach Straßenschildern und fand bald darauf die Scotia Street, fast nur eine schmale Gasse. Stromleitungen spannten sich von Gebäude zu Gebäude, Lagerhallen und heruntergekommene Handwerksbetriebe reihten sich aneinander. Müll lagerte in den Hinterhöfen. Die Luft schmeckte nach Metall und Gummi. Die Wohngebäude, die hin und wieder das trübsinnige Bild abmilderten, konnten ihn nicht trösten. Ein paar Blocks weiter, er hatte gerade einen Blick in die East 4 Avenue geworfen, wurde ihm klar: Hier residierten die *Red Scorpions.*

*

Liams Handgelenke schmerzten. Immer wieder versuchte er, sie innerhalb der Fessel zu drehen, um eine schonende Haltung zu finden. Das Seil bestand offensichtlich aus kleinen Plastikbändern, die zu einem festen Strang gedreht waren.

„Hör auf zu zappeln“, sagte die rechte Hand des Chefs, der ihn festhielt und auf die Beine brachte. Sein Körper schmerzte vom Liegen auf dem harten Boden.

Das zweite Gespräch mit Zac war soeben beendet worden, mit einem siegesgewissen Grinsen auf Marcs Lippen. Zac hatte also nachgegeben. Er würde herkommen. Ihn gegen etwas austauschen. Ja, klar, mal eben tauschen und gut? So einfach war es nicht. Er zweifelte nicht eine Sekunde daran, dass sie sterben würden. Die Kerle hatten sich keine Mühe gegeben, sich zu verbergen oder zu vermummen. Sie konnten sie nicht am Leben lassen. Ob er Zac noch einmal sehen würde? Noch einmal ein intensiver Blick in sein schönes Gesicht, ein letztes liebevolles Lächeln sehen. Verdammt, was war er doch für ein Schlappschwanz. Er hatte sich einfach überrumpeln lassen. *Liam, tu was*, schrie es in ihm. *Sonst wirst du sterben.*

Marc fummelte eine Zigarette aus der Packung und verließ die Halle durch eine kleine Tür neben dem Rolltor. Sonnenlicht mischte sich mit den Deckenstrahlern.

Neben ihm immer noch sein Bewacher, doch sein Griff war etwas nachlässiger geworden. Die Tür in die Freiheit war verführerisch nah und mit einem Mal kam es über ihn. Mit einem Ruck stieß er den Mann von sich fort. Dieser sog verblüfft die Luft ein, doch Liams Arm war frei. Er rannte. Zwanzig Meter lagen vor ihm. Nur ein bisschen Glück brauchte er.

„He!", kurz danach die hastigen Schritte seines Verfolgers.

Liams Beine flogen nur so dahin, doch es war nicht leicht, ohne Arme das Gleichgewicht zu halten. Zehn Meter, fünf Meter, er roch bereits die warme Luft.

Hinter ihm schnaufende Flüche, dann ein Ruf.

„Marc!"

Drei Meter, zwei, die Tür – ein Schatten verdunkelte sie.

Er prallte mit fast schmerzhafter Wucht auf Marc, der sofort seine Arme um ihn schlang und ihn festhielt. Er roch nach Tabak.

„Wohin denn, mein Hübscher?“ Die Tür fiel ins Schloss. „Ich muss doch noch mit deinem alten Herrn telefonieren. Bleib mal schön bei mir.“

Liams Brust drohte zu platzen, als hätte er einen Marathon hinter sich.

Da umklammerten zwei Hände seinen Kopf und Marc drückte ihm einen schmatzenden Kuss auf die Lippen. Er schloss die Augen, wollte nicht in dieses Schweinegesicht sehen. Er spürte ein Würgen in seinem Hals und stöhnte protestierend. Die Lippen waren eklig feucht.

Sein Verfolger stand bereits neben ihm und lachte gehässig. Sicher gaben sie ein hübsches Bild ab. Er öffnete die Augen.

Plötzlich drehte sich Marc mit einem Ruck um und versetzte seinem Kumpel einen Faustschlag ans Kinn.

Das Lachen brach abrupt ab, der Kerl taumelte und wäre fast gestürzt.

„Pass nächstes Mal besser auf, du Idiot!“, sagte Marc mit funkelndem Blick.

Im nächsten Moment traf ihn ein stechender Schmerz am Kinn. Sein Kopf flog herum, er schmeckte Blut auf seinen Lippen.

„Und du machst das nie wieder, verstanden?“

Marcs Faust schwebte immer noch vor seinen Augen. Er nickte automatisch, spürte die warmen Tropfen auf seinem Kinn. Er merkte kaum, dass er fortgestoßen wurde, war verwirrt und aufgeputscht zugleich.

Das Blut rauschte nur so in seinen Ohren.

Sein Bewacher rappelte sich mit gesenktem Kopf auf. Liam wurde in die Richtung geschubst, aus der er geflohen war. Sein Herz galoppierte durch seine Brust.

„Das wirst du mir büßen“, drohte sein Wachhund zischend.

Und wenn schon. Er fühlte sich wie erschlagen. Doch er hatte es wenigstens versucht. Mehr konnte er nicht tun. Momentan. Aufmerksam sein und alle Möglichkeiten nutzen. Nun schob man ihn in einen Raum, in dem Regale und Säcke lagerten. Von Weitem hörte er die Stimmen der Männer. Sie lachten wieder, anscheinend war sein Wachhund nicht nachtragend.

Natürlich konnte er sie hören: Eine Wand war nur zu zwei Dritteln in die Höhe gebaut und zur Halle hin offen. Er dachte nicht daran, aufzugeben. Er trat näher, betrachtete die schlampig gemauerten Steine, maß im Geist die Wand. Dann legte er den Kopf schief und nagte an seiner Lippe. Wenn er nur seine Hände frei hätte. Was wohl in den Regalen lag? Schnell drehte er sich um und inspizierte die Ausstattung des Raums. Kanthölzer, Säcke mit Mörtel, Fliesenkleber und ähnlichen Werkstoffen, damit konnte er nichts anfangen. Eine Schaufel, eine Fugenkelle, es wurde etwas interessanter. Im letzten Regal, verborgen unter einem Aufziehblech, glänzte etwas Spitzes. Er stieß das Blech mit dem Kopf an. Da lag sie: eine Stucksäge, ein Blech mit scharfen Zinken, die mit Sicherheit ein Bändchen nach dem anderen zerschneiden konnten. Er stieß das Blech mit der Nase an, damit es zu ihm rutschte. Leise, das andere Werkzeug durfte nicht zusammen mit der Säge auf den Boden fallen. Der Betonboden war ohnehin verräterisch. Er sah sich um. In einer Ecke lag ein leerer Zementsack. Mit dem Fuß zog er das staubige Papier zum Regal, dann packte er mit seinen Zähnen das Sägeblatt und zog es vorsichtig zu sich heran. Die Zinken schnitten in seine Wangen, wahrscheinlich hatte er jetzt ein paar Kratzer mehr. Schließlich ließ er von dem Werkzeug ab, das zu Boden fiel. Er fing es mit dem Fuß ab, damit es keinen Krach machte, sondern fast lautlos auf dem Papier landete. Geschafft! Doch wie sollte er es in Position bringen, damit er sich daran schaben konnte? Wenn er sich hinsetzte, konnte er die Säge aufheben. Das war ein Fortschritt. Schließlich bückte er sich und schob mit der Schulter einen schweren Sack beiseite, bis er an eine Regalwand stieß. Er verkniff sich ein angestrengtes Stöhnen und betrachtete sein Werk. Gut, das war genau auf Hüfthöhe, wie er es brauchte. Nun setzte er sich hin und hob vorsichtig die Säge auf. Wieder stehend schob er sie mit aller Kraft zwischen Sack und Regalwand. Das Griffstück störte. Liam ruckelte und drückte, schob den Sack noch einmal hin und her. Immer wieder fiel die Säge zu Boden. Verbissen hob er sie wieder auf und versuchte so lang sein Glück, bis das Griffstück endlich fest zwischen Sack und Wand saß und die Zinken offen herausstanden. Der Schweiß lief ihm in Strömen zwischen den Schulterblättern hinunter, auch auf seiner Brust hatten sich Schweißflecken auf seinem Hemd gebildet. Hoffentlich hatte ihn niemand gehört. Anscheinend waren die Männer hinausgegangen, eine brütende Hitze stand in der Halle.

Er sah nach oben. Das Blechdach war nicht isoliert, die Luft zum Schneiden dick. Nun stellte er sich in Position, schnitt sich prompt in die Handfläche, als er seine Hände an der Säge entlangführte. Mist!

Allmählich fand er die richtige Stelle, an der die Zinken an die Fessel stießen. Langsam rieb er auf und ab, immer weiter, immer fester.

*

Wie ein Tiger im Käfig. Zac ging weiter auf und ab. Von der Scotia Street über die Einmündung zum Parkway und wieder zurück. Niemand war auf der Straße. In einer Halle brummte eine Maschine, Autos parkten in einem Hof. Kein Büro, kein Wohnhaus, nur fensterlose Mauern. Kein Zweifel, die *Scorpions* hatten den Platz mit Bedacht gewählt. Die Sonne ging unter, die Schatten wurden immer länger. Mit ihr versank seine Zuversicht. Wo war Bobby? Er hätte mit seiner Karre längst hier sein sollen. Hin und her, auf und ab. Er sah auf das Handy. Fünf Minuten über der Zeit. Plötzlich zuckte er zusammen.

Wie aus dem Nichts waren zwei Gestalten aufgetaucht, ein kräftiger Mann und ein schlaksiger Typ, der eine Waffe hielt. Zac hob die Arme etwas in die Höhe, er wusste, was sich gehörte.

„Zac Cohen?"

Nein, Batman. Das war einfach lächerlich. Na ja, die *Scorpions* waren auch nur Menschen.

„Wer sonst?", gab er lässig zurück.

„Hast du den Stick?"

Vorsichtig zog er den Stick aus seiner Jeanstasche und hielt ihn in die Höhe. Wo blieb Bobby nur?

„Wo ist Liam?"

Die Männer grinsten frech.

„Komm langsam her!", befahl der eine von ihnen.

Zac wollte seinen Standort nicht verlassen. *Verdammt, Bobby! War etwas schief gelaufen?*

„Los mach schon!"

Langsam setzte er einen Fuß vor den anderen. Es musste sein. Gleich würde er Liam sehen. Er gab sich einen Ruck, ging auf die Männer zu, die ihn kurz durchsuchten, sein Handy filzten und ihn vor sich herschoben.

Sie durchkreuzten die Gassen, bis er nach wenigen Minuten völlig die Orientierung verloren hatte und sich einbildete, die gleichen Tore und Wände doch eben erst passiert zu haben. Die Mauern und Müllcontainer sahen alle gleich aus.

Seine Bewacher bogen in eine schmale Straße. Vor einer kleineren Halle parkte ein Auto. Das Rat-Car! Ihm wurde übel.

Der dünne Mann öffnete eine kleine Tür und schob ihn hinein. Im Inneren herrschte Halbdunkel, er konnte kaum die zwei Gestalten erkennen, die an einer Giebelwand vor ihm standen. Die Halle war leer bis auf einen halb zerfallenen Lkw und einen Betonmischer, der am anderen Ende vor sich hinrostete.

Da kam ein breit gebauter Mann mit Schweinsäuglein auf ihn zu. Er trug eine altmodische Stoffhose und sah aus wie ein jüngerer Bruder von Reverend Jenkins. Die zur Schau getragene Biederkeit war wohl eine gelungene Tarnung.

„Zac, da bist du ja."

Er erkannte die Stimme, deren Tonfall sich nicht viel verändert hatte. Jetzt schwang ein wenig Triumph in ihr, ansonsten klang sie immer noch gehässig.

„Mr Daniels?"

Der Mann zog seine Augenbrauen hoch. „Du kennst mich?"

„Nein. Ich habe dir nur den Schlüssel zum Schließfach zukommen lassen."

„Gib mir den Stick. Du weißt, was drauf ist?"

Zac zuckte mit den Schultern. „Mir doch egal."

Der Mann kniff seine Augen zu Schlitzen zusammen. „Komm, du willst mir doch nicht erzählen, dass du nicht nachgesehen hast, oder?"

„Hatte keinen Computer zur Hand, Mann. Ich komme gerade aus dem Knast. Aber ich habe den Stick einem Anwalt gegeben, der eine Kopie gemacht hat. Wenn mir oder Liam etwas passieren sollte, sieht es schlecht für dich aus. Zudem haben wir einen von euch erwischt. Wenn ihr ihn lebend wiedersehen wollt, gebt uns frei."

Marc Daniels trat nah an ihn heran und streckte seine Hand aus.

„Netter Versuch."

Zac dachte nicht daran, ihm den Stick freiwillig zu geben.

Die beiden Handlanger stellten sich neben ihn und hielten ihn an den Armen fest.

„Liam!", rief er. Seine Stimme hallte von den Wänden wider.

„Zac!“, erklang es im Echo seiner Worte. „Hau ab, Mensch, verschwinde, wenn du kannst!“

Die vertraute Stimme haute ihn aus den Socken. Ein Kribbeln lief durch seinen Körper und eine grenzenlose Sehnsucht jagte ihm die Tränen in die Augen. Liam war tatsächlich hier. Die Stimme war aus einem Raum, der offensichtlich in die Halle gemauert worden war, gekommen. Eine Wand reichte nicht bis zur Decke, sondern ragte als hohe Absperrung auf.

„Liam, es tut mir so leid!“ Er hätte sich gern über die Augen gewischt. Im nächsten Moment glühte ein höllischer Schmerz in seinem Magen. Er krümmte sich und schrie auf. Die Männer hielten ihn unerbittlich fest. Sie hatten seine Drohung mit dem Anwalt nicht ernst genommen. Wie auch? Er war total unglaubwürdig gewesen. Und Bobby hatte es versaut, dieser Idiot.

Daniels versetzte ihm einen zweiten Schlag auf den Solarplexus.

Er keuchte vor Anspannung und blieb in ihren Griffen hängen. Der Stick, den er immer noch in der Hand gehalten hatte, war auf den Betonboden gefallen.

„Zac!“, rief Liam hinter der Wand.

Er biss die Zähne zusammen. „Alles gut!“, sagte er mit krächzender Stimme und richtete sich langsam wieder auf. Sein ganzer Körper schmerzte.

„Halt’ s Maul!“, rief Daniels in Liams Richtung, „sonst darfst du deiner Schwuchtel beim Sterben zusehen!“

Es war wie ein Reflex. Zac holte aus und trat Daniels mit aller Kraft vor das Schienbein. Am liebsten hätte er den Stick zertreten, nur, um Daniels zu ärgern.

Doch der lag zu weit fort. Sofort traf ihn die Faust des stämmigen Bewachers am Kinn. Der Schmerz ließ ihn zusammensacken, sein Körper fühlte sich an wie ausgekotzt. Er hörte Daniels zischenden Fluch und wusste, er würde sterben. Es war alles vergebens gewesen. Er war ein verdammter Schwächling und Idiot. Wie hatte er sich Liams Rettung eigentlich vorgestellt? Alles war planlos und konfus verlaufen. Sie waren beide dem Tod geweiht. Morituri. Aus. Ende. Als er den Kopf wieder anhob, sah er, dass Daniels den Stick aufgehoben hatte.

Er gab ihn dem Mann, der die ganze Zeit unbeweglich hinter Daniels gestanden hatte, und der ihm vage bekannt vorkam. „Sieh nach."

Der Angesprochene verließ die Halle, gefolgt von einem seiner Bewacher. Ob er im Auto einen Laptop hatte? Es war ihm egal.

„Liam", raunte er. „Liam."

Doch er hörte nichts mehr von seinem Geliebten, nur ein seltsames Ächzen und Keuchen. Ob er gefesselt war?

„Darf ich zu Liam? Bitte!" Er legte all sein Flehen in seinen Blick. Natürlich ließen sie sich nicht erweichen. Daniels tippte sich nur mit dem Finger an die Stirn.

„Du bleibst hier."

Der schlaksige Mann kam zu ihm, legte ihm die Hände auf den Rücken und band sie mit einem Strick zusammen.

*

Mit aller Kraft rieb Liam an der Säge. Es dauerte unendlich lange. Er würde es niemals schaffen. Nicht aufgeben! In der Halle war es still. Seine Hände bluteten, die Zinken waren scharf. Blut tropfte zu Boden.

Plötzlich gab die Fessel nach, er zuckte zusammen. Eines der Bänder war gerissen, er konnte es mit den Fingern fassen, als es herunterhing. Nun die anderen! Ja, der zweite Strang! Wie viele waren es noch?

Da quietschte die Tür. Ein Gespräch … eine Stimme, die ihm so lieb und vertraut war. Er schluchzte auf. Zac! Wie üblich gab er patzige Antworten. So lebendig und frech, sein lieber Zac. Es ging um einen Stick. Natürlich würden sie ihm alles abnehmen und ihn töten. Als er seinen Namen hörte, brach ihm noch einmal der Schweiß aus. Zac hatte ihn gerufen.

„Zac! Hau ab, Mensch, verschwinde, wenn du kannst!" Er biss sich auf die Lippe, bis er glaubte, das Blut müsste herausspritzen. *Weiterreiben! Schneller!* Es tat so weh in seinem Herzen.

Zac schrie auf, als hätte ihn jemand verprügelt.

„Zac!" Wieder musste er schluchzen. Ganz ruhig bleiben, Zac konnte noch sprechen, das war gut. Weiterreiben, ruhig bleiben. Ratsch, wieder ein Band weg.

Erneut erklang das Quietschen der Tür, jemand ging wohl hinaus.

Ratsch! Plötzlich schnellten seine Hände auseinander. Unglaublich! Er hatte es geschafft, er war frei. Er wollte schreien vor Genugtuung, spürte das Adrenalin, das durch seinen Körper rauschte. Los jetzt! Er rieb sich die schmerzenden Handgelenke, sah auf die Finger. Ja, er hatte noch genug Kraft. Für Zac, für seinen Geliebten. Schnell trat er zur Wand und betastete sie.

Die Regale waren allesamt auf dem Boden fest gedübelt, er konnte sie nicht verschieben. Es musste so gehen, aber es war riskant. Er musste es versuchen. Gut, dass er nur leichte Turnschuhe trug. Er griff hinauf, gleichzeitig setzte er seine Zehen auf einen zentimetergroßen Mauervorsprung. Er krallte sich in die Wand, rutschte ab. Verdammt! Er fasste erneut zu und plötzlich hatte er einen Meter unter sich. Seine Zehen rutschten wieder ab, er fand sich auf dem Boden wieder. Ein Stich ging durch seinen Rücken. *Nicht aufgeben, Liam. Du bist der beste Kletterer von Vancouver.* Er zog die Turnschuhe aus und ging die Wand erneut an. Seine Zehen schmerzten unerträglich, doch sie hielten ihn. Wieder ein Meter geschafft. Dort, etwas weiter links, war ein guter Griff. Und darunter ein sicherer Tritt. Er fühlte sich wie eine Spinne, die an einer Mauer emporklettert. Ein weiterer halber Meter …

Die Männer sprachen miteinander.
Zac schrie.

Vor Schreck hätte er beinahe den Griff sausen lassen. Er hatte das Gefühl, dass sein Herz an die Wand hämmerte, so eng presste er sich gegen die kühlen Steine.

„Du hast uns beschissen, Zac. Das ist nicht nett."

„Zac …"

*

„Was? Sie haben Zac verloren? Was soll das heißen?"

Inspektor Mc Gregor presste den Telefonhörer an

sein Ohr.

Donald nahm einen weiteren Hörer ab, um das Gespräch zu verfolgen.

Der Beamte, der Zac beschatten sollte, teilte ihnen seinen Standort mit. Mehr bekam er nicht mit, denn Richard legte wütend auf und nahm sein Sakko vom Stuhl.

Don erhob sich von der Schreibtischplatte und folgte seinem wütenden Partner auf den Hof, wo er in seinen Wagen stieg.

„Was ist passiert?"

Richard schnaubte. „Der Kerl hat sich überrumpeln lassen. Zac ist entwischt. Dabei ist etwas geschehen. Etwas, das mit den *Scorpions* zusammenhängt."

„Was genau?"

Sein Partner zuckte mit den Schultern. „Er hat einen Penner befragt, weil Zac ganz durcheinander und aufgewühlt war. Er hatte gesagt, dass die *Scorpions* jemanden in Gewahrsam hätten."

„Sie wollen den Stick und haben jemanden als Geisel genommen, denke ich."

„Ja, einen Liam. Hieß nicht der Bewährungshelfer so?"

Don schloss die Augen und überließ sich den ruppigen Fahrkünsten Mc Gregors. Es hatte lange gedauert, bis die Gang zugeschlagen hatte. Ob Zac sich so gut versteckt hatte, dass er ihnen bisher entwischen konnte? In diesem Getränkehandel? Jedenfalls hatten die *Scorpion*s nun Kontakt aufgenommen, und ausgerechnet jetzt verloren sie seine Spur.

Mit quietschenden Reifen kam der Ford in der Nähe

einer Bushaltestelle zum Stehen. Der Beamte wartete und mit ihm eine Schar junger Männer, die verbissen zu ihnen sahen. Kaum war er mit Richard bei der Gruppe, schob sich ein Farbiger vor sie.

„Schnell jetzt, wir verpassen sie sonst. Zac ist an der Scotia Street Ecke Parkway."

„Warum hast du das nicht sofort gesagt?", fuhr ihn der übertölpelte Beamte an.

„Weil ich erst sicher sein musste, dass deine Vorgesetzten nicht sofort mit einer Streife kommen und uns einladen."

„Was macht dich so sicher, dass wir dich nicht einbuchten?", mischte Don sich ein.

Der Farbige sah ihn konsterniert an und streckte eine Hand aus. „He, ihr wollt die *Scorpions*, wir wollen die *Scorpions*. Wir arbeiten zusammen."

„Deshalb haltet ihr den einzigen Mann fest, der Zac hätte beschützen können?"

„Mann, das wussten wir doch nicht. Wir dachten, er wäre von den *Scorpions*."

Der junge Beamte, der immer noch eine leichte Schamröte auf den Wangen trug, verdrehte die Augen.

„Weiter im Text", sagte Mc Gregor brummend. „Warum ist Zac da?"

Hastig berichtete der junge Mann, der sich als Bobby vorgestellt hatte, von der Entführung Liam Hillermans und dem Treffpunkt, an dem Zac einen USB-Stick übergeben sollte. „Dabei hat er den nicht mehr. Er musste erst einen Neuen kaufen, damit es echt wirkt. Und um Zeit zu schinden. Eigentlich müsste ich in diesem Moment bei Zac sein, um ihn mit dieser tollen

Geisel, die ja keine Geisel mehr ist, rauszupauken."

Don blickte seinen Partner an, der nun seinerseits die Augen verdrehte und den Kopf schüttelte.

„Ihr wolltet wohl den Helden spielen, was?" Dann schlug er sich auf den Schenkel. „Los jetzt, einsteigen! Bobby kommt mit. Wir suchen Zac. Ihr anderen meldet euch morgen früh auf der Wache. Und wehe, wenn nicht!"

Die Jungs nickten artig und sahen aus, als könnten sie allesamt kein Wässerchen trüben.

Ein leises Lächeln schlich sich auf Dons Lippen. Niemand von ihnen würde erscheinen, sie hatten doch alle Dreck am Stecken.

Doch da Zacs Bewacher nun auf sie aufpasste und ihre Personalien aufnehmen würde, konnten sie sich nicht mehr drücken.

Im Auto orderte Richard per Funk Verstärkung zur Scotia Street Ecke Parkway.

Im Rückspiegel sah Don Bobbys verzweifelten Blick. Er wandte seinen Kopf ab. Es war seine Schuld, wenn Zac sein Leben verlor und sein Freund ebenfalls. Hillerman. War das nicht der Name von diesem Makler? Er drehte sich zu Bobby um.

„Ist dieser Liam mit dem Makler verwandt?"

Bobby nickte. „Klar, sein Vater ist millionenschwer."

Hastig leckte Don sich über die Lippen. Vielleicht bestand noch eine Chance, Liam zu retten. Die *Scorpions* würden ihn erst umbringen, wenn sie Lösegeld erpresst hatten. Hoffentlich wussten sie, wer Liam war.

Inzwischen waren sie am genannten Treffpunkt angekommen.

Bobby reckte seinen Hals und spähte in jede Gasse.

Auch er versuchte, in den rechteckig angeordneten Blocks nicht den Überblick zu verlieren. Zac war nirgendwo zu sehen.

Ein Streifenwagen traf ein, dann ein weiterer.

„Die Streifenwagen würden uns nur verraten. Ihr bleibt hier auf Posten, wir suchen weiter und melden uns, sobald wir eine Spur aufgenommen haben", sprach Richard ins Mikro.

Dons Anspannung stieg. Würde er zu spät kommen? Langsam fuhren sie an den kleinen Gassen vorbei. Hin und wieder kamen Arbeiter aus den Betrieben, steckten sich Zigaretten an und fuhren dann davon.

„Da, der Wagen!", schrie Bobby plötzlich auf. „Das ist er!"

Vor einer kleineren Halle stand ein auf Rat-Car getrimmter Mustang.

*

„Da ist nichts drauf!"

Mit einem zornigen Blick hielt Daniels ihm den Stick unter die Nase.

„Du hast uns beschissen, Zac. Das ist nicht nett."

„Tut mir leid." Er hob unschuldig seine Schultern. „Der alte Stick ist kaputt gegangen, bevor ich ihn mir ansehen konnte. Die Bullen haben ihn auch nicht gekriegt. Liam und ich, wir sagen nichts. Gibt ja nichts zu sagen."

Ob diese Argumente sie sanft stimmen konnten?

Eher nicht.

Daniels Blick fixierte ihn, verbissen und missmutig.

„Mir reicht es jetzt. Hol die Plane, John. Hast du eine Waffe, die sauber ist?“

Zac spürte förmlich, wie das Blut in seine Beine fiel. Als der Angesprochene nickte und die Halle verließ, wurden seine Knie weich. In Gedanken sah er schon die rote Lache zu seinen Füßen, die sich langsam kreisförmig ausbreitete.

Der Mann kam zurück, eine grünen Plastikplane unter den Arm geklemmt.

„Hier?“, fragte er missbilligend. Irgendwo hatte diesen John schon einmal gesehen, doch er hatte jetzt anderes im Kopf.

„Ja, wir räumen die Halle ohnehin. Ist zu heiß geworden.“

Die Plane klatschte auf den Boden. Der schlaksige Mann half, sie auszubreiten, dann verließen seine beiden Bewacher die Halle, wohl, um draußen Schmiere zu stehen. Nur Daniels und John waren bei ihm. Noch einige Sekunden, seine Letzten. Was sollte er tun? Er war gefesselt, seine Hilferufe würden ungehört verhallen.

Nur einer hörte ihm wirklich zu.

„Liam, ich liebe dich.

Sofort trat John ihm in die Kniekehlen. Er sackte nach vorn, stürzte auf die Plane, die sein Blut aufnehmen würde. Ihm war übel, und es kam ihm vor, als mache er sich gleich in die Hose.

„Zac“, hörte er Liam stöhnen. War er bereits verletzt und kraftlos? Er hätte ihm so gern geholfen. Doch

Numero Uno lag im Sterben. Hier war sein Weg zu Ende. Nur seine Liebe zu Liam hielt ihn halbwegs bei Verstand. Er dachte an seine Küsse.

Unerbittlich zerrte man ihn in die Mitte der Plane.

Da kniete er nun und dachte an Liams Körper mit der samtigen Haut, an seine Strahleaugen.

„Das ist wahr, Liam. Ich liebe ich!“

Wieder ein Stoß in den Rücken. Sie müssten ihn schon knebeln, wenn sie ihn nicht mehr hören wollten. Er wollte es immer und überall rufen, es tat so gut, seine Gefühle zu äußern.

„Halt die Fresse!“ Der nächste Tritt, er fiel auf den Bauch und schlug sich die Stirn auf. Als man ihn an den Armen wieder auf die Knie zerrte, lief das Blut in sein rechtes Auge. Er senkte den Kopf. Die Hinrichtung kam. Er fühlte nichts mehr, starrte auf Daniels Schuhe, hörte nur noch seinen Atem und den Herzschlag in seiner Brust.

Die Waffe kam in sein Sichtfeld, der Mörder lud sie durch. Das metallische Klicken hätte beinahe alle Dämme gebrochen, wenn er nicht die Arschbacken zusammengekniffen hätte.

„Liam“, hauchte er und schloss die Augen. Liam war bei ihm, ganz nah, er konnte seinen Atem spüren und das Streicheln auf seinem Haar.

„Nein!“

Das war Liams Stimme! Sie kam von irgendwo dort oben. Er riss sich aus seinen Gedanken und öffnete die Augen. Dort oben auf der Mauer saß Liam.

Daniels drehte sich um und starrte ihn sprachlos an, den Mund leicht geöffnet vor Verblüffung. Da sprang

Liam herab, direkt auf Daniels Körper. Sie prallten zusammen, stürzten zu Boden.

Zac sog hastig die Luft ein, als die Pistole über den Boden schlitterte. Er raffte sich auf, lief zu ihr, um sie fortzustoßen. Zwei Meter, drei Meter.

John eilte zu ihm und stieß ihn beiseite, bevor er die Waffe erreichen konnte. Wieder stolperte er und rollte sich ab, so gut er konnte. Aus den Augenwinkeln sah er, wie Daniels mit Liam kämpfte, während John den Revolver aufhob.

Er zielte auf ihn, dann auf Liam und wieder auf ihn. Die Frage, wen er zuerst ausschalten sollte, stand ihm ins Gesicht geschrieben. Dieses Zögern war seine Chance. Er sprang auf ihn zu, stieß mit seinem Oberkörper gegen seinen Arm. Ein Schuss löste sich, schlug irgendwo hinter ihm in die Wand.

Daniels versetzte Liam einen Kinnhaken.

John packte Zac am Arm, wirbelte ihn herum und stieß ihn zu Boden. Er fiel wie ein Sack auf die Knie.

Im selben Augenblick quietschte die Tür.

Jemand kam herein.

John sah auf und schoss.

Ein weiterer Schuss knallte.

John fiel zu Boden.

„VPD! Hände hoch, die Waffe runter!"

Zac hatte nur Augen für Liam, der nicht weit entfernt lag und sich krümmte. Er lief zu ihm, warf sich vor ihm auf die Knie.„Liam, du blutest!" Warum sagte er so etwas Blödes?

Liam sah ihn an, der Blick aus den Strahleaugen war

so liebevoll, dass er zu heulen begann. Verdammt, ein Bad Boy heult doch nicht. Er drückte sich an seine Brust, küsste seinen Hals und spürte die Arme, die Liam um seinen Körper schlang. Sie pressten sich aneinander, Gesicht an Gesicht.

„Du doch auch, Zac“, sagte Liam.

Das stimmte, sie sahen beide aus wie Schweine.

„Auf den Boden! Sofort!“ Schritte, Getümmel, Polizeisirenen.

Seine Tränen fielen auf Liams Hemd. Was um ihn herum geschah, ließ ihn kalt.

Liam hob sein Kinn und küsste ihn auf den Mund. Er musste immer wieder schluchzen, konnte sich kaum beruhigen und auch nicht richtig küssen. Waren dies seine letzten Sekunden? Sie waren so voller Leben und Liebe, dass ihm ohnehin zum Sterben zumute war.

„Zac“, sagte Liam. „Jetzt ist doch alles gut. Alles ist gut.“ Seine Stimme bebte.

„Richard, her mit den Handschellen.“

Ein metallisches Klicken erklang, doch dieses Mal hatte es einen beruhigenden Effekt.

Zac blickte auf.

John lag leblos auf dem Boden, das Blut lief über die Plane, die für ihn gedacht war. Ihn schauderte, Übelkeit stieg in ihm auf. Daniels und seine beiden überlebenden Kumpel knieten in Handschellen auf dem Beton, ihre Mienen versteinert. Der Blick, den Daniels ihm zuwarf, hätte ihn auf der Stelle töten müssen. Wieder fühlte er Liams Lippen auf seinem Haar. Sie rappelten sich auf, Liam stützte ihn.

„Da ist Inspektor Mc Gregor. Himmel, Liam, wir leben noch!“

Er musste wohl sehr verblüfft aussehen, da ein breites Lächeln auf dem Gesicht seines Geliebten erschien.

Jemand trat auf ihn zu, ein hochgewachsener Mann in schwarzen Klamotten, und schnitt seine Fesseln durch. Ein Kribbeln ergriff Zac. Er blickt quasi in die dunklen Augen eines Toten. Damals war sein Blick voller Hast und Eile gewesen. „Verdammt!“, rief er und streckte den Zeigefinger aus, als hätte er einen Geist gesehen.

„Was hast du?“, fragte Liam.

„Aber … aber … Sie sind doch …“

“Tot?“ Der Mann hob seine Augenbrauen. „Mitnichten. Ein missglückter Undercover-Einsatz. Meine Rettung war reines Glück. Dir habe ich sie jedoch nicht zu verdanken.“

Zac kam zu sich und sah Mc Gregor an, der nur dumm grinste. *Verdammte Mistkerle. Bullen durfte man eben nicht trauen.*

„Ähm, ja, das war blöd von mir.“

Der Totgeglaubte reichte ihm die Hand. Er beäugte sie misstrauisch, dann schlug er ein. Was soll’s? Er war ja nicht nachtragend. Und der Bulle wohl auch nicht.

„Donald Grover mein Name. Ich muss mich entschuldigen für die Unannehmlichkeiten, die du meinetwegen hattest.“

War das zu glauben? Ein Bulle entschuldigte sich bei ihm.

„Schon gut. Ich denke, wir sind jetzt quitt. Immerhin

habe ich euch Daniels geliefert."

„Ja, das hast du. Irgendwie."

Sie sahen den Gefangenen nach, die hinausgeführt wurden.

John war tot.

Grover wies auf die verrenkt daliegende Leiche. „Erkennst du ihn?"

Jetzt, wo sein lebender Toter neben ihm stand, kehrte die Erinnerung zurück. Er nickte. „Ja, er war einer Ihrer Verfolger."

„Damit haben wir die Führungsebene der *Scorpions* zerschlagen."

„Na, die Hellsten waren das sowieso nicht.".

Grover begann zu lachen.

Zac verzog seine eingefrorenen Gesichtsmuskeln zu einem Lächeln, dann sah er sich zu Liam um, der seine Hand hielt. Endlich konnte er ihn richtig umarmen. Und das tat er mit allen Sinnen.

Liam stank wie ein Fuchs.

„Ich hoffe, du duscht heute noch ein paar Mal."

Da lachte Liam auf und boxte ihm in die Rippen. Wie sehr hatte er das vermisst.

„Nur, wenn du mitkommst." Er starrte er auf den Boden und spürte dem Prickeln nach, das ihn überzog. War wirklich alles wieder gut?

„Du meinst, ich darf wieder bei dir wohnen?"

„Na, du liebst mich doch, oder?"

Dieser Frage konnte er getrost standhalten. „Ich habe nie aufgehört, dich zu lieben, Blödmann. Du warst es doch, der mich rausgeschmissen hat."

„Ich hatte ja auch allen Grund dazu."

Und schon wieder ging die Streiterei los. Es war einfach herrlich.

Doch Liam hob die Hand. „Aber ich gelobe Besserung.“

„Das will ich auch meinen“, brummte er. In diesem Moment raste jemand auf ihn zu. Zwei Hände ergriffen ihn und drehten ihn um.

Bobby zog ihn an seine harte Brust. „Mensch, Zac, Gott sei Dank.“

Er klopfte seinem Freund auf den Rücken und holte in seiner Schulterbeuge noch einmal tief Luft. Jedenfalls roch Bobby besser als Liam.

„Mann, wo warst du so lang?“

Über Bobbys schuldigen Gesichtsausdruck konnte er nur lachen.

In dem Moment wankte Liam und wurde blass wie die Wand. Wortlos sackte er zusammen.

Bobby fing ihn gerade noch auf.

*

Sein Kreislauf war wieder stabil, der Blutdruck in Ordnung. Trotzdem schaffte Liam es kaum die Treppe hinauf. Warum musste gerade jetzt der Fahrstuhl ausfallen? So erschöpft wie heute war er noch nie gewesen. Kein Wunder, zuerst der Krankenwagen, dann noch eine Stunde auf dem Revier, von wo aus er seinen Dad angerufen hatte, der außer sich war vor Erleichterung und gleich mit Mum zur Wache gekommen war, um ihn in die Arme zu schließen. Bei dieser Gelegenheit hatte Zac sich sogar bei ihnen entschuldigt. Er war doch immer wieder für eine Überraschung gut. Mit einem Lächeln der Erinnerung schloss er die Tür zu seiner Wohnung auf. Dunkelheit empfing ihn, und er genoss das Gefühl, heimzukehren in seine Höhle, um seine Wunden zu lecken.

Zac stand hinter ihm und knipste das Licht an.

Alles war sauber und aufgeräumt, es duftete frisch.

Zac folgte ihm, still und unaufdringlich, so als könne er noch nicht glauben, dass er es ernst meinte. Aufmerksam achtete er auf jede seiner Bewegungen.

„Zac“, sagte er und küsste ihn flüchtig, „ich falle nicht wieder um. Entspann dich.“

Da lächelte Zac. „Ich hatte solchen Schiss um dich. So einen Tag brauche ich nicht noch einmal.“

„Ich auch nicht.“

Zac sank etwas in sich zusammen. Er umfasste ihn an den Hüften und zog ihn zu sich.

„Was ist denn? Rück's raus.“

Zacs zuckten sichtlich ratlos mit den Schultern. „Ich weiß nicht. Vielleicht habe ich Angst, du könntest diesen Tag auf deine Böser-Zac-Liste setzen.“

Liam seufzte. „Hättest du dich früher um eine solche Liste geschert?“

„Nein.“

„Warum tust du es jetzt? Es gibt kein Schwarzbuch deiner üblen Taten. Ich bin hundemüde, aber ich fühle mich gleichzeitig so lebendig. Und das nur, weil du wieder da bist. Weil wir beide das zusammen durchgestanden haben. Ist das jetzt in deinem Kopf angekommen?“

„Aber ich habe dir das mit den *Scorpions* verschwiegen. Ich bin auch nicht besser als … deine Eltern. Ich meine, ich hätte es dir sagen sollen."

Zacs Gesicht war zerknautscht vor lauter Schuld.

„Du hattest doch Angst, das ist doch etwas ganz anderes. Sei nicht so streng mit dir. Ich werde es auch nicht mehr sein." Er küsste ihn auf die Stirn.

Zac nickte und schmiegte sich an ihn. „Ehrlich, Zac"; flüsterte er ihm ins Ohr, „ich freue mich darauf, deine Brotkrümel wegzuwischen und deine Socken auf rechts zu ziehen."

Zac kicherte. „Dann lass uns gleich damit anfangen", er zupfte an Liams Hemd, „ich muss aber erst noch Mum anrufen und ihr sagen, dass ich nicht mehr komme."

„Es ist schon nach elf Uhr."

„Ja, sie sieht sich jetzt all die Wiederholungen an."

Liam war es recht. „Ich geh schon mal ins Bad. Kommst du gleich?" Die Blutflecken auf Zacs Hemd leuchteten ebenso wie seine Platzwunde am Kopf, die vom Sanitäter getackert worden war.

Zac sah plötzlich völlig verblüfft aus, als könne er seine Worte nicht glauben. Dann legte sich ein breites Grinsen über sein Gesicht, bevor er sich setzte, um die Schuhe auszuziehen.

Liam biss die Zähne zusammen, als das Wasser über seine zerschrammten Hände lief. Sie beide hatten ziemlich was abbekommen, aber das würden sie erst morgen richtig spüren. Er prustete die Schmerzen weg und ließ sich vom Strahl massieren. Nach einer Weile spürte er Zacs Hände, die seine Pobacken umfassten und dann nach vorn glitten, wo sie auf dem Bauchnabel liegen blieben. Die Erschöpfung wich einer erregender Welle. Es war schon lange her, dass er einen Partner in die Dusche gelassen hatte. Zacs Haut an seinem Rücken zu spüren, brachte ihn fast um seine Beherrschung. Er legte den Kopf in den Nacken, um dem seinen so nah wie möglich zu sein, blieb still stehen und genoss die Nähe seines Leibes. Dann drehte er sich um und küsste Zac.

Die Zeit entschleunigte sich, es gab nur noch das Jetzt und Hier. Zärtlich und langsam spielten ihre Zungen miteinander, zärtlich und sanft glitten ihre Hände über den Körper des anderen, als müssten sie sich noch einmal versichern, dass alles an ihnen vollständig und unversehrt war. Zac streichelte seine Brust, er küsste Zacs Wunde am Kopf und griff dann zum Duschgel. Behutsam seifte er Zacs Oberkörper und Rücken ein, fuhr über seinen Hintern und presste kurz seine Härte an ihn, nur um ihm zu zeigen, dass sein Schwanz in dem ganzen Trubel nicht gelitten hatte. Doch seine Seele hatte gelitten. All die Angst, die Beklemmungen, die Furcht, er könnte Zac nicht mehr helfen, hatten ihn mehr mitgenommen, als er sich eingestehen wollte.

Zac tröstete ihn mit einer festen Umarmung und strich ihm über Arme, Brust und Oberschenkel, bis er voller Seifenschaum war. Sein Glied wurde behutsam gewaschen: Liam stöhnte auf und lehnte seinen Kopf an die Fliesen. Zac kniete nieder, seine Lippen küssten seine Spitze, die Zunge fuhr über die Eichel und trieb ungeheure Lustwellen durch seinen Körper. Die

Müdigkeit war verschwunden, sein Körper vibrierte vor Anspannung. Er presste Zacs Kopf an seinen Unterleib und stieß tiefer in seinen Mund. Zac saugte wie verrückt, Liam stieß bei jeder Bewegung leise Schreie aus. Die Erregung war allgegenwärtig, er fühlte sich schwerelos und unbeschreiblich glücklich. Das Wasser prasselte auf seinen Rücken und verstärkte seine Empfindungen. Zac spielte mit seinem Hoden, dann packte er ihn an den Pobacken, massierte und streichelte ihn.

„Zac", stöhnte er, als er merkte, dass es ihm kam. Zac zog sich nicht zurück, die glühende Welle erfüllte seinen Bauch, er sah kleine Sterne vor seinen Augen blitzen. Er krallte sich in Zacs Haaren fest und schrie auf. Zac sah zu ihm auf, sein Gesicht sah so glücklich aus, dass er hätte weinen können. Langsam verebbte die Erregung, er kniete sich zu Zac nieder und küsste ihn innig. Immer noch lief das Wasser, sie vergaßen Zeit und Raum in ihrer festen Umarmung. Es gab nur noch Zac und ihn. Sie liebten sich. Jetzt und hier waren sie beisammen. Diese Liebe war ab sofort eine feste Konstante in seinem Leben. Er liebte einen störrischen, unsicheren, witzigen und sehr tapferen Mann, der ihm sicher noch ein paar graue Haare bescheren würde. Doch das war nicht mehr wichtig, die Liebe war da. Sie sahen sich an. Zacs Locken hingen ihm bis in die Augen, sanft strich er sie fort.

„Fertig?", fragte Liam.

„Fast fertig", sagte Zac und stellte die Dusche ab. Ohne sich abzutrocknen, zog Zac ihn ins Schlafzimmer und bugsierte ihn unter Küssen aufs Bett. Für den Bruchteil einer Sekunde fiel ihm ein, dass das Bettzeug ganz feucht und klamm sein würde, doch dann ergab er sich Zacs Streicheleinheiten. Er lag auf ihm, seine Bartstoppeln kratzten an seinem Hals. Sie spürten sich, rochen sich, schmeckten sich.

„Wie willst du es?“, fragte er.

„Ich will dich sehen“, sagte Zac und kniete sich zwischen seine Beine. Leicht hob er Liams Unterleib an und legte ein Bein über seiner Schulter ab. Liam entspannte sich und fühlte, wie Zacs Daumen zwischen seinen Popbacken strich, seinen Eingang umspielte. Es dauerte nur wenige Sekunden, bis Zac sich das Kondom übergestreift hatte. Liam wollte erst die Augen in freudiger Erwartung schließen, doch er konnte sich nicht von Zacs verheißungsvollem Gesicht losreißen. Sie sahen sich an, ihre Blicke strömten direkt in ihre Herzen. Zac drang in ihn ein, er musste keuchen unter dem Druck. Ganz langsam schob Zac sich in sein Inneres, stöhnte unter der Enge, doch er fixierte ihn immer noch. Begierde und Lust strahlte er aus, sein Mund war leicht geöffnet. Er stieß vorsichtig und behutsam zu und Liam spürte, wie er wieder hart wurde. Da ergriff Zac seinen Penis mit einer Hand, die andere hielt ein Bein fest. Allmählich wurden seine Bewegungen schneller. Und immer lustreicher massierte Zac seine Erektion, was er mit einem liebevollen Streicheln über dessen Brust quittierte. Allmählich geriet Zac ins Keuchen, seine Augenlider flatterten. Er beugte sich über ihn und Liam kam ihm mit dem Kopf entgegen. Sie küssten sich voll Verlangen, bevor Zac sich wieder aufrichtete und weiter in ihn stieß. Nun schloss auch er seine Augen und spürte der erneuten Welle nach, die Zac in ihm entfachte. So voller Leidenschaft und doch so liebevoll, das war es, was er erleben wollte. Er legte seine Hand auf Zacs, die immer noch an seiner Erektion auf und ab glitt. Er kam noch einmal, in seiner Hand. Nicht lange darauf biss Zac seine Zähne zusammen und warf den Kopf in den Nacken. Es war einfach herrlich, so nah bei ihm zu sein, ihn zu beobachten und ihre Lust zu teilen. Zac brach auf ihm zusammen, stützte den Kopf auf seiner Schulter und zog sich aus ihm zurück. Ganz weich machte er sich, kuschelte sich an ihn und bleib auf ihm liegen. Liam schlang seine Arme um ihn. Er würde ihn nie wieder loslassen. Die Augenlider wurden ihm schwer. Er merkte nach einer Weile, dass Zac von ihm herunterrutschte und sich eng an ihn drückte. Innerlich wehrte er sich kurz gegen den nahenden Schlaf. Es gab doch noch so viel, was er Zac erzählen musste, von seinen Plänen und Projekten, von seinen Eltern … Doch jetzt war alles gut und die Neuigkeiten konnten noch ein wenig warten. Sie hatten alle Zeit der Welt. Zac war bei ihm, das allein genügte ihm in diesem Moment. Nie wieder würde er ihn gehen lassen. Dann versank seine Welt in Wärme und Liebe.

Ein halbes Jahr später

„Was seid ihr denn für Deppen? Etwa Spongebob und Patrick?“

Zac baute sich vor den zwei Jungen auf, drängte sie mit seinem Körper in die Ecke und schubste sie an die

Wand des Geschäftes, in dem Autozubehör verkauft wurde. Und natürlich auch geklaut.

„Lasst euch einfach so erwischen – mein Gott, wie blöd!“

„Was geht dich das an?“, fuhr der Ältere ihn an, ein etwa sechzehnjähriger Latino. Sein Atem stieg als kalter Nebelhauch in die Luft.

„Mich? Gar nichts.“ Zac trat einen Schritt zurück. „Ich habe mich auch erwischen lassen. Und wisst ihr was? In *Maple Ridge* ist es nicht gerade lustig. Da laufen Typen rum, solche Maschinen, alle hübsch in Orange gekleidet.“ Er breitete die Arme aus, um die muskelbepackten Knastbrüder anschaulich darzustellen.

„Pech für dich.“ Nun wagte sich auch der Jüngere hervor. Ein Piercing zierte seine Augenbrauen, was ihn an Ethan und Susan erinnerte.

„Im Ernst jetzt. Der Filialleiter hat mich angerufen. Ihr seid ein Fall für uns. Oder wollt ihr lieber aufs Revier zu den Bullen?“

Die Jungs sahen sich an.

Zac spürte ihre Unsicherheit, die sie unter coolem Gehabe zu verbergen versuchten. Ihm konnten sie nichts vormachen. Deshalb war er hier. Um Liam zu helfen, seinen Traum zu verwirklichen. Zac liebte seinen neuen Job als Streetworker. Er hatte bereits zwei Lehrgänge absolviert und sogar eine erste Prüfung bestanden. Er hatte bei Mr Marner gekündigt, auch wenn er und Eliza sein Ausscheiden nicht gern gesehen hatten. Eliza hatte ihn sogar auf die Wange geküsst. Dafür bezog Liam jetzt seine Getränke von ihnen.

„Kommt mit. Ich habe einen schicken Wagen. Da passen aber nur zwei Personen rein. Vielleicht könnt ihr euch stapeln."

„Wohin willst du denn mit uns?"

„Ins *Downtown-Jugendzentrum.*"

Die beiden Diebe sackten zusammen und verdrehten die Augen. Das hatte er schon oft gesehen.

„O Mann, ruf lieber die Bullen und lass den Mist sein."

„Wie heißt du, Spongebob?", fragte er und zog den Reißverschluss seiner Lederjacke ganz nach oben. Es war ziemlich kalt heute, doch Schnee würde es erst einmal nicht mehr geben.

„Antony."

„Gut, Toni. Ihr kommt jetzt mit mir und seht euch den Laden einfach mal an. Da gibt es kein Dope, kein Alkohol, keine Weiber. Total uncool also und damit genau der richtige Laden für euch Babys. Ihr werdet eine Menge Spaß haben. So wie ich gerade mit euch."

Er lächelte sie an, ganz natürlich, ganz unverkrampft. So, wie er eben war. Mit einem Anflug von Stolz bemerkte er, dass sie kurz davor waren, nachzugeben. Noch ein bisschen Druck, wie sie es gewohnt waren – und er hatte sie.

„Wie sieht es also aus?"

Er wies mit dem Kopf in Richtung Filialleiter, der draußen stand und die Arme vor der Brust verschränkt hatte.

Dessen Blicke durchbohrten die beiden jungen Ganoven, die frierend von einem Fuß auf den anderen traten und zögerlich nickten.

„Na also, ich wusste, ihr seid vernünftige Babys. Los jetzt."

Er zog Toni am Arm mit sich fort. Sein Kumpel folgte ihm wie ein Fohlen der Mutterstute. Als er um die Ecke bog und auf Liams Wagen zusteuerte, begannen die Augen der beiden zu leuchten.

„Mann, dieser Wagen da?"

„Ja. Das ist der Anfang vom Spaß."

Er drückte auf die Fernbedienung, die Türsicherung des *Audi R8 Spyder*, den Liam ihm hin und wieder für den Menschenfang überließ, klickte.

„Nimm deinen Bruder auf den Schoß."

„Das ist nicht mein Bruder."

Doch sie gehorchten und stiegen ein, nachdem sie ehrfürchtig die Konturen des Dachs mit ihren Fingern nachgezogen hatten. Die rote Lackierung glänzte selbst im diffusen Licht. Hoffentlich bemerkte Liam die fettigen Fingerabdrücke nicht, sonst musste er den Wagen zur Waschanlage bringen. Etwas umständlich nahmen die Jungs Platz, einer über dem anderen, und Zac hoffte, dass die Bullen ihn nicht erwischten. Zum Glück war der Weg bis zur Campbell Avenue Ecke East Hastings Street nur kurz.

Bald fuhr er auf den Hof einer hohen Halle, die in freundlichen Farben gestrichen war. Er erinnerte sich an den stolzen Ausdruck in Liams Gesicht, als er ihm diese Halle gezeigt hatte. Sein Vater hatte einen günstigen Deal für dieses Schmuckstück abgeschlossen und Liam hatte eines seiner Appartements verkauft, um damit den Umbau zu finanzieren. Bedauernd stiegen die Jungen aus und folgten ihm zum Eingang.

Ein freundlicher Dobermann empfing sie.

„Das ist Scooby“, stellte er ihn vor.

Die beiden zögerten, an ihm vorbeizugehen, der Jüngere drückte sich an den Rücken seines Kumpels.

„He, Patrick oder wie du heißt, komm her. Hock dich mal hin.“

Der Junge riss die Augen auf und starrte ihn ungläubig an. Da hockte Zac sich hin und winkte ihn heran.

Langsam ließ der Junge sich auf seine Fersen nieder, misstrauisch, sprungbereit.

Zac umfasste seine feuchte Hand, hielt sie sanft fest und sah ihn freundlich an, als der Junge sie zurückziehen wollte.

„Scooby, komm her.“

Der Hund wedelte mit seiner Peitsche und kam mit gespitzten Ohren auf sie zu.

Zac streckte ihrer beider Hände aus und der Hund schnüffelte an ihnen. Mit der freien Hand streichelte er das kurze, glänzende Fell.

Da näherte sich die Hand des Jungen. Als hätte er nie einen Hund gesehen, streiften seine Finger kurz seinen drahtigen Rücken. Scooby hechelte ihm ins Gesicht, der Junge zog die Nase kraus, lächelte aber.

Zac gab seine Hand frei. Nun streichelte er tatsächlich den Nacken des Tieres, der ihn neugierig beschnupperte.

Ihm wurde wehmütig zumute. Diese Kids trauten niemandem, keinem Menschen, keinem Bullen, keinem Hund. Sie waren scheu wie Rehe und genauso verletzlich. Doch zusammen waren sie stark und stellten nur Blödsinn an. Ihre Namen waren bereits bei der

Polizei bekannt, so viel hatte er erfahren. Patrick, der in Wirklichkeit Laurent hieß, war gerade mal 14 Jahre. Die beiden hingen regelmäßig am Bahnhof ab und hatten sich auf Taschendiebstahl spezialisiert. Doch wenn es sich ergab, klauten sie auch Autoteile und andere Dinge und vertickten sie. Ob Liam ihnen noch helfen konnte? Waren sie schon zu tief in der Sackgasse?

Nun lächelte Tony und beugte sich kurz zum Hund hinunter, um ihn zu tätscheln.

Zac atmete auf. Nein, es würde vielleicht gerade noch gehen.

„Jetzt macht hier keinen auf Tierfreund! Los, weiter geht es!“

Er winkte sie herein.

Im Inneren der Halle erhob sich eine fünf Meter hohe Kletterwand über die gesamte Giebelseite. Ein Klettergarten führte an der Decke entlang, eine Gruppe Jugendlicher hatten dort gerade eine Menge Spaß. Sie kreischten ihre Spannung hinaus. Da kam Liam aus dem Büro und winkte ihnen zu.

Wie immer, wenn er ihn sah, lief ihm ein Schauder über den Rücken und ein Glücksgefühl erfüllte ihn.

„Das ist Liam. Er ist der Boss hier“, erklärte er und sah die beiden eindringlich an. „Wenn ihr ihm Scherereien macht, bekommt ihr es mit mir zu tun. Er ist mein Freund, ist das klar?“

Tony und Laurent nickten. Klare Strukturen, deutliche Anweisungen und sogar ernste Drohungen flößten ihnen Vertrauen ein.

„Wartet mal eben.“

Er ließ die beiden stehen.

Sie legten ihren Kopf in den Nacken und sahen zu, wie die Kids dort oben herumturnten.

David kam aus der Umkleidekabine. Er trug bereits den Gurt zur Sicherung eines Mädchens, das auf ihn gewartet hatte.

Es war Susan, der weibliche Kurt Cobain. Nun trug sie ein einfaches T-Shirt und hatte ihre strähnigen Haare zu einem Zopf gebunden. Ihre Augen strahlten voller Vorfreude. Auch er hatte sie schon einmal in der Wand gesichert, für diese Gewichtsklasse war er jedenfalls schwer genug.

Er war bei Liam angekommen und drückte kurz seine Hand. Sie tauschten einen liebevollen Blick, bei dem ihm das Herz aufging.

„Klappt es mit der Finanzierung?", fragte er.

Liam nickte.

„Wir bekommen öffentliche Mittel. Nicht viel, aber immerhin ein Anfang. Mum macht bald eine Charity-Veranstaltung für uns. Sie will Paten für das Projekt organisieren."

„Wow, das ist toll."

Liam hatte in den letzten Monaten oft Ringe unter seinen schönen Augen gehabt. Die Anspannung und die Verantwortung hatten ihn ziemlich mitgenommen, doch inzwischen lief der Laden.

Immer wieder freute Zac sich über das zufriedene Funkeln in Liams Augen, wenn dieser einen Erfolg verzeichnete. Und als Erfolg wertete er bereits das entspannte Lächeln eines der Kids. Er war ziemlich oft erfolgreich. Und er hatte noch so viele Pläne, um unabhängiger und vielseitiger zu werden.

„Mum fragt, ob du ihr gleich helfen kannst, noch einige ihrer neuen Bilder hier im Atelier aufzuhängen."

„Klar. Da hinten sind Antony und Laurent, die beiden Diebe. Antony ist Waise und wohnt bei seinem Onkel. Laurents Eltern sind arbeitslos und ziemlich abgestürzt. Er schwänzt dauernd die Schule."

Liam sah zu ihnen hinüber und seufzte. „Ach, mein Seelenfänger, wo findest du diese hoffnungslosen Gestalten nur immer?"

„Da, wo ich herkomme. In meinem Vancouver, Liam."

Der lächelte. Für einen kurzen Augenblick hatten ihn die Strahlemänner wieder gepackt. Er hätte für Liams Blick sterben können. In ihm wurde es ganz warm und er starrte demonstrativ auf seine Lippen.

„Ich habe noch eine Idee", unterbrach Liam seine Gedanken, während er leicht errötete.

Was Zac einfach süß fand.

„Ich auch", sagte er leise. Prompt schlug Liam ihm auf den Arm.

„Jetzt hör auf, du Blödmann. Du erinnerst dich an das Mädchen von letzter Woche, das nicht lesen konnte? Lisa, kurze dunkle Haare."

„Ja, die kleine Kokserin."

Liam nickte. „Solche wie sie sind mir jetzt schon öfter untergekommen. Hat deine Mutter vielleicht Lust, hier Lese- und Schreibkurse für Analphabeten zu geben? Ich könnte nämlich dafür auch Mittel beantragen."

Zac horchte auf. „Du willst Mum als Lehrerin? Liam, das ist eine tolle Idee."

Er wurde ganz zappelig und rieb die Fingerspitzen aneinander. „Soll ich sie fragen?" Mum würde sich nicht mehr nutzlos fühlen. Lehren war ihre Leidenschaft und ihr Leben. Ob nun mit oder ohne Rheuma.

„Ja, gern." Liam strich ihm kurz über das Haar, was ihm ein aufregendes Prickeln bescherte.

Doch dann nickte er ihm zu und drehte sich um. Diese Nachricht musste er Mum sofort höchstpersönlich mitteilen.

„Ich nehme deinen Wagen", rief er noch.

„Aber …"

Zac wies im Laufen auf die beiden Jungen. „Ihr hängt gleich Bilder auf, verstanden?" Und schon war er an der Küche und am Speisesaal vorbei und auf den Hof gelaufen.

Scooby saß gebieterisch auf seiner Matte an der Tür und bewegte unmerklich seinen Schwanz.

„Bis gleich", rief er ihm zu und drückte auf den Startknopf. Der Motor heulte auf. Durch das Türglas sah er noch, wie Spongebob und Patrick ihre Köpfe drehten und ihm nachblickten.

Vancouver, ich komme, dachte er und rollte aus der Einfahrt. Scheiß auf *Numero Uno*, er war Zac Cohen, der Seelenfänger. Zac Cohen, der immer noch unsterblich in einen entspannten, fleißigen Liam verknallt war. Zac Cohen, der glücklich war.

Die Luft roch nach Benzin und Abenteuer. In der Ferne leuchteten die weißen Gipfel der North Shore Mountains.

Corinna Bach ist eins der Pseudonyme der Autorin Brunhilde Witthaut. Die 1962 geborene Sekretärin fand erst spät zum Schreiben und begann mit historischen Romanen. Im Zuge der Recherchen entdeckte sie ihre Liebe zur homosexuellen Literatur und schreibt als Laurent Bach Krimis mit südfranzösischem Schauplatz. Ihren Helden, den Privatdetektiv Claude Bocquillon, liebt sie heiß und innig. Ihr Faible für Paris und den Montmartre hat sie zudem zu einem Young Adult Werk inspiriert, der zusammen mit einem weiteren Jugendroman von ihrer Agentur vertreten wird. Brunhilde Witthaut wohnt in Westfalen, hat drei erwachsene Kinder, sitzt gern hinter ihrem Mann auf dem Motorrad und paddelt auch schon mal im Kajak. Doch am liebsten macht sie Recherche-Urlaub in Frankreich.

Weitere Veröffentlichungen:

Als Laurent Bach:
„Mord auf Französisch" 2012, Bruno Gmünder Verlag
„Sommergayflüster" 2013, Anthologie, Homo Littera Verlag
„Die Zehn Plagen" 2014, Bruno Gmünder Verlag

Als Brunhilde Witthaut:
„Des Teufels Schreiber" 2014, Sieben Verlag
„Die Rebellenbraut" 2014, Bookshouse Verlag
„Bodyguard" 2014, Sieben Verlag

Mehr auf der Homepage www.brunhilde-witthaut.de